潘朵拉的盒子

太宰治

陳系美 譯

目次

潘朵拉的盒子

作者的話

這部小說，是由一名在「健康道場」療養所對抗病魔的二十歲年輕男子，寫給他好友的書信所構成的。書信體小說，在以往的報紙連載小說幾乎少有前例。因此，讀者看前面四、五回時，可能會因不習慣而摸不著頭緒，但書信體具有濃厚的現實感，自古以來無論外國或日本，都有很多作家嘗試。

至於小說名稱為何取為《潘朵拉的盒子》，明天會在這部小說的第一回提及，在此便不多做說明。

開場白如此冷淡委實很不應該，但如此冷淡打招呼的男人寫的小說，可是意外精彩有趣喔。

昭和二十年秋，作者於《河北新報》連載之際寫給讀者的話

揭幕

1

你可千萬不要誤會。我一點都沒沮喪。收到你那種安慰信，我只是倉皇失措，然後覺得難為情，羞得滿臉通紅，心情莫名地難以平靜。這麼說，你可能會生氣，看了你那封信，我覺得「很老套」。你要知道，新時代的帷幕已然開啟，而且是我們祖先從未經歷的全新時代。

你就別再老套地裝模作樣了。因為那通常只是謊言。現在，關於我的肺病，我毫不在意。我早就忘記生病這回事。不僅生病的事，其實所有的事我都已忘記。我來到這所健康道場，當然並非因為戰爭結束，突然珍惜起自己的生命，想把身體養好，以待有朝一日出人頭地；也非基於想趕快把病治好，讓父親放心母親開心，這種令人熱淚盈眶值得誇讚的孝心。但是，也絕非基於奇怪的自暴自棄來到這偏僻地方。逐一說明自己的行為，已是老舊「思想」的謬誤吧。如果硬要說明，通常只會流於牽強附會。我已經受夠玩弄理論的遊戲。所有的概念不是早被說盡了嗎？我來這所健康道場，沒什麼理由可說。只是有一天，有個時刻，聖靈潛入我心中，我淚流滿面，獨自哭了很久，然後漸漸覺得身體輕盈起來，頭腦清爽透明。從那時起，我變成迥然不同的人，旋即將過去隱瞞的事，告訴母親：

「我咳血了。」

於是父親為我挑了這所位於山腰的健康道場。事情真的只是這樣。至於哪一天，哪個時候，什麼事情，你應該也知道吧。就是那一天呀，那天的中午呀，幾乎是奇蹟，聽到從天而降的天皇玉音宣告終戰詔書，我淚流滿面的時候。

從那天起，我彷如搭上一艘新造大船。我不知這艘大船要航向何處，現在依然恍如置身夢境。大船輕快地離岸。我只能隱約預感到，這艘船的航線，是全世界沒人經歷過的全新處女航線。但以目前的情況來說，我只是受到這艘嶄新大船的迎接，乖乖搭在船上，隨著上天的潮流前進。

但是，你可千萬不要誤解。我絕非過於絕望而陷入虛無。只要是船的出航，無論什麼性質的出航，必能讓人感到些許期待。這是自古以來，不變的人性之一。你知道希臘神話潘朵拉盒子的故事吧。因為打開了絕不能打開的盒子，病苦、悲哀、嫉妒、貪婪、猜疑、陰險、飢餓、憎惡等，所有不幸的蟲子都爬了出來，嗡嗡嗡地到處亂飛，遮蔽了天空。從此，人類永遠在不幸中掙扎。但這盒子的角落，留了一顆宛如芥菜種子閃閃發亮的小石子。這顆小石子上，隱約寫著「希望」二字。

2

人類是不可能絕望的，這是自古以來的常規。儘管人類頻頻被希望欺騙，但同樣也被「絕望」這個觀念欺騙。我們就打開天窗說亮話吧。縱使人類被推落不幸的深淵，在谷底痛苦掙扎，依然會伸手摸索一絲希望的細線。這已是從潘朵拉盒子以來，奧林帕斯眾神定下的事實。無論悲觀論或樂觀論，我們這艘新時代的船，都會把那些端著架子不曉得在演說什麼，尤其是氣勢凌人者留在岸邊，搶先一步輕快地向前航行。沒有任何阻塞。那是宛如植物蔓藤的伸展，類似超越意識的天然向光性。

我說真的，今後說話別再裝模作樣了，也不要隨便把別人當作非國民[1]加以譴

1　非國民，二戰期間用語，指違反國民本分，不配合國家方針的人。

責。這只會讓這不幸的世界，更加陰鬱。越會譴責別人的人，越會在暗地裡做壞事。雖然這次的戰爭又輸了，但願接下來別再有因打敗仗而急忙捏造逃避一時的搪塞之詞，企圖撈取好處的政客就好。日本就是被這種膚淺的粉飾搞垮的，今後真的要千萬當心。若再重蹈覆轍，恐怕會遭全世界唾棄。別再浮誇吹牛，做個更耿直單純的人吧。新造的大船，已航向海洋。

過去，我當然也吃過很多苦。就如你也知道的，去年春天，我在中學畢業時發高燒引起肺炎，在病榻上躺了整整三個月，因此無法報考高中。終於能下床走路也持續微微發燒，醫生懷疑我得了胸膜炎，就這樣在家無所事事度日之際，也錯過了今年的考期。從那時起，我就不想再升學了。然而想到今後何去何從，眼前就一片黑暗。待在家裡遊手好閒，對父親過意不去，對母親也是很沒面子的事。你沒有重考經驗可能無法體會，那真是痛苦的地獄。那時，我只能悶著頭一直在田裡拔草，藉由模仿農民，讓自己稍微有點面子。你也知道，我家後面有一片上百坪的農田。這片農田，不知為何很久以前就登記在我名下。雖然不完全是這個緣故，但我只要踏進這片農田一步，就能擺脫周遭的壓力，萌生一種愜意的輕鬆感。這一兩年來，我已儼然成為這片農田的主任。除了拔草，在不影響身體的情況下，我也會翻翻土，給番茄搭支架。做這種事，對增產糧食也多少有些貢獻吧。縱使我每天都這樣矇混敷衍度日，可是你知道嗎？有一團像烏雲，無論如何都無法敷衍過去的不安，時時縈繞在我心底。做這種事度日，以後我究竟會變成什麼樣的人？其實很簡單，就是輕而易舉變成廢人吧。想到這裡，我不禁愕然。但究竟該如何是好？卻完全摸不著頭緒。隨即又想到，如此沒出息的我活在世上，只是給別人添麻煩，完全沒意義，真的痛苦萬分。像你這種高材生可能不懂吧，世上最痛苦的莫過於意識到這件事：「我活在世上，只是給人添麻煩。我是多餘的。」

3

可是你知道嗎？當我持續在煩惱這種任性撒嬌、老套又低能的事，世界的風車以快到眼花撩亂的速度在運轉。在歐洲，納粹被全面殲滅；在亞洲，繼菲律賓群島戰役，又有沖繩決戰，美軍空機轟炸日本內地。我對軍隊的作戰幾乎毫無所悉，但我有年輕敏感的天線。這條天線相當值得信賴。一個國家的憂鬱或危機，這條天線立即能強烈感知到。毫無道理可言，只是一種直覺。從今年初夏起，我這條年輕的天線，就曾感知前所未有的大海嘯聲。我嚇得渾身發抖，但毫無對策，只能乾著急。我拼命投入田裡的工作，在毒辣的太陽下，一邊低吟，一邊揮動沉重的鋤頭不斷翻土，然後種下番薯苗。為何要每天如此激烈在田裡幹活，至今我也不得而知。可能是我恨自己沒用的身體，想狠狠折磨它弄痛它，有點像自暴自棄的心態吧。甚至有些日子，每當我揮下鋤頭就低吼般地說：「去死吧！死了算了！去死吧！死了算了！」就這樣我種了六百棵番薯苗。

「你要適可而止，別再去田裡幹活了。你的身體吃不消喔。」晚餐時，父親如此對我說。之後第三天的深夜，我半夢半醒之際不斷咳嗽，後來胸口咕嚕作響。我立刻察覺情況不對，心想，啊，糟了，整個人就醒過來了。咳血前，胸口會咕嚕作響一事，我曾在某本書上看過。當我翻身趴下時，胸口有股液體猛地湧了上來。我含著一大口血腥味的東西，趕忙跑去廁所。吐出來的果然是血。我在廁所站了許久，直到沒再咳血後，躡手躡腳走去廚房，以鹽水漱口，把臉和手都洗乾淨，然後回房躺下。為了避免再度咳嗽，我幾乎是憋著呼吸，靜靜躺著，整個心態無所謂到不可思議。我甚至覺得，其實很久以前我就在等這樣的夜晚來臨，腦海更浮現「夙願」一詞。明天也默默去田裡幹活吧。這是無可奈何的事，誰叫我是個沒有其他生存價值的人，我必須有自知之明。啊，說真的，我覺得我儘早死一死比較好。趁現在還活著，就該狠狠折騰自己的身體，多少幫忙增產一些糧食，減輕國家負擔，然後告別這個世界。這是我這個沒用的病人，對國家最起碼的奉獻之道。啊，我真的想趕快死掉。

翌日清晨，我比平常早起一個多小時，匆匆摺好棉被，早餐沒吃就去田裡，拼了命地幹活。現在回想起來，簡直像地獄惡夢。關於我生病的事，我當然打算死都不跟任何人說。誰都不說，兀自讓病情快速惡化。這種想法，才是墮落思想吧。這天夜裡，我溜去廚房，用茶碗偷喝了一大碗配給的燒酎。然後到了深夜，我又咳血了。忽然醒來，輕咳了兩三下，血就湧上喉頭。這次我連跑去廁所的時間都沒有，只好打開玻璃門，赤腳跳下庭院吐血。血咕嚕咕嚕不斷從喉嚨湧上，我覺得眼睛耳朵好像也快噴血了。大約吐了兩杯血才停止。被鮮血沾汙的土地，我用木棍翻土覆蓋，讓人看不出來。就在此時，空襲警報赫然大作。如今回想起來，那是日本，不，是世界最後的夜間空襲。後來我恍惚地爬出防空洞後，已是那個八月十五日的清晨，天空泛著魚肚白。

4

然而這天，我照樣去田裡幹活。你聽了可能會苦笑吧？但你要知道，這對我不是可笑之事。我真的覺得，除此之外，沒有我應該採取的態度。真的很無奈。幾經迷惘苦思，我最後才下定決心以農夫的身分死去。以農夫的姿態，倒在自己親手耕作的田裡死去，這是我的夙願。對，我什麼都不在乎了，只想早點死掉。就在我忍受暈眩、發冷、冷汗直流的痛苦，即將昏厥之際，母親忽然來喚我，要我趕快把手腳洗乾淨，去父親的起居室。說話向來面帶微笑的母親，這回表情嚴肅得宛如變了一個人。

父親要我坐在他起居室的收音機前，到了正午時分，天皇的玉音廣播使我淚流滿面，覺得有一道神奇的光射進我心裡，恍如踏上了截然不同的世界，又像坐上了搖搖晃晃的大船。驀然回神後，我已非昔日的我。

我絕非自負地認為，自己已頓悟死生一如的道理。但生和死，其實是一樣的吧？因為無論生死，都同樣令人痛苦。勉強急著要去死的人，大多是裝模作樣。我過去吃的苦，只不過是為了粉飾自己的面子所付出的辛苦。老套的裝模作樣就免了吧。你在信中提到「悲痛的決定」這句話，然而悲痛這個詞，對現在的我，只覺得是演技拙劣的美男演員的表情。根本沒在悲痛，那是虛假的表情。船，已輕快離岸。而船的出航，必定帶著些許希望。我已不再沮喪，也不在意我的肺病。收到你那滿紙同情的信，我著實不知如何是好。我現在什麼都沒在想，只打算委身於這艘船前進。那天，我立即向母親坦白。以平靜到自己都覺得不可思議的態度說：

「我昨晚咳血了。還有前晚也咳血了。」

沒有任何理由，也不是突然珍惜自己的生命。只是到昨天為止，硬是裝出的裝模作樣消失了。

父親為我挑了這所「健康道場」。你也知道，我父親是數學教授，對於數字的計算或許很厲害，但從來沒管過帳算過錢。我家一直很窮，所以我也不冀望能有奢侈的療養生活。就這一點而言，這所簡樸的「健康道場」也非常適合我。我沒有任何不滿。據說待六個月就會痊癒。我住進來以後，沒有咳過血，甚至連血痰都沒有。所以我早就忘記我在生病。這所道場的場長說，「忘記自己在生病」是痊癒的捷徑。他是個有點怪的人，竟把療養結核病的醫院取名為「健康道場」，還發明了特殊療法來因應戰時糧食與藥品的短缺，激勵了許多住院患者。總之這是一間很另類的醫院，每天都發生很多趣事，等下次寫信再慢慢告訴你。
關於我的事，你真的不必擔心。那麼，請你也多保重。

昭和二十年八月二十五日

健康道場

1

今天我就照約定，來介紹我現在住的這所健康道場的情況吧。從E市搭巴士約一小時，在小梅橋下車，換搭另一班巴士。但從小梅橋到道場已經不遠，所以與其等候換搭的巴士，用走的還比較快，莫約一公里左右。來道場的人，通常都直接從那裡走來。也就是說，從小梅橋，看著右手邊的群山，沿著縣道的柏油路往南走約一公里，會看到山腳下有一座石造小門，從這裡一路到山腰，兩旁的行道樹都是松樹，走到松蔭盡頭，會看見兩棟建築物的屋頂。那就是現在照顧我的「健康道場」，一間別具風格的結核病療養所。裡面分為新館與舊館兩棟。舊館沒什麼特殊，但新館是非常雅緻明亮的建築物。在舊館累積了相當鍛鍊的人，會陸續移到這棟新館來。但我的身體情況不錯，所以特別讓我一開始就住進新館。我的房間，位於道場大門進來右手邊第一間的「櫻之間」。這裡的病房都取了令人難為情的漂亮名稱，例如「新綠之間」、「天鵝之間」、「向日葵之間」等等。

「櫻之間」約五坪大，是個略顯長方形的西式房間，裡面排了四張堅固的木製床，床頭朝南。我的床鋪在房間的最裡面，從床頭的大玻璃窗往下看，有一座約十坪大的「處女池」（這個名稱實在難以恭維），池水終年冰涼清澈，能清楚地看到鯽魚和金魚悠游其中。我對我的床位沒有不滿，說不定是整個房間最好的位置。床是木製大床，沒有附上粗糙的彈簧床墊，反而更顯牢固可靠。床的兩側設有許多抽屜與層架，我將日常用品全部放進去，還有空的抽屜。

接著來介紹我同寢室的前輩們吧。我的隔壁床是大月松右衛門先生。他是人如其名，是個人品和儀表都不俗的中年大叔，據說是東京的報社記者，妻子早逝，目前家中只有一個適婚年齡的女兒。他和女兒一起疏散到這所健康道場附近的山村，女兒常來探望寂寞的父親。他總是板著臉，平常雖然沉默寡言，但有時也會赫然展現他驚人的果斷威力。人格大致看來高潔，也帶著些許仙風道骨，但我對他還不是很了解。他的烏黑八字鬍相當帥氣，但近視很深，眼鏡後面細小的紅眼，看起來總是睡眼惺忪。圓圓的鼻頭不斷冒出汗珠，常以毛巾用力擦拭鼻頭，因此鼻頭紅得彷彿隨時會滴出血來。不過當他閉目沉思，卻又顯得威嚴十足，說不定是意想不到的大人物。他的綽號叫越後獅子。我不知道這個綽號的由來，但覺得相當貼切。松右衛門先生似乎也不討厭這個綽號。也有人說這個綽號是他自己取的，詳情我也不太清楚。

2

他的旁邊是木下清七先生，是位水泥匠，目前還單身，二十八歲，堪稱健康道場第一美男子。膚色白皙，鼻梁高挺，眉清目秀，怎麼看都是帥哥。只是他走路會墊起腳尖輕搖屁股。我覺得這種走路方式改掉比較好。為什麼會這樣走路呢？難道他認為這樣比較有音樂韻律感？我真的不懂。他似乎知道很多流行歌曲，但最拿手的是都都逸[2]，我已經被迫聽了五、六首。松右衛門先生總是閉上眼睛默默地聽，但我實在無法心平氣和地聽。什麼「錢存得像富士山那麼多，每天只打算花五十錢」，淨是些愚蠢荒謬，完全沒意義的歌，令人無言以對。此外還有一種加入戲詞對白的都都逸，更是令人難以忍受。居然在歌曲裡加入戲劇的對白，例如「哎呀，

2　都都逸，日本俗曲的一種，與三味線一同演唱，主要以男女戀愛為題材。

哥哥」什麼的，實在聽不下去。所幸他一次不會連唱兩首以上。雖然他很想沒完沒了地繼續唱下去，但松右衛門先生不允許。當他唱完兩首，越後獅子就會睜開眼睛說：「可以了吧。」有時會補上一句：「對身體不好。」但究竟是對唱的人身體不好，還是對聽的人身體不好，他沒明說。但這位清七先生絕非壞人。他好像也喜歡俳句，夜裡就寢前，會吟詠近作給松右衛門先生聽，並詢問感想。但越後獅子連吭都不吭一聲，完全不回答，清七先生非常沮喪，只好立即上床睡覺。那時的清七先生真的很可憐。清七先生相當尊敬越後獅子。這位俊俏男人的綽號，叫做「活惚舞[3]」。

占據清七先生隔壁地盤的是，西脇一夫先生。聽說他曾當過郵局局長或什麼的，三十五歲。我最喜歡這個人。他有個柔順嬌小的妻子，常來探望他。每次妻子一來，兩人就在那邊輕聲細語，真是一幅恬靜溫馨的畫面。無論活惚舞或越後獅子，都會非常識趣地盡量不看他們。我認為這也是很棒的體貼。西脇先生的綽號是「筆頭菜」，可能因為身形細長之故吧。雖然他不是美男子，但氣質高雅，有種學生的書卷味，靦腆的微笑頗具魅力。我常想，要是他的床位在我旁邊該有多好。可是他半夜睡覺會發出奇怪的呻吟聲，我也覺得幸好不是在我旁邊。和我同寢室的前輩們大致介紹完了，接著報告一下這裡特殊的療養生活吧。首先是每天的日課表：

六點	起床
七點	早餐
八點到八點半	伸展運動
八點半到九點半	摩擦
九點半到十點	伸展運動
十點	場長巡房（週日只有指導員巡房）
十點半到十一點半	摩擦
十二點	午餐
一點到兩點	講課（週日為慰勞廣播）
兩點到兩點半	伸展運動
兩點半到三點半	摩擦

3 活惚舞，一種日本傳統舞蹈，和著大眾歌謠拍子跳的輕快滑稽舞蹈。

三點半到四點　伸展運動
四點到四點半　自由時間
四點半到五點半　摩擦
六點　晚餐
七點到七點半　伸展運動
七點半到八點半　摩擦
八點半　報導
九點　就寢

3

誠如日前我也稍微跟你提過，戰爭中有很多醫院被燒毀，縱使沒遭到波及的醫院，不少也因物資短缺或人手不足而關閉了，導致許多必須長期住院的結核病患者，尤其像我這種不太富裕的患者們，落得無處可去的下場。所幸這一帶幾乎沒有敵機轟炸，靠著兩三位地方有力的慈善家募款，與當局的贊助下，將這座原本就在山腰的縣立療養所加以擴建，並招聘現在的田島博士來當院長，才有了這間無須仰賴物資，得以獨立運作的結核病療養所。你只要大致看過前面的日課表，應該就能明白這裡的生活和一般療養院極為不同。所有的組織規畫都拋開了醫院與患者這種觀念。

在這裡，大家稱院長為場長，自副院長以下的醫生稱為指導員，護士稱為助手，我們這些住院患者則叫塾生。這一切都出自田島場長的構思。據說田島醫生受聘來這所療養院後，不僅讓院內的制度煥然一新，也對患者施予獨特療法，獲得相當優異的成果，成為醫學界矚目人物。他已完全禿頭，看起來像五十歲的人，但其實還是個三十多歲的單身漢。身材高瘦，有些駝背，很少展露笑容。禿頭的人通常長相端正，田島醫生也不例外，長得白淨端正，容貌典雅。但似乎也有禿頭特有的，像貓一樣陰沉難以接近的特質。有點可怕。每天上午十點，這位場長會帶著指導員與助手，巡視場內每個房間。這段時間，整個道場一片寂靜。在這位場長面前，塾生們也誠惶誠恐地顯得溫順老實。不過私底下，我們都偷偷叫他的綽號「清盛[4]」。

---

4 平清盛，日本平安時代武將，亦為禿頭。

那麼接下來，我稍微詳細說明一下道場的日課吧。所謂伸展運動，一言以蔽之，就是訓練四肢與腹肌的運動。說得太細怕你覺得無聊，所以我粗略只講重點。首先以大字形仰躺在床，然後依序做手指、手腕、手臂的運動。接著是縮腹、鼓腹，這個動作相當困難，需要多加練習，但這也是整套伸展運動最重要的一環。再來是腿部運動，做各種伸展訓練腿部的肌肉，然後放鬆。這樣就大致做完一輪了。可是做完一輪後，又得從手部運動開始反覆做，只要還有時間就繼續做，直到做滿三十分鐘為止。就如前面的日課表所寫的，這套伸展運動，上午要做兩次，下午要做三次，每天這樣做真的不輕鬆。就以往的醫學常識來說，結核病患者做這種運動相當危險，但這也是戰時物資短缺所衍生的一種新療法吧。而且這所道場裡，熱衷這項運動的人，確實也恢復得比較快。

接下來我想寫一下摩擦的事。這也是這所道場的特殊療法。而且這項工作，由這裡的開朗助手們負責。

4

摩擦用的刷子，只比剪髮用的硬毛刷稍微軟一點點。所以剛開始摩擦真的很痛，皮膚禁不起這種摩擦，甚至會到處長出一粒粒小疹子。不過大概一星期後就習慣了。

磨擦時間一到，那些開朗的助手就各自分工，依序為全部的塾生摩擦。她們先將摺好的毛巾放進小臉盆浸水，再把毛刷抵在毛巾上沾水，然後刷刷地幫我們摩擦身體。原則上，摩擦要遍及全身。剛進來的一星期只摩擦手腳，然後再拓展至全身。首先，她們會叫我們側躺，從手腳開始摩擦，然後胸部、腹部、背部、腰部，接著翻身側躺另一邊，又從手腳、胸部、腹部、背部，摩擦到腰部。習慣之後，覺得很舒服。尤其摩擦背部時，真是舒服到難以形容。助手們有技術高明的，也有摩擦得很爛的。

不過關於這些助手的事，我以後再寫吧。

道場的生活，幾乎可說在伸展運動與摩擦中度過。即使戰爭結束後，物資依舊不足，所以暫時靠這種治療來展現對抗病魔的志氣也不錯。除此之外，還有下午一點的講課，四點的自由時間，八點半的報導。講課是由場長、指導員，或前來道場視察的各方知名人士，輪流透過麥克風對我們講話。我們房間外面的走廊設有擴音器，他們的說話聲會透過擴音機傳到我們房裡，而我們則坐在床上靜靜聆聽。

聽說戰時電力不足，擴音機無法使用，因此講課暫停了一段時期。戰爭結束後，電力不再那麼吃緊，便又立即恢復講課。最近的講課，是由場長講授堪稱日本科學發展史的課。我覺得這是一堂非常聰明的課。場長以平淡的口吻，淺顯易懂地解說我們祖先的辛勞。昨天談到杉田玄白的《蘭學事始》[5]，提到他們第一次看到西方書籍，不知該如何翻譯，「真的像乘著一艘無舵之船出海，茫然不知所措，目瞪口呆。」這話說得棒極了。關於玄白等人的苦心，我中學的歷史老師木山炸豆腐丸子也曾教過，但感受迥然不同。

炸豆腐丸子，只會說玄白並非想像中那樣嚴重大麻臉，諸如此類無聊的話。總之，我非常享受場長每天的講課。星期天則放唱片取代講課。雖然我不太喜歡音樂，不過一星期聽一次，感覺也還不錯。放唱片的空檔，有時也會播放助手們唱的歌。聽她們唱歌，實在談不上開心，反倒讓我精神緊張，心神不寧。可是對其他塾生，似乎是最受歡迎的節目。像清七先生，根本瞇著眼在聽。我猜，他可能巴不得播放他自己唱的有戲詞對白的都都逸吧。

5

下午四點的自由時間，是安靜的時間。這段時間是我們體溫最高的時候，身體慵懶，心煩氣躁，脾氣變得很差，做什麼都覺得難受，所以給我們三十分鐘，讓我們自由做自己想做的事。這就是自由時間的立意。但這段時間，大多塾生都只是靜靜躺在床上。順道一提，這所道場除了晚上睡覺之外，絕不允許在床上使用棉被，所以白天躺在床上也不能蓋毯子或其他東西，只能穿睡衣躺在上面。但習慣之後也有一種清潔感，反而覺得愜意。至於晚上八點半的報導，是報導當天的世界情勢。這也是透過走廊的擴音機，由當班的事務員向大家報導當天各種新聞，語調總顯得極為緊張。在這所道場，當然禁止讀書，甚至連讀報都被禁止。或許耽溺於閱讀，

5 杉田玄白，是江戶中期學習荷蘭醫學的醫生。蘭學，是江戶時代經荷蘭人傳入日本的醫學、文化、技術之總稱。《蘭學事始》寫的是杉田玄白翻譯《解體新書》的艱難過程手記。

對身體不好吧。不過我覺得待在這裡的期間，能逃離洪水般的煩人思緒，只確信嶄新出航一事，簡樸地優遊過活，其實也滿不錯的。

只是給你寫信的時間很少，這有點傷腦筋。我通常在飯後就趕忙拿出信紙來寫，偏偏想寫的事太多，加上時間有限，所以這封信也寫了兩天。但隨著逐漸習慣道場的生活，我應該也會逐漸善於利用瑣碎時間吧。現在我已經很會樂在其中，成為相當樂天的樂天居士。沒什麼擔心的事，全都忘光了。順便再跟你說一件事，我在這道場的綽號叫「雲雀」。這個綽號有夠無聊。因為我的名字叫小柴利助，聽起來像小雲雀[6]，就給我取了這個綽號。實在不是什麼光彩的事。起初我覺得很討厭，很難為情，也很排斥，但最近我凡事都變得寬容許多，所以有人叫我雲雀，我也能輕鬆回應了。你懂了吧？我已經不是以前的小柴了。現在在這所健康道場，我是一隻雲雀，嘰嘰喳喳地吵嘈喧鬧。所以希望你也以這種心理準備來讀我今後的信。但願你不要皺著眉頭說，真是輕薄的傢伙。

「雲雀！」現在窗外有個助手拉高嗓門在叫我。

「什麼事？」我泰然自若地回答。

「你有在做嗎？」

「我有在做喔。」
「加油喔！」
「好，我拼了！」
你知道這一問一答是什麼意思嗎？這是這所道場的打招呼方式。助手和塾生在走廊擦身而過，一定會這樣打招呼。我不知這是何時開始的，應該不是這裡的場長規定的吧，八成是助手們想出來的。這裡的護士有個共同性情，個個活潑爽朗，帶著幾分男生的陽剛之氣。這裡所有的人，場長、指導員、塾生、事務員，都被取了尖酸刻薄的綽號，也是她們的傑作。實在不能掉以輕心。關於這些助手們，我會再多加觀察，等下一封信再仔細向你報告。
這次就先說明道場的大致情況。下回再聊。
九月三日

6 小柴的日文發音為koshiba，小雲雀為kohibari，音似。

鈴蟲

1

你好。時序進入九月，果然不同了。風像是吹過湖面而來，感覺冷颼颼。蟲鳴聲也明顯高亢了起來。我不像你是個詩人，所以儘管秋風蕭瑟也沒斷腸的愁緒，但昨天傍晚，一位年輕助手，站在窗下的池畔，看著我笑說：

「幫我跟筆頭菜說，鈴蟲已經在叫了。」

聽到這句話，我知道這些人已深深被秋天感染，讓我有點喘不過氣。這位助手，向來對我室友西脇筆頭菜抱有好感。

「筆頭菜不在喔。剛才去辦公室了。」我如此一答，她突然擺出臭臉，連說話語氣都變得粗魯。

「是哦！不在也沒關係呀！雲雀你討厭鈴蟲嗎？」她居然轉而逆襲我。我霎時一頭霧水，不禁慌張起來。

這位年輕助手，有很多令人費解之處。我從以前就最注意她，她的綽號是「小正」。

我也順便介紹其他助手的綽號吧。上一封信我提過，對這裡的助手不能掉以輕心，因為她們會擅自給男生取尖酸刻薄的綽號，但我們塾生也不甘示弱，全部用綽號叫這些助手，算是扯平吧。但我們塾生想出的綽號，該怎麼說呢，還是帶有對女生的憐惜，多少會手下留情。她叫三浦正子，所以綽號「小正」，沒什麼特別。竹中靜子，取為「竹小姐」，更是毫無創意，平凡之至。此外有個戴眼鏡的助手，明明可以取為「凸眼金魚」，但還是客氣地取為「小金魚」。長得太瘦就取為「魚乾女」。總是一臉寂寞就取為「掰掰」。這幾個取得還算不錯，但還是稍嫌客氣。有位助手長得奇醜無比，卻燙了一頭誇張大捲髮，眼皮塗得紅紅的，化了一臉奇怪大濃妝，就把她取成「孔雀」。大家是在嘲諷她，才給她取孔雀這個綽號，但她本人卻非常得意地說：「對啊，我是孔雀喔！」反而越來越有自信，完全沒達到諷刺的效果。這要換成我，我會取成「仙女」。我不認為她敢說：「對啊，我是仙女喔！」其他還有「馴鹿」、「蟋蟀」、「偵探」、「洋蔥」等各種綽號，但每個都陳腔濫調。唯獨有個叫「霍亂」的，我認為取得相當巧妙。這位被叫「霍亂」的助手，臉長得很寬又泛著紅光，讓人聯想到童話故事那個「赤鬼」的駭人面貌，可是叫她赤鬼又太傷人，所以改用「鬼之霍亂[7]」的「霍亂」。這個構思太高段了。

「霍亂。」

「什麼事？」她蠻不在乎地回答。

「加油喔！」

「好，我拼了！」答得精神奕奕。

要是被霍亂喊加油，還真是吃不消。不僅「霍亂」，這裡的助手都有點粗枝大葉，但其實都是心地善良的好人。

2

最受塾生歡迎的是竹中靜子，也就是竹小姐。她長得一點都不漂亮，身高約一五八公分，胸部豐滿，膚色稍黑，威嚴莊重。年紀好像二十五或六吧，總之相當有年紀了。但她的笑容很有特色，這或許是她最受歡迎的原因。她有一雙大眼睛，笑起來眼尾會上揚，眼睛瞇成針般的細縫，露出潔白皓齒，讓人覺得非常清爽。由於身材高大，穿白色護士服格外好看。還有她非常勤奮，這或許也是她受歡迎的原因之一。總之她善解人意，做起事來迅速俐落，縱使不至於像活惚舞說的「簡直是日本第一的太太」，但摩擦的時候，其他助手會和塾生閒聊，彼此教唱流行歌曲，說好聽是和藹可親，講難聽點是慢吞吞的沒效率，唯獨這位竹小姐在摩擦時，無論塾生跟她說什麼，她都只是淡淡地微笑，不置可否地點點頭，持續以她精湛的手法，刷刷刷地為塾生摩擦，別人好不容易做完一個人，她已經做完兩人了。而且她摩擦的力道，不會太強也不會太弱，不僅手法最純熟，而且細心周到。她總是從容地面帶微笑默默做事，不僅不發牢騷，也從不無聊閒扯，給人一種遠離助手小圈圈，獨立行事的感覺。那種有些疏離冷淡的孤獨氣質，或許才是對塾生最大的魅力。總之，她很受歡迎。對此，越後獅子曾說：「她母親一定是相當堅強的女人。」或許真是如此。據說她出生於大阪，說話還殘留著些許關西腔。這也是相當吸引塾生之處。我從以前看到身材高大的女人就會想起大鯛魚，因此不禁苦笑，只覺得對她過意不去，除此之外我對她沒有任何興趣。比起有氣質的女人，我更喜歡可愛的女

---

7 鬼之霍亂，日本俗語。這裡的霍亂並非腸胃傳染病，而是中暑。意指向來身體健康的人竟突然生病了。

人。小正，就是嬌小可愛的女人。我還是對那個令人費解的小正最感興趣。

小正，今年十八歲，據說從東京府立女學校中途休學後，就立刻來到這裡了。臉蛋圓圓的，膚色白皙，睫毛很長，雙眼皮，大眼睛，眼尾有些下垂，而且眼睛常吃驚似地睜得又圓又大。每次她如此吃驚睜眼，額頭就會出現抬頭紋，使得狹窄的額頭更顯狹窄。她笑起來總是花枝亂顫，就連嘴裡的金牙都閃閃發光。她經常很想笑很想笑，好像憋不住似的，什麼？什麼？眼睛睜得又圓又大，不管什麼話題都要插上一腳，然後立刻哈哈大笑，笑到身體前彎，不斷地拍肚子笑到嗆到。鼻頭圓潤，鼻梁高挺，薄薄的下唇比上唇略為突出。雖然不算美女，但可愛極了。她對工作似乎不太用心，摩擦的技術也很差，但因為她實在太活潑太可愛了，所以人氣不輸竹小姐。

3

關於這件事，你也覺得男人可笑吧。明明不是那麼喜歡的女人，卻像整人似的，接二連三給人家取什麼「霍亂」、「掰掰」之類的綽號。可是對心儀的女人，卻什麼綽號也想不出來，只能平凡至極地叫人家「竹小姐」或「小正」。哎呀，今天好像都在寫女人的事。可是，不知為何，今天我不想寫其他的事。或許是因為今天小正說：

「幫我跟筆頭菜說，鈴蟲已經在叫了。」

我陶醉在她這句令人憐愛的話裡，還沒醒過來吧。她平常總是縱情大笑，說不定其實是比別人更怕寂寞的女孩。愛笑的人，想必也愛哭。只要提到小正，我的心情總是變得怪怪的。不過小正喜歡的是西脇筆頭菜，我是贏不了他的。此刻，我快速吃完午餐匆忙在寫這封信，突然聽到隔壁「天鵝之間」傳來塾生的笑聲，其中夾雜著小正高亢又誇張的笑聲，我聽得很清楚。究竟在笑鬧什麼？我實在很討厭她這樣，不管跟誰都沒有分寸，公私不分，居然那樣高聲喧嘩笑鬧，未免太不成體統了。她是白痴嗎？看來我今天的心情真的不對勁。雖然還有很多事想寫，但我太在意隔壁的笑聲，實在寫不下去了。暫且擱筆休息一下吧。

終於，隔壁的笑鬧聲停了。我決定再寫一點。那個小正，果真是很難懂的人啊。沒有喔，我並非特別拘泥於她。十七、八歲的女孩，大家都這樣嗎？究竟是好人還是壞人，我完全看不出她的個性。第一次看到她時，我的心情真的和杉田玄白初次翻開外文書，看到裡面的橫排文字一樣：「真的像乘著一艘無舵之船出海，茫然不知所措，目瞪口呆。」完全是這種狀態。這麼說可能有點太誇張，但有些畏縮也是事實。反正就是很在意。就像剛才我因為她的笑聲被迫中斷寫信，索性扔下鋼筆去躺在床上，但無論如何就是難以靜下心來。在床上翻來覆去之際，不由得向鄰床松右衛門先生訴苦。

「小正好吵喔。」我嘟著嘴巴如此一說。松右衛門先生泰然自若盤腿坐在床上，用牙籤剔著牙，「嗯」了一聲點點頭，然後又用毛巾慢條斯理擦拭鼻子的汗水才說：

「這要怪她母親不好。」

反正他什麼都怪到母親頭上。

不過，小正說不定是被壞心腸後母養大的。雖然總是顯得活潑歡鬧，但偶爾會忽然流露出一絲寂寞。看來我今天對小正特別有好感。

「幫我跟筆頭菜說，鈴蟲已經在叫了。」

從那時起，我就變得怪怪的。雖然她是個無趣的女人。

九月七日

生死

1

抱歉，昨天寫了莫名其妙的信給你。因為時逢季節更迭之際，萬物顯得煥然一新，令人愛戀，不由得好喜歡好喜歡地騷動起來，其實並沒有那麼喜歡喔。最近我變成輕浮的冒失鬼，真的像一隻嘰嘰喳喳吵嘈喧鬧的雲雀了。但是，對於這樣的自己，我並沒有陷入自我厭惡，也沒有後悔莫及的強烈悔恨。起初，我對厭惡感的消失感到不可思議，後來覺得絲毫沒什麼好奇怪，因為我應該已經變成截然不同的人了。我是個重獲新生的男人。沒有陷入自我厭惡，沒有感到懊惱悔恨，對現在的我是莫大喜悅。我認為這是好事。我現在有嶄新之人的爽朗自負。而且我在這道場的六個月裡，尊貴的神賜予我什麼都不用想，只是單純地生活、遊樂的資格。啼鳴的雲雀，清澈的流水，只需活得透明輕快！

我在昨天那封信裡，一味地稱讚小正，現在想稍微收回一點。其實，今天發生了一件奇妙的事。為了補前一封信的不足，我想盡快將整件事告訴你。我是啼鳴的雲雀，清澈的流水，所以你就別笑我輕浮冒失了。

今早幫我摩擦的是久違的小正。她的摩擦技術很差，總是隨便做做。對象是筆頭菜先生時，她可能摩擦得很仔細，但對我總是簡慢粗糙而且不親切。我覺得對小正而言，我大概只是路邊的一顆小石子。反正一定是這樣。這也是無可奈何的事。但對我而言，小正絕非是路邊的小石子，所以她幫我摩擦時，我總覺得苦悶，莫名地僵硬，無法好好講笑話。豈止無法講笑話，聲音簡直像卡在喉嚨，連一句完整的話都說不出來。這使我看起來像心情很糟板著一張臉，結果害小正也變得侷促困窘吧。所以她在幫我摩擦時沒有笑容，一直沉默不語。今早的摩擦也是這種情況，令人侷促窘迫得難以忍受。尤其在聽到她說那句「幫我跟筆頭菜說，鈴蟲已經在叫了」之後，這種安排更使我的心情急速緊繃，加上又發生在寫給你那封我有多喜歡小正的信之後，我實在不知如何承受這種難堪的心情。小正在幫我刷背時，忽然小聲地說：

「雲雀最好了。」

我並不高興，只覺得妳在說什麼呀。說得出這種假惺惺的奉承話，只是證明我在她心中根本沒分量。倘若她真的認為我是最好的，理應不會說得如此直截了當，蠻不在乎。這點幽微之處，我也是懂的。因此我默不吭聲。於是她又小聲地說：

「我有煩惱。」

我嚇了一跳。為什麼她老愛說這種不恰當的話。我真是受夠了。上次那個「鈴蟲已經在叫了」就已經完全負分了。我真懷疑她是不是低能兒。她那種笑法，我以前覺得就是白痴。難道她真的是白痴嗎？如此暗忖之際，我的心情也輕鬆了起來，終於能以徹底把她當笨蛋的語氣問：

「妳有什麼煩惱呢？」

2

她沒回答，只是稍稍吸了吸鼻子。我以眼角餘光瞄她了一眼，天啊，她在哭耶。這下我真的傻眼了。上次我在信中跟你說過「愛笑的人，想必也愛哭」，此刻看到這胡亂瞎猜的預言，竟然活生生在我眼前應驗，我反倒覺得沮喪厭煩。實在太荒謬了。

「聽說筆頭菜要出院了。」我以調侃的口吻說。事實上，確實有這個傳聞。我聽說筆頭菜因為家人的因素，必須轉去故鄉北海道的醫院。

「你別瞧不起人！」

她倏地起身，還沒摩擦完畢，就抱著臉盆匆匆走出房間。我望著她的背影，坦白說有些心動。難道說，她是為了我的事在煩惱？但不管我再怎麼自戀也不會這麼想。只是那麼活潑開朗的小正，居然在一個男人面前哭得意味深長，然後又突然生氣，倏然起身走人，可能真的有什麼重大事情吧。又或者，搞不好是……無論我再怎麼克制還是有些自戀，剛才的輕蔑已拋到九霄雲外，覺得小正非常惹人愛憐，很想「哇！」地大叫一聲，躺在床上用力揮動雙手。但其實壓根不是這麼回事。後來我立即明白小正在哭什麼。因為這時在隔壁床為越後獅子摩擦的小金魚，若無其事地告訴我：

「其實她被罵了啦。因為她吵吵鬧鬧太囂張，昨晚被竹小姐訓了一頓。」

竹小姐是助手們的組長。她有罵人的權力。這下真相大白了。事情根本不是我想的那樣。我總算徹底明白了。搞什麼嘛！只是被組長罵就說有煩惱，未免太誇張了。但我也實在很丟臉。我覺得我可悲的自戀，被小金魚和越後獅子識破了，大家都憐憫地嘲笑我。即使是嶄新之人，此時也只能乖乖閉嘴。其實我懂了。我都懂了。我打算對小正徹底死心。新男人要想得開。新男人不會有戀戀不捨的感情。我打算今後完全對小正置之不理。那是貓。真是無趣的女人。哇哈哈哈哈，我想一個人放聲大笑。

中午，竹小姐端飯菜來。平常她總是擺好飯菜便快快走人，今天她把飯菜放在床邊的小桌後，竟墊起腳尖望向窗外，然後走了兩三步到窗邊，將雙手放在窗框上，背對我們，默默站著。好像在看庭院裡的池塘。我坐在床上，立即開始吃飯。新男人，不會對菜色發牢騷。今天的菜是，沙丁魚串和燉南瓜。沙丁魚要從頭吃起，咬起來喀滋喀滋作響，要仔細嚼，仔細嚼，把整隻沙丁魚都化成養分。

「雲雀。」有人在喚我，但恍如沒有出聲，只是吐息般的低喃。我抬頭一看，竹小姐不知何時已轉過身來，雙手背在身後，倚著窗邊看向這裡，帶著那頗具特色的微笑，接著又吐息般，以極小的聲音說：「聽說小正哭了？」

3

「嗯。」我以平常的語調回答：「她說她有煩惱。」要仔細嚼，仔細嚼，化為新鮮的血液。

「真噁心。」竹小姐皺起眉頭，低聲說。

「這不關我的事。」新男人要灑脫，對女人的糾紛不感興趣。

「我有點擔心。」她莞爾一笑，滿臉通紅。

我有些慌張，飯沒細嚼慢嚥就吞下去了。

「多吃點吧。」她低聲快速說完，走過我面前，便離開房間了。

我霎時瞠目結舌。幹嘛呀，姿態擺那麼高，真是沒規矩。不知為何，那時我有這種感覺，滿心不悅。她不是組長嗎？哪有罵了人又擔心人家的。我真的很不高興，覺得竹小姐應該更振作點。但是，盛了第三碗飯後，這回換我面紅耳赤了。今天飯桶裡的飯特別多。平常我淺淺地盛到第三碗就剛好沒了，今天盛了第三碗，小飯桶裡居然還剩滿滿的一碗份。我頓時啞口無言。我不喜歡這種親切。這種親切的方式非常老套。只有我，比別人多吃一碗飯，我不會比較高興，也不會覺得好吃。

不好吃的飯，不會變成血肉。吃了也是白吃。徒勞。仿效越後獅子的話說就是：「竹小姐的母親，恐怕是個老派的人。」

我一如往常只吃淺淺的三碗，剩下那碗偏心的飯，我讓它留在飯桶裡。過了不久，竹小姐一副蠻不在乎，若無其事來收碗盤時，我故作輕鬆說：

「飯還有剩喔！」

竹小姐看都不看我一眼，稍稍打開飯桶蓋一看，啐了一句：

「真是噁心的孩子！」

但這話她依然說得很小聲，小到我幾乎快聽不見。然後她收拾碗盤，又是一副蠻不在乎，若無其事地走出房間。

「噁心」似乎是竹小姐的口頭禪，沒什麼特別意思。但我被女人說「噁心」，心裡很不舒服。真的厭惡至極。如果是以前的我，可能早就揍她一拳了。我哪裡噁心了？妳才噁心吧！聽說以前的女傭，為自己偏愛的年輕學徒盛飯時，會偷偷將碗裡的飯壓實一點，真是無知又噁心的愛情。實在太悲慘了。可是不能瞧不起人。我有身為新男人的驕傲。米飯這種東西，即使分量不夠，只要能以開朗的心情細嚼慢嚥，都能獲得充分的營養。我原本以為竹小姐是個成熟明智的人，看來女人果然不行啊。正因平常表現得聰明機伶、雲淡風輕的樣子，上演這種愚行時，反而顯得更醒目，更加可鄙。實在遺憾。竹小姐要更振作一點才行。這要換成小正，不管把事情搞得多砸，反倒顯得更可愛，更惹人愛憐吧。能幹的女人犯錯就令人頭痛了。以上，是我利用飯後休息時間寫的，但剛才走廊的擴音器，突然傳來要新館塾生全部去新館陽台的命令。容我暫且擱筆。

4

我收好信紙，去二樓陽台一看，原來是昨天深夜，舊館一名年輕女塾生鳴澤糸子死了，現在大家來目送她沉默地出院。新館的男塾生二十三名，與新館別館的女塾生六名，大家一臉緊張在陽台排成四列橫隊，等待出棺。過了片刻，以白布包覆的鳴澤小姐靈柩，沐浴在秋陽下反射出美麗光芒，在近親的守護下抬出舊館，沿著松林的細細坡道，朝向柏油路的縣道，緩緩下山而去。鳴澤小姐的母親，邊走邊以手帕拭擦眼角，看得出在哭。穿著白衣的指導員和助手們，也低著頭跟隨隊伍，送了她一程。

我認為這是好事。人生是藉由死亡完成的。還活著的時候，大家都是未完成。蟲子或小鳥，活蹦亂跳的時候才是完美，一旦死了就只是屍骸，沒有完成也沒有未完成，只是回歸於無。相較之下，人完全相反。人死了以後最像人，這種悖論似乎也成立。鳴澤小姐是對抗病魔而死，包著美麗潔白的白布，在眾人的護送下，若隱若現穿過松林坡道下山的此刻，正是她以最嚴肅、最明確、最雄辯地主張自己年輕靈魂的時候。我們也絕不會忘記鳴澤小姐。我對著發光的白布，虔誠地雙手合十。

可是，你可千萬不要誤會。雖然我說，我認為死亡是一件好事，但絕非藐視或輕率地對待人命，也不是那種多愁善感有氣無力的「死亡讚美者」。只因我們和死亡只有一紙之隔，早已不再畏懼死亡罷了。這一點，請你不要忘記。你看了我這些信，一定覺得日本正處於悲憤、反省、憂鬱的時期，我周遭的氣氛卻過於悠哉開朗，未免太不識大體。你會這麼想也無可厚非。但是，我也不是白痴，不可能從早到晚只是嘻嘻哈哈地過日子。這是理所當然的。每晚到了八點半的報導時間，我們都得聽各種新聞。有時默默蓋上棉被睡覺，也有難以成眠的夜晚。然而現在，我完全不想跟你說這種不言自明的事。我們是結核病患者，都是今夜說不定會突然咳血，像鳴澤小姐那樣死去的人。我們的笑，是發自躺在潘朵拉盒子一角的小石子。

與死亡毗鄰而活的人，一朵花的微笑，比生死問題更刻骨銘心。我們現在是被所謂的幽幽花香吸引，搭上了一艘全然未知的大船，委身於這艘船，隨著上天的潮流前進。這艘所謂天意之船，究竟要抵達什麼島嶼，我也不知道。不過，我們必須相信這次的航海。我甚至覺得是生是死，已非決定人類幸或不幸的關鍵。死者已完成自我，生者站在出航之船的甲板上雙手合十。船輕快地離岸。

「死亡是一件好事。」

這已經有幾分像熟練航海者的淡定從容吧？新男人，對生死沒有感傷。

九月八日

小正

1

我滿懷思念地拜讀了你快速的回信。日前，我在信中寫了「死亡是一件好事」這種容易導致誤解的危險話語，對此，你絲毫沒有誤會並正確地理解我的感受，我真的很高興。果然還是要考慮「時代」這個因素啊。上一代的人恐怕很難理解，面對死亡能平心靜氣看待的心情。你在信中寫道：「現在的青年都過著與死亡毗鄰而居的生活，並不只限於結核病患者。我們的命，都已獻給某位尊貴之人，並不是我們自己的。也因此，我們才能毫無猶豫，輕快地委身於那艘所謂天意之船。這是新世紀的新勇氣形式。儘管自古以來船板下面就是地獄，但不可思議的，我們根本不在乎。」這段話反而將了我一軍。我曾胡亂批評你的第一封信太「老套」，在此我必須鄭重向你致歉。

我們絕非不把生命當一回事，但面對死亡也不會沉浸在無益的感傷裡，或恐懼害怕。最好的證明就是，目送鳴澤糸子以白布包裹散發美麗光芒的靈柩離去後，我已經完全將小正和竹小姐的事拋諸腦後，心情如今天的秋空又高又澄澈地躺在床上，然後聽到走廊傳來塾生和助手熟悉的打招呼聲。

「你有在做嗎？」

「我有在做喔。」

「加油喔！」

「好，我拼了！」

我察覺到，他們的語氣不像以往那樣半開玩笑，而是相當認真。如此坦率緊張大叫的塾生們，反而讓我覺得非常健康。稍微裝模作樣地說，我覺得這一整天，整個道場都很神聖。我終於相信了，死亡絕不會使人心情萎靡。

舊時代的人，只能將我們這種感想，理解成幼稚的逞強，或絕望至極的自暴自棄，委實遺憾。能夠同時清楚理解新時代與舊時代，這兩個時代的感情的人，可說少之又少吧。我認為我們的命輕如鴻毛，但這並不意味我們不愛惜生命，而是我們把命當作輕如羽毛的東西來珍愛它。而這羽毛很容易就快速飄向遠方。若現在那些大人們，再繼續高談愛國思想或戰爭責任這種老生常談的議論，我們真的會拋下這些人，聽尊貴之人的話迅速直接出航。我甚至覺得，這就是新日本的特徵。

我竟然從鳴澤糸子之死，衍生出離譜的「理論」。其實我不擅長這種「理論」。新男人，還是默默委身於新造之船，報告開朗到不可思議的船上生活比較輕鬆。怎麼樣？我再跟你說些女人的事吧？

2

看到你信上寫的，你似乎極力在為竹小姐辯護。這麼喜歡她的話，你乾脆直接寫信給她吧。不，與其寫信，還是直接見個面吧。改天你有空的時候，不是來道場探望我，而是去看竹小姐吧。看了以後，你會幻滅喔。畢竟她是個能幹的女人。論腕力，說不定還比你強。你在信中說，你認為小正哭了完全不是問題，倒是竹小姐那句「我有點擔心」才是大事。這我當然也有想過。關於小正來跟我說她有煩惱而哭泣的事，竹小姐的回應是「我有點擔心」，這代表竹小姐從以前就對我有意思吧？我是很想自戀地這麼認為啦，偏偏我絲毫沒有這種想法。竹小姐是個身材高大，絲毫沒有女人味，總是被工作追著跑，沒空想其他事的女人。助手組長的重責大任壓得她很緊張，只知道勤快工作。她前一晚罵了小正，然後從別的助手那裡聽到，小正被她罵了很沮喪，甚至還哭了，所以她才反省自己會不會罵得太兇，才擔憂地說「我有點擔心」。這種情況，如此揣想雖然很庸俗，但也是最健全的想法。肯定是這樣沒錯。女人反正只會站在自己的立場想事情。新男人，對女人沒有絲毫自戀，也不想討她們喜歡，清爽得很。

竹小姐說「我有點擔心」之後，旋即滿臉通紅。這原本只是針對罵小正一事感到擔心，但她脫口而出之後忽然發現，這話可能讓人聽起來有另一層含意，霎時心頭一慌，臉就紅了。就只是這樣，沒什麼大不了。一樁極其無聊的事。然而那天，無論是小正在我這裡哭，或竹小姐有點擔心，甚至多賞我一碗飯，想解開那天所有的怪現象，必須放進一件重大事情來考量。那就是，鳴澤糸子之死。鳴澤小姐是在前一天晚上過世，這樣就能明白愛笑的小正為何被罵了。助手們，和鳴澤糸子一樣，都是年輕女孩，通常也容易衝動吧。女人身上，往往還殘留著老舊陳腐的情緒。竹小姐因寂寞迷惘，像在做慈善似地賞我一碗白飯，也是在發洩她難以排遣的情緒吧。總之，那天大家變得怪怪的，都和鳴澤糸子之死有很強的關聯。小正和竹小姐，都不是對我有意思。別開玩笑了。

怎麼樣，你懂了吧？這樣你還喜歡竹小姐嗎？反正你來一趟道場吧，實際看看本人就知道。比起竹小姐，小正算是還有清新感，我覺得滿好的。不過你好像討厭小正，要不要重新考慮一下？小正還是有可取之處喔。像是前天吧，小正展現了她非常溫和的一面，我稍稍對她另眼相看了。今天就告訴你那件事的經過。我想你一定也會喜歡上小正的。

3

前天，同寢室的西脇筆頭菜，終於因家裡的因素要離開這所道場。恰巧這天小正剛好排休，便和筆頭菜約好要送他到E市。塾生們得知此事，前一天就起鬨調侃小正，紛紛強迫她帶伴手禮回來，小正也一派輕鬆地爽快答應。然後到前天早上，她穿著久留米藍黑底碎白花紋勞動褲，趕忙追著筆頭菜而去。到了下午三點多，我們在做伸展運動時，她回來了。但一點也不像和心上人道別回來的樣子，一臉笑咪咪穿梭在各個房間，將說好的伴手禮送給塾生。

在目前這種人手不足的時期，即使較為富裕人家的女兒，似乎也得外出工作。小正像是這一類的，工作也一半像是做好玩的，加上口袋很深，所以出手都非常大方，這也是她受塾生歡迎的原因之一。這次送的伴手禮也相當奢侈。這東西不曉得她是在哪裡？怎麼弄到的？都是一寸或兩寸的玩具鏡子，背面貼著電影女明星的照片。以前，這是糖果餅乾店免費送給客人的贈品。然而現在，即使是這種不值錢的東西，買起來也絕不便宜，但她竟買了幾十個回來，說不定把糖果餅乾店或玩具店的庫存掃光了。總之，這是頗具小正風格的伴手禮。塾生們興高采烈，大家很喜歡背面貼的電影女明星照片。活惚舞也拿到一個。我不喜歡收女人送的東西，而且我也沒強迫她帶伴手禮回來送我，況且和大家拿著同樣的玩具手鏡，還得欠人家一份人情，我覺得無聊透頂。小正來我們的房間，將鏡子遞給活惚舞時，問說：

「活惚舞，你知道這位女演員嗎？」

「不知道，可是長得很漂亮，跟妳很像耶。」

「唉唷，討厭啦。她是丹妮兒．黛麗尤[8]喔。」

「哦，她是美國人啊？」

「才不是呢，是法國人啦。有段時期在東京很紅，你不知道嗎？」

「不知道。管她是法國人還哪國人，總之這個還給妳。我不喜歡洋人。能不能換成日本女明星的照片？拜託啦，讓我換。這個就給那邊的小柴雲雀吧。」

「居然還挑東挑西。這是我特別，只送你一個人喔！我才不要送給雲雀，他太壞心眼了，我討厭。」

「這樣啊。那我就收下吧。丹妮？」

「丹妮兒啦！她是丹妮兒．黛麗尤。」

我聽著他們兩人的對話，漠無表情繼續做我的伸展運動，但心裡很不是滋味。我就這麼惹小正討厭嗎？我當然不會認為她喜歡我，但也萬萬沒想到她竟這麼討厭我。我自認已經把自己的地位擺到最低了，沒想到底層還有底層。人終究是活在自我陶醉的幻影裡吧。現實是很殘酷的。我究竟哪裡不好？下次我要認真向小正問個清楚。不料機會意外提早到來。

4

這天下午四點多的自由時間，我躺在床上茫然地眺望窗外之際，看到換上白色

8 丹妮兒．黛麗尤（Danielle Darrieux，1917-2017），法國女演員、歌手。被譽為法國偉大的電影明星之一。

護士服的小正，抱著要洗的衣服突然出現在院子。我不由得起身，從窗戶探出上半身，悄聲喚她：

「小正。」

小正轉身對我笑。

「不給我伴手禮嗎？」我試探性地說。

她沒立刻回答，迅速環顧四周，像在留意有沒有被人看到。此刻，道場是安靜時間，四下一片寂靜。小正笑得有些僵硬，將手掌稍稍遮在嘴邊，嘴巴「啊」地大大張開，然後嘟起嘴巴，縮下巴，接著嘴巴張開一半左右，輕輕點頭，然後又把嘴巴張得更開約三分之二大，再度輕輕點頭。完全沒出聲，亦即用嘴型在傳達訊息。我一看就懂了，她在說：

「等，一，下，哦。」

雖然我立刻就懂了，但也故意用同樣的嘴型反問：「等，一，下？」結果她又一字一字斷開，用小孩打瞌睡般的可愛表情，做出「等，一，下，哦」的嘴型，接著輕輕揮動遮在嘴邊的小手，彷彿在說「保密，保密」，最後聳肩一笑便小跑步往別館跑去了。

「等一下哦，是嗎？原來事情比我想像的容易嘛。」我在心中如此低喃，碰的一聲躺回床上。我不用說明我的喜悅吧。一切請自行想像。

然後在昨晚的摩擦時間，我從小正那裡收到「等一下哦」的伴手禮。昨天早上，小正就好像在圍裙裡藏了什麼東西，耐人尋味地在走廊徘徊。我猜圍裙裡可能藏著要給我的伴手禮，但若厚臉皮走過去伸手要，萬一被她反將一軍：「你要幹嘛？」我豈不糗大了，所以我佯裝不知情。不過後來知道，那果然是要送我的伴手禮。

昨晚七點半的摩擦時間，睽違約一週又輪到小正來幫我摩擦，她左手拿著臉盆，右手藏在圍裙裡，笑盈盈地走來，在我床邊蹲下。

「你真的很壞心眼耶，幹嘛不來跟我拿。我從一早不曉得在走廊等你多少次了。」

說完，她打開床邊的抽屜，迅速讓圍裙裡的東西滑進去，旋即緊緊關上。

「不可以說喔！誰都不能說喔！」

我躺著輕輕點了兩三次頭。小正開始幫我摩擦。

「好久沒幫雲雀摩擦了啊。因為一直排不到我。我想拿伴手禮給你，可是不曉得該怎麼做，真的很傷腦筋呢。」

我用手在脖子做了個打結的動作，意思是問：「領帶嗎？」

「不是。」她噘起下唇笑了笑否定，低聲說：「你好笨喔。」

我確實很笨。我連西裝都沒有，是在莫名其妙猜什麼領帶。我自己都覺得好笑。可能是從小手鏡，無意識聯想到領帶吧。

5

接著，我以右手比出書寫的動作，意思是問：「鋼筆嗎？」我真是自私的人。因為我的鋼筆最近寫起來很不順，潛意識想要一支新鋼筆，就在此時脫口而出。我也暗自為自己的厚臉皮感到傻眼。

「不是。」小正又搖頭否定。我已完全摸不著頭緒。

「這個伴手禮或許有點樸素，可是你不要拿去送給別人喔。店裡只剩這最後一個。雖然裝飾一點都不高級，不過你離開這裡以後要隨身帶著喔。雲雀是紳士，一定用得到。」

我更加一頭霧水了。該不會是手杖吧？

「總之，謝謝妳。」我邊翻身邊說。

「謝什麼呀。你這個人真是呆頭鵝。趕快把病治好離開這裡啦。」

「非常感謝妳的照顧。我乾脆死在這裡算了。」

「這怎麼行！有人會哭喔。」

「是妳嗎？」

「你少臭美了。我才不會哭呢！而且我也沒理由哭啊。」

「我想也是。」

「就算我不哭，也有很多人會為你哭啊。」她想了想繼續說：「大概有三個，不，四個吧。」

「哭什麼嘛，沒意義。」

「當然有，有意義喔。」她強力主張，然後湊到我耳畔，一邊掰著左手指一邊說：「有竹小姐吧？還有小金魚吧？還有洋蔥吧？還有霍亂吧？」說完笑了笑，喊了一聲：「哇！」

「霍亂也會哭啊？」我也笑了。

這晚的摩擦時光很快樂。我對小正的態度，也不像以前那麼僵硬了。現在，我已經有了凡事從高處往下看的雲淡風輕與從容，也能自在地開玩笑了。也就是說，我可能已經完全拋開過去這半個月想被女人喜歡的苦惱欲望，心中毫無罣礙到連自己都不可思議，玩得非常開心愜意。喜歡和被喜歡，宛如被五月風吹得喧囂譁然的樹葉。我心中已無執著。新男人，又往前飛躍了一步。

這晚，摩擦結束後，到了報導時間，我聽著擴音器傳來美軍即將進駐這裡的消息，拉出抽屜，取出小正送的伴手禮，打開包裝。

那是個三寸見方的小包，裡面放著香菸盒。「你離開這裡以後要隨身帶著喔。雲雀是紳士，一定用得到。」她先前這句令人費解的話，此刻我終於明白了。

我從包裝盒取出香菸盒，翻來倒去端詳之際，不知為何悲從中來，很不高興。似乎不盡然是聽了世間新聞之故。

6

這是個銀色扁平的盒子，像是用不鏽鋼，或是蛋糕刀那種鉻金屬做出來的。盒蓋上以紊亂的黑色細線畫出薔薇蔓藤般的圖案，盒蓋邊緣塗上紅豆色的琺瑯。要是沒有這個琺瑯就好了。因為多了這個沒必要的琺瑯裝飾，就成了小正說的「有點樸素」，而且「一點都不高級」了。可是，畢竟是小正特地買給我的，無論如何要好好收藏。

但我總覺得不愉快。收了人家的禮物，實在不該說這種話，我真的一點都不高興。這是我第一次收家人以外的女人送的東西，胸口莫名悶得難受，餘味很糟。於是我把香菸盒藏在抽屜最底層最深之處，希望早點忘掉。

其實我不想提這個香菸盒，也不知該如何處理，只是希望藉由這個過程，讓你多少能明白小正的優點，所以才把這件事告訴你。怎麼樣？你有沒有稍微對小正改觀了？還是你依然覺得竹小姐比較好？請告訴我你的想法。

今天，原本住在隔壁「天鵝之間」的「營養口糧」，搬來筆頭菜的床位。營養口糧名叫須川五郎，現年二十六歲，聽說是法律系學生，相當受歡迎。膚色微黑，眉毛粗濃，雙眼炯炯有神，戴著圓框眼鏡，鷹勾鼻。我對他印象不太好，但聽說助手們對他趨之若鶩。看來男人越討厭的男人，女人反而越喜歡。由於營養口糧的出現，「櫻之間」的氣氛也反常得令人掃興。活惚舞已經對營養口糧抱持些許敵意。

今天晚飯前的摩擦時間，助手們又紛紛向營養口糧問了許多英文。

「欸，教教我，對不起的英文怎麼說？」

「I，beg，you，pardon。」營養口糧答得非常裝模作樣。

「好難記喔，有沒有更簡單的說法？」

「Very，sorry。」說得有夠裝模作樣。

「那麼換我。」另一位助手說：「請多保重，怎麼說？」

「Please，takya，of，yourself。」他把 take care 念成 takya，實在假掰到令人受不了。

儘管如此，助手們依然深表佩服地傾聽。活惚舞比我更受不了營養口糧的英文，低聲唱起他自豪的都都逸：

「將來可能會當上博士或大臣，有才華的書生反而窮困潦倒。」總之，他似乎氣勢強盛地急著牽制營養口糧。

話說，我精神不錯。今天量了體重，胖了一點五公斤。狀況極佳。

九月十六日

關於衛生

1

這陣子老是寫女人的事，疏於報告同寢室諸位前輩的近況，今天就來跟你說「櫻之間」塾生的事吧。昨天，「櫻之間」發生了吵架事件。活惚舞，終於毅然決然挑戰營養口糧了。

起因在於醃梅。

這件事說來相當複雜。活惚舞有個瀨戶燒小缽，裡面裝著醃梅，吃飯時就從床下的櫃子取出醃梅來配飯。但最近醃梅開始發霉，活惚舞認為可能是容器害的，因為小缽的蓋子蓋不緊，細菌一定是從這裡溜進去，才導致醃梅發霉。活惚舞是很愛乾淨的人，對此耿耿於懷，之前就在想有沒有更好的容器來裝醃梅。就在今天早上吃飯時，隔壁床的營養口糧一如往常拿出一瓶蕗蕎來配飯，活惚舞側目看著他把蕗蕎吃光了，瓶子剛好空了，心想用這個瓶子最好。這瓶子的瓶口很大，而且瓶蓋能栓得很緊，細菌沒辦法溜進瓶子裡。況且既然已是空瓶，營養口糧應該也很樂意出借吧。活惚舞雖然討厭向營養口糧低頭，但為了防止細菌入侵，無論如何要有這個蕗蕎瓶。一定要重視衛生才行。活惚舞如此一想，便在吃完飯後，戰戰兢兢開口向營養口糧借空瓶。

營養口糧直勾勾地看著活惚舞問：

「你要這種東西，幹什麼？」

這種說法，使活惚舞怒火中燒。這段期間以來，兩人之間早已瀰漫著低氣壓。活惚舞曾是這所健康道場的第一美男子，但最近營養口糧的美男呼聲迅速竄升，害得活惚舞的存在越來越稀薄，他正一肚子氣沒地方發。

「這種東西？須川先生，這種說法不太好吧？」活惚舞自己的說法也很妙。

「為什麼？哪裡不太好？」營養口糧一臉漠然地反問。怎麼看都是死板又假掰的人。

「你不懂啊？」活惚舞有點招架不住，硬是擠出傻笑，「我又不是要向你借豬尾巴，你卻冷漠地說這種東西，叫我的臉往哪裡擺。」情況越來越妙了。

「我又沒說什麼豬尾巴。」

「你這個人真不明事理啊。」活惚舞有點厲害了起來，「就算你沒說豬尾巴，但我就是想到豬尾巴，這也沒辦法呀。你別瞧不起人。不管大學生或水泥匠，一樣都是日本國民吧？居然把我當豬尾巴看。如果我是豬尾巴，你就是蜥蜴尾巴啦！要一視同仁。儘管我沒什麼學問，但我也知道衛生很重要，一定要重視衛生。人如果不重視衛生，就跟畜生一樣了。」

到底什麼跟什麼呀，這場爭吵越來越莫名其妙。

2

營養口糧完全不予理會，雙手枕在後腦勺，仰躺於床，看起來像有氣魄的人。活惚舞則盤腿坐在床上，身體前後左右搖晃，一下子捲起袖子，一下子又拳頭砰砰砰地敲打自己的膝蓋，頻頻露出焦慮不安。

「喂，你有在聽嗎？那邊的大學生。你該不會會柔道吧？聽說有大學生會柔道，太可怕了。你可別跟我耍柔道。聽好了，我可擺明了把話說在前頭，這所道場，既不是柔道的道場，也不是美男子修行的道場。場長清盛，前陣子在講課時間說過。他說各位都是選手，是要向全日本證明，結核病一定能痊癒的選手，希望我們大家要自重。那時我聽得眼淚都滾下來了。俗話說，男人見義不為無勇也。勇也應該有分大勇小勇。因此身而為人，最重要的是具備智仁勇，絕不是受女人歡迎就沒問題了。」活惚舞說得支離破碎。儘管如此，他還是鐵青著一張臉，說得更大聲：「所以說，正因如此，衛生當然是大事。我們常說要小心火燭，重視衛生，就是這個道理。再怎麼樣也絕對不能把一個人拿來跟豬尾巴相提並論。」

「別說了，別說了。」越後獅子出面調停。剛才越後獅子一直默默躺在床上，但這時忽然起身下床，從後面拍拍活惚舞的肩，以些許威嚴的語氣說，別說了別說了。

活惚舞迅速轉身面向越後獅子，緊緊抱住他，還把臉埋進他懷裡，一陣陣地哇哇大哭了起來。走廊上聚集了五、六位其他房間的塾生，不知所措地看著房裡的情況。

「不要看！」越後獅子怒斥走廊的塾生。到這裡都還一派威嚴，但接下來就有點走調了，「不是在吵架喔！只是單純，單純，嗯，單純，單純，嗯……」他開始低吟起來，彷彿走投無路地看向我。

「在演戲。」我悄聲說。

「單純只是，」越後獅子恢復元氣接道：「演戲的作用。」演戲的作用是什麼意思？實在令人費解。我猜可能是直接說出我這種年輕晚輩教他的話，有損他的顏面，情急之際就想出「演戲的作用」這種奇妙說法。或許所謂的大人，總是這樣勉為其難地活著。

活惚舞宛如被母獅抱在懷裡的小獅，頻頻搖頭啜泣，口齒不清地開始叨絮訴苦。

3

「我打從出生，沒受過這種奇恥大辱。我生在教養不錯的家庭，連我爸都沒打過我。今天居然被當豬尾巴看待，我真的快氣死了。我想好好跟他講道理，所以都挑最好聽的話。我一心只想挑最好聽的話跟他說。我真的自認我只說最好聽的話。可是他居然躺在床上裝作沒聽到，那是什麼態度嘛！氣死我了！我真的很不甘願。那是什麼態度嘛！人家都只說最好聽的話耶，他居然那種態度！我真的深深感到厭世。人家只說最好聽的話……」

活惚舞逐漸反覆說同樣的話。

越後獅子輕輕扶他躺下。活惚舞側躺背對營養口糧，雙手摀臉啜泣了一陣子，後來終於靜靜睡著了。到了八點的伸展運動時間，他依然靜靜躺在床上。

這場爭吵真的很妙。但到了午餐時間，活惚舞已恢復原來的樣子。此時營養口糧拿了洗乾淨的蕗蕎瓶來，說了一句「請用」，認真地遞給活惚舞。活惚舞也連忙點頭致意，說了一聲「不好意思」，坦率地收下瓶子。吃完午餐後，活惚舞開心地從瀨戶燒小缽夾起一顆顆醃梅，放進蕗蕎瓶裡。若世人都能像活惚舞這樣坦率耿直，這世界住起來一定更舒服。

關於吵架的事，我就說到這裡，順便簡單向你報告一件事。

今天下午是竹小姐幫我摩擦。我跟她說了一些你的事。

「竹小姐，有個人說他很喜歡妳喔。」

竹小姐摩擦的時候幾乎不說話，總是靜靜地，臉上掛著雲淡風輕的微笑。

「那個人說，比起小正，他更喜歡妳十倍喔。」

「誰啊？」沉默小姐，終於低聲問。她似乎很喜歡「比小正好」這種折衷誇讚方式。女人真膚淺。

「妳高興嗎？」

「不喜歡。」竹小姐只回了這句就繼續刷刷刷地摩擦，但手勁有點粗魯，而且皺著眉頭，滿臉不悅。

「妳在生氣啊？那個人真的是好人喔，而且是詩人喔。」

「噁心。雲雀，你最近有點惡劣喔。」她以左手背擦掉額頭的汗水。

「會嗎？那我就不跟妳說了。」

竹小姐沉默不語，只是繼續摩擦。摩擦完臨走前，她攏了攏散落的鬢髮，奇妙地笑說：

「Very sorry。」

她是想說對不起吧。看來竹小姐也不錯嘛。怎麼樣？你要不要抽空來我們道場玩？我讓你見你最喜歡的竹小姐。開玩笑的，失禮了。近來早晚天氣轉涼了。這種時期更需重視衛生，小心火燭。請連我的份努力用功。

九月二十二日

波斯菊

1

謝謝你立即回信，我看得很開心。進入高中後，課業也更忙了吧，這種時候還寫長信，想必很辛苦。今後，你真的沒必要老是回這種長信。我擔心會耽誤你的課業。

你罵我向竹小姐說那種事，實在不像話。我也深感抱歉。不過你說「我不敢去探望你了」，我實在難以苟同。你也太小心眼了。若你不能敞開心胸，輕鬆地向竹小姐打招呼，就稱不上新男人。換言之，就是要捨棄色慾之心。不是有句話說，詩三百，一言以蔽之，思無邪嗎？所以要常保天真爛漫之心。日前我跟隔壁床的越後獅子說：

「我有個男性友人在學寫詩……」

我還沒說完，越後獅子便極其粗暴地斷言：

「詩人最假掰了。」

我有點不爽，立刻頂回去：

「可是，自古都說詩人使語言煥然一新不是嗎？」

越後獅子莞爾一笑，不假思索地說：

「對。不能沒有今日的新發明。」

我覺得越後獅子說的也不容小覷。聰明如你，應該早就洞悉了。請你今後，除了努力寫詩，凡事都能展現新男人的真實面貌。我說這話好像有點自以為是，裝出一副前輩的模樣，其實我只是希望你別在意竹小姐的事。只要你鼓起勇氣，來道場看看竹小姐就知道。見到她本人，你的幻想會立即煙消雲散。畢竟她只是個出色的大鯛魚。但話說回來，你還真的很迷竹小姐啊。我寫了那麼多強調小正可愛的事，你完全不願肯定她，還說「小正那種女子，就像不成氣候的電影女演員」，一心只有竹小姐，真是令人折服啊。我看我暫時收斂點，別再跟你說竹小姐的事了。如果再說下去，害你越來越沉迷，以至於臥床不起就糟糕了。

今天，我來跟你介紹活惚舞的俳句吧。下星期天的慰勞廣播，要舉辦塾生的文藝創作發表會，對和歌、俳句、詩有自信的人，於明晚之前將作品交到辦公室。活惚舞是我們「櫻之間」的代表選手，要發表他的俳句，因此兩三天前他就把鉛筆夾在耳朵，端正地跪坐在床，歪著腦袋認真構思詩句。今天早上，他終於寫好了，將十首俳句寫在信紙上，拿給同寢室的我們看。首先他拿給營養口糧看，營養口糧苦笑說：

「我不懂俳句。」旋即把信紙還給活惚舞。於是活惚舞拿給越後獅子看，請他批評指教。越後獅子弓著背，定睛瞧著紙張，半晌後說：

「不像話。」

說寫得很差也就罷了，居然批評人家不像話，我覺得太過分。

2

活惚舞臉色蒼白地問：

「這樣不行是嗎？」

「你去問那個老師。」越後獅子以下巴指向我。

於是活惚舞把信紙拿來我這裡。我不是風雅之士，對俳句的奧妙也全然不懂，心想還是像營養口糧那樣，立刻把信紙還給活惚舞，請他饒了我吧。但又覺得活惚舞很可憐，想要安慰他，所以明明不懂，我也乖乖拜讀這十首俳句。我覺得沒有寫得太糟，大概就普通吧，算是平凡常見的詩句，但若叫我寫，我可能想破頭都寫不出來。

其中這首「爛漫野菊花，在枝頭胡亂綻放，猶如少女心」，我覺得有點怪，但也沒有爛到令人怒斥不像話的地步。但讀到最後一首，我大吃一驚，終於明白越後獅子憤慨的原因了。

「這露水之世，縱使是露水之世，儘管如此也。」

這是別人寫的俳句。這實在不行。但我也不想挑明地說讓活惚舞蒙羞。

「我覺得每一首都很棒，但最後一首如果能換掉，整體來說會更好吧。這是我門外漢的看法。」

「這樣啊？」活惚舞不服氣地嘟起嘴巴，「但我認為這一首是最好的。」

這一首當然好。這可是連我這個門外漢都知道的知名俳句喔。

「好是好沒錯啦……」

我有點不知所措。

「你知道嗎？」活惚舞竟得意忘形，以些許瞧不起我的口氣說：「我把我對現今日本的真心，都寫進這首俳句裡了，你懂嗎？」

「是怎麼樣的真心？」我也收起笑容反問。

「你還不懂啊？」活惚舞只差沒說我太笨了，皺起眉頭，「你怎麼看日本現今的命運？是露水之世吧？那首露水之世就是在說，儘管是露水之世，大家還是追求光明前進，不要一味地悲觀，是這個意思吧？這就是我對日本的真心。你懂了吧？」

可是，我內心驚呆了。你應該知道，小林一茶寫這首俳句，意在呈現他女兒過世時，儘管看透了這露水般短暫無常的世間，可是再怎麼悲傷也無法對這露水之世斷念。但活惚舞居然拿來這樣用，將它完全改成另一種意思，實在太過分了。這或許就是越後獅子所說的「今日的新發明」，可是也太超過了。我肯定活惚舞的真心，但任意抄襲古人的詩句，還擅自附上意義來把玩，這是不對的。況且，若將這首俳句當成活惚舞的作品交給辦公室，也關係到我們「櫻之間」的名譽，所以我鼓起勇氣，決定跟他說清楚。

3

「可是，古人也有一首俳句，跟你這首很像。你應該不是抄襲的，可是萬一被誤解就不好了，所以我認為把這首換掉比較保險。」

「有相似的俳句啊？」

活惚舞睜大眼睛看著我。那眼神清澈美麗到令人嘆息，使我不禁重新思索，沒有發現自己抄襲這種奇妙心理，或許有可能發生在自恃俳句高手的身上，委實是天真無邪的罪人，簡直就是思無邪。

「說這種事就無趣了。這種事在俳句的世界很常見，真是傷腦筋。畢竟只有十七個字嘛，出現相似的句子也在所難免。」看來活惚舞是慣犯。「不過既然你這麼說，這首就拿掉吧。」他取下夾在耳朵的鉛筆，很乾脆地槓掉那首露水，「取而代之換上這首，你覺得如何？」他在我床頭的小桌上，快速寫好給我看。

「波斯菊或影，翩然疊映地飛舞，在這草蓆上。」

「很好。」我鬆了一口氣說。就算寫得很爛，只要不是抄襲就好，現在我總算放心了，「順便建議一下，改成『波斯菊之影』如何？」由於太過安心，我不小心多嘴了。

「波斯菊之影，翩然疊映地飛舞，在這草蓆上。這樣啊，不錯耶。如此一來，情景更加清楚了。你很厲害喔！」活惚舞說著還用力拍我的背，「真是不容小覷啊。」

我面紅耳赤。

「你就別拍我馬屁了。」我變得心神不寧，「說不定『波斯菊或影』比較好喔。畢竟我完全不懂俳句。我只是覺得『波斯菊之影』，對我們這種門外漢比較好懂。」

其實我在內心吶喊，改不改都無所謂，這種東西根本不重要。

可是活惚舞似乎很尊敬我，他不是在說場面話，而是一臉誠懇地拜託我，說以後還會向我請教俳句，然後意氣風發地，又墊起腳尖輕搖屁股，帶著那音樂韻律感，一搖一擺走回他的床位。我目送他的背影離去，心想真是敗給他了。和他討論俳句，比聽他唱有對白的都都逸，更讓我受不了。我心情難以平靜，不知如何排遣，不由得向越後獅子發牢騷：

「事情真是離譜到令人傻眼啊。」儘管是新男人，我也敗給了活惚舞的俳句。

越後獅子默默無語，只是沉沉地點點頭。

但事情並非這樣就結束了，接下來出現更驚人的事實。

今天早上八點的摩擦時間，輪到小正幫活惚舞摩擦。我聽到活惚舞小聲跟她說的事，大吃一驚。

「小正，妳那首波斯菊，那個不錯喔。不過有一點要注意，『波斯菊或』的『或』不好，要改成『波斯菊之』比較好。」

我整個驚呆了。原來那是小正作的俳句。

4

如此說來，這首俳句確實有點女性的感覺。但這麼一來，那首奇怪的「爛漫野菊花，在枝頭胡亂綻放，猶如少女心」，也有類似的氛圍。這果然也是小正或其他助手作的俳句吧？想到這裡，我不禁覺得那十首俳句都很可疑。活惚舞真的很差勁，著實令人厭惡。就算不要誇張地說那首露水之世或這首波斯菊，是否會影響「櫻之間」的名譽，但以活惚舞的人格問題來說，事情究竟會演變成怎樣？我確實有點擔憂。可是聽到活惚舞與小正接下來的對話，我放心了，而且心情變得很好。

「波斯菊的俳句是怎樣的？我忘記了。」小正說得悠哉。

「這樣啊。這麼說，那是我的俳句囉？」活惚舞說得爽快。

「那是霍亂的俳句吧？你不是曾經偷偷和霍亂在交換俳句什麼的。哇！」

「這麼說來，是霍亂的俳句囉？」活惚舞顯得心平氣和。該說淡定？還是輕快？我已無形容詞可用。「如果這是霍亂作的俳句，那她也太厲害了。啊，會不會是抄來的？」到這裡，只能說天衣無縫。「這次，我要提出那首俳句。」

「是慰勞廣播嗎？那我的俳句也要提出去喔。上次我不是跟你說了一首？就是那首胡亂綻放少女心的。」

果不其然。但活惚舞絲毫不以為意地說：

「有喔，那首已經放進去了。」

「這樣啊，你好好加油喔。」

我不禁微笑了。

對我而言，這才是所謂的「今日的新發明」。這些人，根本不在乎作者掛誰的名字，像是大家通力合作做出來的東西。只要大家能樂在其中，開心度過一天便已足夠。藝術與民眾的關係，原本就是如此吧？什麼貝多芬最好，李斯特二流，當精於此道的「專家」議論得口沫橫飛之際，民眾根本不理這些議論，早就各自聽著自己喜歡的曲子，樂在其中。對他們來說，作者是誰，完全不重要。無論是小林一茶作的，或是活惚舞作的，抑或小正作的，只要那首俳句沒意思，他們就沒興趣。他們不會為了社交禮儀或提升品味而勉強「學習」藝術，而是按照自己的喜好，接觸能打動自己內心的作品。單純只是這樣。關於藝術與民眾的關係，他們給我上了新的一課。

今天這封信，我不由得寫了一堆奇妙的道理，但也希望這則活惚舞的小插曲，能在你精進詩藝上帶來「新發明」的助益。因此我沒有撕掉這封信，把它寄給了你。

我是流水，輕撫所有的沿岸川流不息。

我愛大家。會不會很假掰？

九月二十六日

妹妹

1

老是寫這種拙劣無聊的信給你，我時而會忽然覺得尷尬，也曾幾度決定不再寫這種荒謬愚蠢的信了，但今天我看到某人真正偉大的信，深深感嘆人外有人，天外有天，世上竟有人寫出如此荒唐的信，所以覺得我寫給你的信算是罪過比較輕的，也稍微安心了些。你知道嗎？世上的新鮮事真是層出不窮。那個人竟能寫出那麼駭人的信，我都不禁懷疑他是神還是魔嗎？總之，太過分了。

所以今天，我就來介紹一下那封偉大的信吧。

今早，道場秋季大掃除，大致在上午就結束了，下午的日課也放假，來了兩位理髮師為塾生理髮。五點多，我理完髮在盥洗室洗我的光頭時，有人悄悄走到我身旁說：

「雲雀，有在做嗎？」

是小正。

「有在做，有在做。」我正在頭上抹肥皂，答得頗為隨便。最近我總覺得，這種規定的招呼應對既麻煩又囉嗦，實在受不了。

「加油喔！」

「喂，那裡有沒有我的毛巾？」我沒回應她的加油喔，依然閉著眼睛，將雙手伸向小正。不料右手心被放上輕飄飄像信紙的東西。我微微睜開單眼一看，是一封信。

「這是幹嘛？」我蹙眉問。

「雲雀最壞心眼了。」小正笑著瞪我，「為什麼你不說，好，我拼了。有人說加油喔，不回答好我拼了的人，病情會越來越重喔。」

我有點不爽，終於發飆了。

「我現在要怎麼回妳！妳沒看到我在洗頭嗎？況且這封信是怎樣？」

「那是筆頭菜寄給我的信唷。最後不是寫了一首詩嗎？告訴我什麼意思。」

我留意不讓肥皂流進眼裡，不甘願地睜開雙眼，看向信末的那首詩。

「不相見而，氣長久成奴，比日者，奈何好去哉，言借吾妹。」[9]

筆頭菜還真風雅。

「這個妳看不懂啊？這一定是從《萬葉集》摘出來的詩歌，不是筆頭菜作的詩喔。」我不是在吃醋，只是想潑冷水。

「什麼意思？」她低聲說，緊緊地湊了過來。

「妳很煩耶。我在洗頭啦。等一下再告訴妳，妳把信放在那裡，先幫我拿毛巾來。我把毛巾忘在房裡了。如果妳在床上找不到，那就在床頭櫃的抽屜裡。」

「壞心眼！」小正從我手中搶走那封信，小跑步奔向房間。

2

竹小姐的口頭禪是「噁心」，小正的口頭禪是「壞心眼」。以前被這麼罵，我總是渾身打哆嗦，現在習慣了根本不在乎。小正去拿毛巾的這段時間，我得好好想想如何跟她解釋那首「奈何好去哉」。這首詩有點難，所以我才叫她去拿毛巾，想避掉必須當場回答的尷尬。我想著該如何解釋這首「奈何好去哉」，沖掉頭上的肥皂後，小正拿著毛巾來了。但這次她一臉嚴肅，不發一語將毛巾遞給我，便飛快地走掉了。

我霎時愣住了，旋即知道自己做錯事。我最近不曉得是滑頭了，還是麻痺了，不知不覺習慣道場生活後，已失去剛來的緊張感，即使小正跟我說話，我也沒有以前那種興奮，可說簡直遲鈍了，對於助手照顧塾生也覺得理所當然，不認為有特別的好感或什麼，甚至認為這種事根本不重要。由於我現在是這種心態，才會在無意間粗魯地叫小正拿毛巾給我，難怪小正會生氣。之前竹小姐也曾說：「雲雀，你最近有點惡劣喔。」真的，我最近確實有「惡劣」之處。今晨大掃除時，全體塾生為了避免吸入屋內灰塵，都來到新館的前院，託此之福我也才能久違地踩在泥土上。雖然我偶爾也會偷偷溜去後面的網球場，但光明正大獲得外出許可，這還是我來此之後的頭一遭。我撫摸松樹的樹幹。松樹像是活的，有鮮血流過般的溫熱。我蹲下來，驚訝於腳邊草香之強烈，然後以雙手捧起泥土，佩服它潮濕沉甸甸的重量。土腥味讓我強烈感受到「大自然是活的」，這天經地義的事。然而這份驚訝，過了十分鐘也消逝得無影無蹤，什麼都感受不到了。麻痺了，也無所謂了。我察覺到這一點，不知該說人類的馴化性或變通性，總之我對自己的善變驚愕不已。進來這所道

9　此詩出自《萬葉集》，大伴駿河麻呂之作，意為：許久未見，近來可好，不知是否平安，讓我牽掛的妹妹。

場時，我曾深自期許，凡事都要持續抱持最初那種新鮮的戒慎恐懼。然而如今，我對這道場的生活態度，可能開始變得隨便無所謂了。這是我被小正罵時，猛然驚覺之事。小正也有她的自尊心。或許那自尊心小得像紫羅蘭，但正因是如此楚楚可憐的自尊心，才需更加疼惜。我剛才做的事，等同無視小正的友情。小正把筆頭菜寫的祕密信拿給我看，或許是一種揭露她內心真情的行為，縱使這份心意令人不勝惶恐，也就是說現在小正對我的好感超過筆頭菜。就算事情沒有我想的這麼自戀，我也確實辜負了小正對我的信任。雖說我不像以前那麼喜歡小正了，但這是我的任性，我甚至糟蹋了別人的好意。我連收過她的香菸盒都忘了。這很不好，真的很差勁。

「加油喔！」

下次她再如此給我打氣，我一定要感激她的好意，打起精神大聲說：

「好！我拼了！」

3

有過則改，切莫畏懼。新男人改過自新也是很快的。我走出盥洗室，在回房的途中，運氣很好在炭房前遇見小正。

「那封信呢？」我立即開口問。

她露出望向遠方般的茫然眼神，默默搖頭。

「在床頭櫃的抽屜裡？」我心想她會不會剛才去拿毛巾，把那封信放在我床頭櫃的抽屜裡，因此問問看。但她依舊只是搖頭不答。女人就是這樣令人討厭，簡直像從別人家借來的貓，就會裝老實假正經。雖然我也覺得隨便妳啦，但我有義務疼惜小正那楚楚可憐的自尊心，於是我發出像在哄貓的肉麻聲說：

「剛才，對不起哦。那首詩的意思是……」

我還沒說完，她就死心般插嘴：「算了！」語氣異常尖銳，說完就快速走人。我覺得恍如被猛然刺了一刀。女人真的很可怕。我回到房裡，躺在床上，不禁在內心大喊：「萬事休矣！」

不料晚餐時間，送餐來的竟是小正。她冷冷地裝得一本正經，將餐點放在我床邊的小桌上，但沒有立即離開房間，而是去營養口糧那邊，簡直像變了個人，和營養口糧嘻嘻哈哈開起無聊的玩笑，還用力拍營養口糧的背。營養口糧大聲喝道：「好大的膽子！」伸手要抓小正的手時，她大叫一聲：「討厭！」便匆忙逃到我這裡來，湊在我耳畔說：

「這個給你看。等一下告訴我意思。」

她說得很快，隨即遞給我一張摺得小小的信紙，隨即又迅速轉身對營養口糧大聲說：

「喂，營養口糧，你就招認吧！在網球場唱〈江戶日本橋〉的人是誰？」

「我不知道喔！不關我的事！」營養口糧面紅耳赤，拚命否認。

「〈江戶日本橋〉的話，我知道喔。」活惚舞發牢騷地小聲說，然後吃起他的飯。

「那麼，大家慢慢吃喔。」小正笑著向大家行了一禮，走出房間。什麼跟什麼嘛，簡直莫名其妙。我覺得被小正擺了一道，心裡很不痛快。我手上就這樣硬被留下一封信。我實在不想看別人的信，但為了疼惜小正那小小的自尊心，我不得不看。雖然覺得很麻煩，飯後我還是悄悄看了這封信。這就是我跟你說的那封偉大的信。這算不算一封情書呢？我也摸不著頭緒。只是我萬萬沒想到，那個博學多聞又成熟穩重的西脇筆頭菜，私下竟會寫出如此愚蠢的信。可能每個大人，都暗藏著如此愚蠢天真的一面吧。我抄這封信的內容給你看。之前她只在盥洗室讓我看了最後一小部分，這回她把三張信紙都交給我了。以下就是這偉大書信的全文。

4

「追憶往昔之地，道場的森林，我倚在窗邊，腦海靜靜浮現那堪稱人生嶄新一頁的往事，眺望湧來又退去的波浪。海邊的波浪雖靜靜湧來……但海面上的白浪卻洶湧咆哮，這是海風狂吹之故。」

開頭是這麼寫的。完全沒意義吧？這也難怪小正看不懂。簡直比《萬葉集》更難懂。筆頭菜離開道場後，去了故鄉北海道的醫院，這間醫院好像在海邊。我只知道這個，其他究竟是什麼意思，完全一頭霧水。真是奇特罕見的文章。我再抄一段吧。文脈越來越不可思議，忽左忽右四處亂竄。

「當夕月沉入波濤，黑黯襲捲四方，天空的星光指引我的靈魂走向你，縱然世事變遷，滄海桑田，也要努力活出正確的人生！我是男人！我是男人！我是男人！

我要奮發向前！請容我在此稱妳妹妹。如今我被賦予了該說天分抑或什麼，啊，還是該稱為戀人去熱愛比較好。」

到底在寫什麼呀，完全看不懂。寫下來的文脈更荒腔走板，混亂不堪，委實宛如怒濤。

「那不是人，不是物品，是學問，是工作的根源，朝朝暮暮應深愛的是科學，是大自然之美。這兩者是合而為一由衷地熱愛我吧，我也熱愛他們。啊，我有了妹妹，有了戀人。啊，我何等幸福啊。妹妹啊！我的妹妹！我相信妳打從心裡理解我這個哥哥的心意與願望。這才是我的妹妹，今後我也會寫信給妳。妳懂吧，我的妹妹啊！

寫了如此艱澀僵硬的文章，真的很抱歉。而且受妳照顧還稱妳妹妹，實在不好意思，但我認為妳能理解。到了妳這個年紀，對男女之情有所想像也理所當然，但請千萬別太傷神，或說不要想太深。我也會離開俗界。今天天氣很好，但風很強。偉大的大自然！我淚流滿面遊樂其中！我想妳應該懂。今天這封信，請細細反覆詳讀，再三玩味。謝謝妳啊，正子妹！加油喔，我心愛的妹妹！

那麼最後，身為哥哥再說一句。

不相見而，氣長久成奴，比日者，奈何好去哉，言借吾妹。

致正子小姐

一夫兄敬上」

信的內容大致如此。什麼一夫兄，在自己的名字後面加個兄字，真是奇妙的花樣。總之，除了最後《萬葉集》那首詩，其他我都看得一頭霧水。真的是一封很糟糕的信，我就算想模仿也寫不出來。委實堪稱破天荒。不過，西脇一夫這個人，絕非狂人，而是內向謙和之人。這樣的好人，居然會寫出這種亂七八糟的信，所以我才說世上不乏新鮮事。也難怪小正要我告訴她這封信什麼意思。收到這種信的人，無疑是一場災難，真的會想破頭也看不懂吧。不曉得該說「名文」還是「魔文」，抄完這封偉大的信後，我的手腕竟然感到痠痛，字都無法好好寫了。在此先擱筆，改天再敘。

十月五日

試煉

1

前天，我被筆頭菜那篇名文嚇到，以至於握筆都會顫抖，沒能好好寫字，所以寫了那封有頭無尾的信給你，請多海涵。那天晚餐過後，我看了筆頭菜的信，正在愕然之際，小正在走廊的窗戶往裡探，默默擺出一副彷彿在問「你看了沒？」的表情，我輕輕點頭回應。結果小正也一臉認真地點頭，似乎很在乎那封信。這時我感到莫名的義憤填膺，覺得西脇先生是罪人，也覺得小正真是可愛到無法擋。坦白跟你說，從那時起，我再度感受到小正的新鮮魅力。亦即我不再是個遲鈍的男人了。不知不覺就變成這樣了。這都是秋天害的。秋天果真是令人多愁善感的季節啊。不要笑我。我是認真的。

我就全部跟你說吧。之前大掃除的隔天，早上八點摩擦時間，小正捧著臉盆忽然出現在房間門口，然後帶著強忍笑意的表情，直直地往我這裡走來。我沒料到這麼快又輪到小正來幫我摩擦，因此幾乎反射地小聲說：

「太好了呀。」我心裡很是高興。

「你根本隨便說說。」小正像是嫌煩地說，然後就迅速幫我摩擦，「今天早上原本是輪到竹小姐喔，因為她臨時有事，我才代替她來的。怎樣？不行嗎？」她的口氣極為冷淡。因此我有點不悅，沒有回話，默不吭聲。她也沉默了下來。氣氛因此變得越來越沉悶，侷促窘迫。剛來這道場時，每當小正幫我摩擦，我都會特別緊張，覺得渾身不對勁，如今那種緊張感又復甦了，實在侷促得難以忍受。摩擦結束後，我用沒睡醒的聲音說：

「謝謝。」

「把信還我！」小正說得很小聲，但語氣尖銳。

「在床頭櫃的抽屜裡。」我依然仰躺在床，皺起眉頭說。明顯擺出一張臭臉。

「算了。吃完午餐，你可以來盥洗室一下嗎？那時候還給我。」

小正扔下這句話，不等我回答就匆匆走了。

那態度冷淡到令人莫名奇妙。我只要稍微對她好一點，她就馬上板起臉凶巴巴的。很好，既然如此，我也有我的打算。我打定主意豁出去，午休時間要狠狠訓她一頓。

午餐是竹小姐送來的。餐盤一角放著一尊竹編小人偶。我抬頭以眼神問竹小姐：「這是？」她皺起眉頭，用力搖頭，彷彿在說「不要告訴任何人」。我擺出一臉愁容，點點頭。完全無法理解。

2

「今天早上，因為道場臨時有事，我去了一趟鎮上。」竹小姐以平常的語氣說。

「是伴手禮嗎？」不知為何，我感到失望，有氣無力地問。

「很可愛吧？這是藤娘[10]喔，好好收著。」她以大姐的老成口吻說，說完就走了。

我怔怔地呆住了，一點也不高興。日前我才鄭重告訴自己，要坦率地感激別人的好意。但不知為何，我就是不想接受竹小姐這種好意。我對竹小姐的看法，打從來道場之初就一直沒變過，事到如今更難以動搖。竹小姐是助手的組長，也是深受所有道場人們信賴的優秀人物，所以應該更像樣一點。她和小正她們是不一樣的。

怎麼可以買這種無聊的人偶送我，還說這是藤娘喔，很可愛吧？太離譜了。

吃飯時，我不時看著餐盤一角，那尊稱為藤娘，高約兩寸的竹編人偶。越看越覺得這人偶真難看，品味很差。這一定是擺在車站的小賣店，積滿灰塵，很久都賣不出去的東西。性情溫和的人，通常不懂得買東西，看來竹小姐也不例外。有點不良少女氣息的小正，買東西一定更精明。這也無可奈何的事。我不知該如何處置這個竹編人偶，甚至想退還竹小姐，但又想到我日前才剛有個值得嘉許的覺悟，正因是紫羅蘭般楚楚可憐的自尊心，才應更加好好疼惜，於是我垂頭喪氣，只好先將藤娘收進床頭櫃的抽屜裡。不過寫太多竹小姐的事，怕又燃起你的熱情，所以就寫到這裡吧。話說，吃完午飯後，我照小正的指示去了盥洗室一看，她竟然背靠著最裡面那道牆，對我竊竊嗤笑。我頓時怒火中燒，不由得說出自己也吃驚的話。

「妳常做這種事吧？」

「咦？怎麼說？」她帶著淺淺笑容，大眼睜圓盯著我看，耀眼得令我目眩神迷。

---

10 藤娘，是歌舞伎裡的人物，頭戴黑色斗笠，身穿紫藤圖案服飾，挑著紫藤枝條起舞的美女。

「妳常把塾生……」接著我想說，引誘來這裡。但隨即想到這句話過於低級沒品，便就此打住。

「喔？既然你這麼想，那就算了。」她輕輕一說，像是告退般微微欠身，舉步就要走人。

「我拿信來了喔。」我遞出那封信。

「謝謝。」她面無表情地收下，「雲雀，你果然不行啊。」

「為什麼不行？」我竟成了被動。

「雲雀，你當我是那種女人吧？」她臉色蒼白，直勾勾看著我，「你不覺得丟臉嗎？」

「我覺得丟臉。」我索性卸下武裝，「因為我嫉妒。」

小正露出閃亮的金牙笑了。

3

「我看過那封信了喔。」我原本打算狠狠訓她一頓，可是收了竹小姐那無聊的藤娘禮物，心裡有了疙瘩，面對小正甚至有愧疚感，不僅威風不起來，心情簡直鬱悶極了。來到這盥洗室一看，小正又顯得嬌媚動人，於是我萌生了男人最可恥的嫉妒心，不由得說出不該說的話，立刻遭到小正的詰問，陷入幾乎沒救的狀況。

「我全部看完了喔。很有趣。筆頭菜真是個好人啊，我也喜歡上他了。」我淨說些言不由衷，膚淺迎合的恭維話。

「可是，我收到這種信，很意外。」小正若有所思歪著頭，打開信紙來看。

「嗯，我也有點意外。」但我的意外是，這信也寫得太爛了。

「我真的很意外啊。」對小正而言，這確實是一件大事。

「妳也寫過信給他吧？」我又多嘴了，不禁背脊發涼。

「寫過啊。」她答得蠻不在乎。

我頓時很不是滋味。

「那就是妳勾引他了。妳簡直像不良少女。這叫笨蛋！這叫花痴！這叫小太妹！也可以叫倒追！妳實在太不檢點了！不像話！」我豁出去，狠狠臭罵了一頓。

但小正這次不僅沒生氣，還咯咯咯地笑了起來。

「妳認真聽我說啦！而且筆頭菜有太太了，這可不是好笑的事喔！」

「所以我寫了一封感謝信給他太太呀。筆頭菜離開道場時，我送他到鎮上的車站，那時他太太送我兩雙白足袋，所以我寫信向他太太道謝。」

「只有這樣嗎？」

「只有這樣啊。」

「搞什麼嘛。」我心情好轉，「原來只是這麼回事啊。」

「對啊。可是筆頭菜卻寫這種信給我，討厭，討厭，真是要把我折騰死了。」

「這有什麼好折騰的。妳其實也喜歡筆頭菜吧？」

「喜歡啊。」

「什麼嘛。」我又覺得不是滋味了。「你是在耍我啊。真無聊。喜歡上有老婆的人，有什麼用呢？他們夫妻感情可是很好喔！」

「可是，喜歡上你也沒有用吧？」

「妳在說什麼呀。這是兩回事。」我越來越不爽，「妳太不正經了。我從來沒有想過妳會喜歡我喔。」

「笨蛋！笨蛋！雲雀什麼都不知道！明明什麼都不知道還……像你這種人……」小正說到一半轉身哭了起來。邊哭邊苦悶地扭動身子，這才叫折騰。然後怒氣沖沖地說：「你走開啦！」

4

我進退兩難。嘟著嘴巴在盥洗室走來走去之際，連我自己都想哭了。

「小正。」我呼喚的聲音在顫抖，「妳那麼喜歡筆頭菜啊？我也很喜歡筆頭菜喔。他是溫柔的好人，難怪妳也會喜歡他。哭吧，哭吧，盡情地哭吧。我也跟妳一起哭。」

我怎麼會說出這麼假掰的話？現在回想起來簡直像在作夢。我也很想哭，但只是眼角發熱，一滴眼淚也沒流出來。我用力睜大眼睛，站在盥洗室的窗邊，靜靜眺望窗外網球場邊開始泛黃的銀杏樹。

「快走。」不知何時，小正已悄悄來到我旁邊，「快回房間去。被人看到就不好了。」她語氣沉著得令人毛骨悚然。

「被看到也無所謂，我們又沒做什麼壞事。」我嘴上這麼說，心中卻奇妙地小鹿亂撞。

「雲雀，你真是個傻瓜啊。」小正和我並肩站在盥洗室的窗邊，眺望窗外的網球場，自言自語般地說：「你來了以後，道場的氣氛也變了喔。你什麼都不知道吧？你父親是很了不起的人吧。場長曾經說過，你父親是世界級的學者。」

「貧窮的程度也是世界級的。」我霎時滿心落寞。我已經兩個月沒見到父親了。他是否一如往常，擤鼻涕的聲音大到連拉門都為之震動。

「你的家世背景很好。你來了以後，道場真的忽然就開朗了起來。大家的心情也不一樣了。連竹小姐都說，沒看過像你這麼好的人。竹小姐是很少在背後說人閒話的人，但她非常欣賞你喔。不只竹小姐，還有小金魚，還有洋蔥，大家都很喜歡你喔。可是擔心其他塾生會傳一些難聽的流言蜚語，給你添麻煩就不好了，所以大家都小心，盡量不要靠近你。」

我不禁苦笑，真是小心眼的愛情。

「這叫敬而遠之，不是喜歡喔。」

「哎呀，你怎麼這麼說啦。」小正輕拍我的背，然後手就直接悄悄放在我背上，「可是我不一樣喔。我一點都不喜歡你，所以像這樣兩人單獨說話，我也無所謂。你不要會錯意喔，我……」

我悄悄退了一步，離開她身旁。

「妳就繼續和筆頭菜通信吧。坦白說，筆頭菜的信寫得很糟，糟到令我傻眼。」

「我知道啊。就是因為寫得很糟，我才拿給你看。要是寫得很好，誰要給你看啊。我對筆頭菜根本沒感情，你不用這樣瞧不起人。」小正說話的用詞和態度簡直變了一個人，顯得露骨又低俗，「我已經快不行了喔。你看不出來嗎？你是個傻瓜，所以才沒發現。大家都在說，我跟你很要好喔。怎麼辦？被這樣說你也無所謂？」

她低下頭，聳起右肩，一邊竊笑一邊用右肩戳我。

5

「別這樣，別這樣。」我說。這時我也只能這麼說。事情發展得太離譜。

「你很為難嗎？到底是怎樣？你還想讓我更丟臉嗎？昨天夜裡，月太亮了，我睡不著起身去院子，然後看到你床頭邊的窗簾半掩，我就探頭去偷看，你知道嗎？你沐浴在月光下，帶著笑臉睡覺耶。那個睡臉好美喔。雲雀，你說怎麼辦？」

我終於被逼到牆角了。事情越來越荒謬。

「不行啦。太離譜了。我才二十歲耶。我很為難。喂，好像有人來了喔。」我聽到拖鞋的腳步聲，啪噠啪噠往盥洗室走來。

「你真沒用，怎麼可以這樣。」小正拉開了和我的距離，仰頭將頭髮攏上，哈哈大笑。她的臉紅得像剛泡完澡起身似的，整個紅通通。

「講課的時間到了。我失陪了。我討厭遲到，這種事太散漫了。」

我走出盥洗室之際，聽到小正輕聲說：

「不可以跟竹小姐要好喔。」

這話最深得我心。

這都是秋天害的。

回到房間後，講課還沒開始。活惚舞躺在床上唱他的都都逸，內容是路上的草遭人踐踏也會因朝露復甦。這首都都逸，我之前也聽他唱過好幾次，但唯獨此時，不像以往那樣吃不消覺得困擾，反倒能乖乖地側耳傾聽，我也覺得很奇妙。可能我變得膽怯懦弱了。

不久，講課開始了。今天的主題是中日文明交流，由一位姓岡木的年輕老師主講，談中日雙方的醫學交流，舉了很多自古以來的例證，說得具體且淺顯易懂。聽了老師的講解，我更深深同意，日本與中國一直以來都是互相學習的國家，也有很多值得反省之處。雖然我也很用心聽講，但心中總罣礙著我今天的祕密，因此更深切希望能儘快忘記小正的事，做回我以往那個無憂無慮的模範塾生。

說到底，都怪那個小正不好。我原本以為她是個更聰明些的女孩，想不到竟愚蠢到這種地步。剛才她擺出各種令人遐思的動作賣弄風情，但我也知道那沒有任何意義。我又不是愚蠢的自戀狂。小正總是只想到她自己。無論是筆頭菜或是我的問題，她根本不當一回事，只是陶醉在自己的美麗與楚楚可憐裡。儘管她裝作天真無邪，偏偏虛榮心太強，所以不願輸給任何人，再加上她貪得無厭，只要是別人的東西都想要。小正這種小心機，我也是能看穿的。

6

小正拿筆頭菜的信給我看，多少有炫耀成分吧。但我極度瞧不起那封信，小正也敏感地察覺到了，所以她才立刻改變態度，一會兒哭泣落淚，一會兒推我戳我，還脫口說出不該說的話，一定是這麼回事。她的自尊心豈止不像紫羅蘭楚楚可憐，簡直高得像女王一樣，完全不是我能憐惜的。小正說大家都在傳我和她感情很好，真是荒謬至極。至今我從沒聽過有人因為她的事奚落我，根本只有她一個人在那裡嚷嚷。她是個沒修養，家教本質粗鄙的人。或許真如越後獅子所言，是她母親不好。如此冷靜思索後，我的火氣也上來了。我認為小正沒資格當道場的助手。道場是神聖之地，是大家一心想征服結核病，朝夕鍛鍊之地。我下定決心，若小正再做出那種露骨的言行，我一定要向組長竹小姐報告，叫她把小正趕出道場。

下定這個決心後，我終於沒那麼在意剛才盥洗室的惡夢了。

那是一場惡夢。惡夢是與人生無關的東西。如果我夢見我揍你，隔天我不會去向你道歉。我不是這種感傷的宗教家，也不具詩人的情懷。

我不想被夢困住，但盥洗室惡夢的隔天，也就是今天黎明，我又做了一個夢。但這是個好夢。好夢我就不想忘記了，我也希望好夢能和人生有所關聯。這個夢我一定要告訴你。我夢見了竹小姐。今晨我深切地認為，竹小姐是個好人。那麼好的人，打著燈籠也找不到。難怪你會那麼著迷竹小姐。你真不愧是詩人，不僅直覺很準，眼光也極好。太厲害了。之前我生怕你過度著迷竹小姐，萬一臥病在床就糟了，所以後來盡量不跟你說竹小姐的事，但今晨我徹底明白了，我根本不用擔心這種事。

無論再怎麼喜歡竹小姐，竹小姐那個人也不會害人臥病在床或墮落。所以你可以儘管更喜歡竹小姐。我也打算不輸給你，要更信賴竹小姐。話說回來，小正真是個蠢女人，跟竹小姐完全相反。你說的完全沒錯，小正是個不成氣候的電影女演員。昨天，在那件事之後，到了晚上八點的摩擦時間，明明又沒輪到小正，她卻跑來我們「櫻之間」，彷如把白天的事忘得一乾二淨，在那邊跟營養口糧和活惚舞嘻笑打鬧。那時幫我摩擦的是竹小姐，她一如往常，安安靜靜，以熟練的手法刷刷刷地幫我摩擦，對於小正他們無聊的玩笑也只是時而莞爾一笑，但小正竟大辣辣地走來我們旁邊，以粗魯輕慢的口氣說：

「竹小姐，我來幫妳吧。」

「謝謝。」竹小姐輕輕點頭致意，雲淡風輕地回答：「我馬上就好了。」

7

我就這樣冷靜了下來。我喜歡沉靜端莊的竹小姐。笨拙地向我示好時的竹小姐，可卑醜陋到不忍卒睹。當小正轉身走向營養口糧後，我悄聲對竹小姐說：

「小正那個人很假掰啊。」

「其實她心地善良喔。」竹小姐以疼愛的口吻，只回了這麼一句。

那時我暗忖，竹小姐的人格，果然比小正高尚吧？竹小姐很快就摩擦完畢，隨即捧起臉盆就去支援隔壁「天鵝之間」了。她走了以後，小正又笑咪咪來我床邊，低聲說：

「你跟竹小姐說了什麼？你確實有說。我知道喔。」

「我說妳是個假掰的女生。」

「壞心眼！我就知道！」但出乎意料的，她並沒有生氣。「喂，那個還在嗎？」她用雙手比出四角形。

「菸盒嗎？」

「嗯，你收在哪裡？」

「在那個抽屜裡。我可以還妳喔。」

「哎呀，真討厭。那個你要一生帶著。雖然有點累贅就是。」她奇妙地說得平心靜氣，但接下來忽然大聲說：「果然從雲雀這個房間，看到的月亮最清楚。活惚舞，你過來一下！來這裡和我一起拜月亮！你也可以作一首明月什麼的俳句喔，怎麼樣？」

實在有夠吵。

這晚，因為這些事情，也沒發生什麼異常狀況，我很快就睡著了。但將近黎明時，我忽然醒了。走廊的夜燈將房裡照得朦朧微亮。我看了床頭的時鐘，快要五點了。外頭依然一片漆黑。窗外好像有人在窺看。我馬上反應過來，一定是小正！一張白皙的臉，確實在笑，但立刻又不見了。我起身掀開窗簾一看，外頭沒有半個人。我的心情詭異又複雜。難道是我還沒睡醒，腦筋不清楚看錯了？就算小正再怎麼胡鬧，也不會這個時間跑來做這種事。於是我不禁苦笑，我竟是個浪漫主義者啊，隨即又鑽進被窩睡覺。但我還是很在意。過了片刻，遠處的盥洗室傳來嘩啦嘩啦像是洗衣服的聲音。

就是她！我也不知基於什麼理由，認定剛才嫣然一笑便消失的就是她。現在她確實在那裡。如此一想，我就按捺不住了，悄悄起身，躡手躡腳走到走廊。

盥洗室裡，只亮著一顆蒼白的燈泡。我偷看了一下，是竹小姐穿著藍黑底碎白花紋和服，圍著白色圍裙，弓著背蹲在那裡擦拭盥洗室的地板。她還將手巾左右折角包在頭上，宛如伊豆大島的女子。她回頭看了我一眼，便轉身繼續默默擦拭地板。她的臉龐看起來極度消瘦。道場的人還靜靜熟睡中。竹小姐總是如此早起就開始打掃嗎？我不知該說什麼，只是內心激動不已，看著她擦拭地板的身影。坦白說，這是我有生以來，第一次為了可怕的欲望懊惱。黎明前的漆黑裡，有種不尋常的氣息蠢蠢欲動。

8

看來，盥洗室是我的鬼門關。

「竹小姐，剛才……」我聲音卡在喉嚨，說得吞吞吐吐，「妳去過院子嗎？」

「沒有。」她回頭看向我，淺淺一笑，「少爺，你在說什麼夢話呀？啊，真噁心。你光著腳丫耶。」

這時我才發現，我確實光著腳丫。因為太激動就跑來了，忘了穿草鞋。

「你這人真叫人擔心啊。擦擦腳吧。」

竹小姐起身，在水槽嘩啦嘩啦地洗完抹布，拿著抹布到我旁邊蹲下，用力把我右腳底和左腳底都擦得很乾淨。我覺得不僅腳底，連我內心深處的角落都變乾淨了。然後那個奇妙又可怕的欲望也消失了。她在幫我擦腳時，我將手搭在她肩上，故意模仿她的關西腔說：

「竹小姐，以後也要讓我撒嬌喔。」

「你是太寂寞了吧。」竹小姐笑也不笑，彷如自言自語般輕聲說，「來，這個借你穿，趕快去上廁所，晚安。」

竹小姐脫下自己的拖鞋，將兩隻鞋朝我排好。

「謝謝。」我裝作若無其事地穿上拖鞋，「我可能還沒睡醒，神智不清吧。」

「你不是起來上廁所嗎？」竹小姐又開始擦起地板，以老成的語氣說。

「是沒錯……」

我當然不敢說是因為看到窗外有女人的臉。這麼荒唐的事我說不出來。那時我的心很混濁，才會看到那種幻影吧。想到自己被噁心的幻想觸動心弦，光著腳丫就跑出走廊來到這裡，實在下流無恥。有人卻是每天天還沒亮就起床，心無雜念地默默擦拭打掃。

我靠在牆上，持續看竹小姐工作的模樣一陣子，深深體會到人生的嚴肅。所謂健康，就是這種模樣吧。託竹小姐之福，我覺得我心底的純粹之玉，變得更清爽透明了。

你知道嗎？正直的人真好，單純的人是高貴的。過去我有些輕視竹小姐的善良，現在我知道那是錯的。你果然有眼光，小正根本無法跟她比，望塵莫及。竹小姐的愛，不會使人墮落。這是很了不起的事。我也要成為擁有正向愛情的人。我要一天飛得比一天高，周遭的空氣逐漸變得冷冽清澈。

看來男兒畢生千鈞一髮啊。然而新男人，總是優遊於險境，然後輕盈地脫身，度過難關，持續翱翔。

如此一想，秋天也算不錯。有點冷，但很舒服。

小正的夢是惡夢，我想盡快忘掉。至於竹小姐的夢，如果這是夢，我但願永遠不會醒來。

我不是在放閃喔。

十月七日

營養口糧

1

你好。這場暴風雨真恐怖，該不會是颱風吧。美國駐軍大概也嚇壞了吧。聽說E市也來了四、五百個美軍，但還沒出現在這一帶。場長在訓話時也曾說，不要過度害怕，以免成為笑柄。道場裡的人大多也處之泰然，唯有助手小金魚有些垂頭喪氣，遭到眾人訕笑。聽說兩三天前，小金魚有事冒雨去了一趟E市，回到道場後，晚上和大家一起就寢，竟然開始啜泣。大家問她怎麼了？怎麼了？聽她抽抽噎噎說完經過，大致明白狀況如下。

小金魚在鎮上辦完事後，來到巴士站等回程巴士時，一輛空的美軍卡車，在傾盆大雨中駛來，然後好像發生了故障，剛好停在巴士站的前面，兩個像孩子般的年輕美國士兵從駕駛座跳下來，淋著雨開始修理，可是好像遲遲修不好，縱使淋成落湯雞也一直默默修理機器。不久，小金魚要搭的巴士來了，她跑出巴士站要上車前，居然像夢遊似的，從包袱巾拿出兩個梨子，分送給那兩個美國少年，聽到背後傳來「Thank you」的聲音，剛跳上車，車就開了。事情只是這樣。回到道場後，她心情也逐漸平靜下來，可是很奇妙，卻也開始感到一股難以言喻的畏懼，擔心得不得了。到了晚上，將棉被蓋在頭上就獨自抽抽噎噎哭了起來。這件事隔天一早就傳遍整個道場，有人說這也難怪，有人說實在不像話，也有人說簡直莫名其妙，總之大家哈哈大笑。小金魚即使遭到揶揄奚落，也只是面無表情地搖搖頭，說她現在依然忐忑不安。

另外還有一個人，就是我的室友營養口糧，最近總是愁眉苦臉，看起來心事重重，原來他也有不為人知的苦惱。

我也搞不太懂，營養口糧這個人究竟是祕密主義者，抑或只是喜歡裝模作樣，他從不跟我們打交道，總是客客氣氣地保持距離，在「櫻之間」是個極為格格不入又侷促的存在。前天晚上，那場強烈暴風雨，使道場在七點多停電了，因此晚上的摩擦也取消了，擴音機因停電也不能用，所以晚上的報導也沒得聽了，塾生都早早上床睡覺。可是風聲太駭人，沒人睡得著，活惚舞小聲地在唱歌，越後獅子從自己床邊的抽屜找出蠟燭，點燃燭火放在床頭櫃，然後大辣辣地盤坐在床，專心修理自己的拖鞋。

「好強的風啊。」

營養口糧帶著詭異的笑容朝我這裡走來。營養口糧會去別人的床位聊天，實在是很罕見的事。

2

就如飛蛾戀慕地撲向燈火，我猜人類在這種暴風雨夜，即使是看到微弱的燭光也會備感溫馨，不由得被吸引過來吧。

「是啊。」我坐起上半身迎接他，「駐軍可能也被這場暴風雨嚇到了吧。」

他笑得更詭異了。

「呃，那個，其實啊……」他的語氣有點滑稽，「問題就在這個駐軍。總之，請你看一下這個。」他遞給我一張信紙。

信紙上寫滿了英文。

「我看不懂英文。」我面紅耳赤地說。

「你看得懂啦。像你這樣剛從中學畢業的年紀，是英文記得最熟的時候。哪像我們早就忘光了。」他笑咪咪地說，往我的床尾坐下，然後突然壓低嗓門，彷彿只想說給我聽：「其實啊，這是我寫的英文。一定有文法錯誤的地方，想請你幫我修改。你看了就知道了。這個道場的人太抬舉我了，以為我的英文很厲害，要是美軍來到這個道場，我說不定會被拱出去當口譯。想到這件事我就擔心得不得了。希望你能明白。」說完，他像是為了掩飾難為情，呵呵呵地笑了。

「可是，你的英文不是真的很厲害嗎？」我心不在焉地看著信紙說。

「別開玩笑了，我這種程度根本沒辦法當口譯。我有點得意忘形，對助手們過度炫耀英文。要是這樣被拱出去當口譯，被那些助手看到我說得結結巴巴，不曉得會多麼瞧不起我。這件事真的讓我很頭痛，最近我擔心得晚上都睡不好。希望你體諒我現在的處境。」說完又呵呵呵地笑了。

於是我認真看起這封信，雖然有些不懂的單字，但大意如下：

請你不要生氣，原諒我的失禮。我是個可憐的男人。為什麼呢？因為無論聽、說或其他方面，我的英文程度都有如嬰孩。你的英文程度遙如彼岸，並非我所能及。況且，我是個肺病患者。你要小心喔！很危險喔！我極有可能傳染給你！但是，我非常相信你。以神之名，我承認你是氣質高尚的紳士。我相信你一定會同情我這可憐的男人。我的英語會話完全不行，但讀和寫勉強可以。如果你有足夠的體貼與耐心，請把今天的要事寫在這張紙上。但是，請你耐心等候一小時。這段時間，我會把自己關在房裡，好好研究你的文章，盡我最大的能力寫下回覆。

我衷心祈禱你身體健康。千萬別為我貧乏又醜陋的文章生氣。

3

相較於筆頭菜那封奇怪又令人費解的信，營養口糧這封信算是有條有裡。但我邊看邊覺得好笑得不得了。看了他這封信也能充分明白，營養口糧有多怕被拉出去當口譯，基於他的虛榮心，他又多麼煞費苦心下了各種功夫，要是萬一被拉出去當口譯，要如何撐住場面不會丟臉，不辜負助手們對他的期待。

「這簡直像重大的外交文書嘛，寫得堂堂正正。」我強忍笑意說。

「你別調侃我了。」營養口糧苦笑，從我手中搶過那封信，「有沒有什麼錯誤？」

「沒有，這文章非常易懂。這就叫做名文吧？」

「是令人迷惘的迷文吧？」他居然說這種無聊的冷笑話，但被誇獎了似乎也心情不錯，擺出有些得意、煞有介事的表情繼續說：「一旦要上場翻譯，責任果真重大，所以我想請對方容許我用筆談。因為我過於炫耀英文知識，到時候說不定真的會被拱出去。事到如今也逃不掉了，變成一件麻煩事啊。」他說得感慨萬千，還刻意輕輕嘆了口氣。

我也不禁感慨，每個人都有各自不同的心事啊。

可能是暴風雨的緣故，抑或微弱燭光的關係，這夜我們同寢室的四個人，以越後獅子的燭火為中心，久違地聚在一起，聊了些知心話。

「所謂自由主義者，那究竟是什麼啊？」活惚舞不知為何，壓低嗓門悄聲地問。

「那是在法國，」營養口糧可能在英文方面吃了苦頭，這回轉而展現他對法國的知識，「起源於一群放蕩主義者（Libertine）。他們鼓吹自由思想，行為放蕩不羈。但那是十七世紀，距今三百年前的事了。」他揚起眉毛，說得煞有介事。

「搞什麼嘛，原來是放蕩者啊。」活惚舞一臉詫異地說。

「對啊，也可以這麼說。他們通常過著像無賴漢的生活。譬如那齣很出名的戲劇《大鼻子情聖》，裡面那個大鼻子西哈諾，就堪稱當時的放蕩主義者。他勇於反抗當時的權貴，扶助弱勢。當時的法國詩人大多是這種人。以日本來說，和江戶時代的俠客有幾分相似。」

「什麼跟什麼啊。」活惚舞噗哧一笑，「照你這麼說，幡隨院的長兵衛[11]也是自由主義者囉？」

4

但營養口糧笑也不笑地回答：

「你要這麼說也無妨。只不過那時的自由主義者，和現在的自由主義者不太一樣。十七世紀的法國自由主義者，也就是放蕩主義者，大多是那個樣子。或許花川戶的助六[12]或鼠小僧次郎吉[13]也算這一類的人。」

11　幡隨院的長兵衛，江戶時代庶民，被譽為日本第一俠客。
12　花戶川助六，古典歌舞伎的著名俠客人物。
13　鼠小僧次郎吉，江戶時代的知名義賊。

「咦，原來是這樣啊。」活惚舞非常高興。

越後獅子一邊縫補拖鞋，也莞爾一笑。

「說到底，這個自由思想，」營養口糧越說越認真，「它的本質就是反抗精神，或許也能說是破壞性思想。它不是在掙脫壓制與束縛後才萌生的思想，而是受到壓制與束縛的當下所發生的鬥爭性思想。舉個常見的例子來說，有一天鴿子向神明請求：『我在飛翔的時候，總是受到空氣阻礙，害我無法快速向前飛，請神明把空氣抽走。』神明答應了鴿子的請求，抽走了空氣。但鴿子卻怎麼揮動翅膀都飛不起來了。換言之，這隻鴿子是自由思想。有空氣的阻力，鴿子才飛得起來。沒有鬥爭對象的自由思想，宛如在真空管中揮動翅膀的鴿子，完全無法飛翔。」

「這跟某個男人的名字很像吧？[14]」越後獅子停下修補拖鞋的手，如此說道。

「啊！」營養口糧搔搔後腦勺，「我不是這個意思。這是康德舉的例子。我對當今日本政界一無所知。」

「不過多少要知道一點才行喔。畢竟今後，年輕人也都有選舉權和被選舉權了。」越後獅子儼然是眾人的長老，冷靜沉著地繼續說：「自由思想的內容，可說每個時代都不同吧。為了追求真理而奮鬥的天才們，每一個都堪稱自由思想家。我甚至認為，自由思想家的始祖是耶穌基督。他說『別煩惱，你們看天上的飛鳥，不種，不收，也不囤積在倉庫裡』，這是多麼美好的思想啊。我認為西方思想都是基於基督精神發展出來的，有些加以傳播，有些加以淺顯說明，有些則是提出質疑，即使有各種說法，最終還是歸結成一本《聖經》。就連科學也不能說與它無關。無論物理界或化學界，科學的基礎都來自假說，也就是假設的學說。從肉眼無法看清的假說出發。所有的科學，都是信仰這些假說才誕生的。日本人若想研究西洋的哲學和科學，應該先研究《聖經》。我並非基督徒，但我認為，日本不研究《聖經》，只是一味地學習西洋文明的表象，才是日本大敗的真正原因。無論自由思想或什麼，如果不懂耶穌基督的精神，大多無法真正理解。」

5

之後大家靜默了片刻。連活惚舞也一臉深思，默默地點頭。

14 暗指日本政治家鳩山一郎。二戰後一九四六年，自由黨於國會大選贏得多數席次，鳩山一郎時任黨魁，準備組閣時卻因極右派的經歷遭盟軍總司令部禁止擔任公職。

「接下來，關於自由思想的內容時時刻刻在變化一事，我來說個例子給你們聽。」這晚，越後獅子一反常態格外健談，甚至有種崇高隱者的氣質。我暗自揣想，搞不好他真是什麼大人物，若不是生病，現在可能是為國家在做大事的人。「以前中國，有位自由思想家，反對當時的政權，憤而歸隱山林。他認為這是時不利我，但沒有意識到是他自己的失敗。他有一把名刀，等候時機一到，要以這把名刀刺殺政敵，帶著這樣的自信歸隱山林。十年過去，世局也變了。他認為時機到了，便下山向人們宣揚他的自由思想。不料此時他的自由思想，已變成陳腐的投機思想。最後他拔出名刀，想對民眾展示自己的志氣。可是很悲哀，刀已生鏽。故事就是這樣。意思是，十年如一日，恆久不變的政治思想，只是一場迷夢。

日本自明治以來的自由思想，起初也是為了反抗幕府，然後彈劾藩閥，接下來攻擊官僚。孔子說君子豹變，就是在說這種事吧。在中國，所謂的君子，不是日本說的菸酒不沾的老實人，而是指精通六藝的天才，也可說是天才型的謀略家。這果然還是豹變，會展現出美麗的變化，與醜陋的背叛是不同的。耶穌也說，一切都不要起誓，更說不要想明天的事。這不正是自由思想家的先驅嗎？耶穌還說，狐狸有洞穴可居，天空的飛鳥有巢可住，但人子無安枕之處。這段話也可說是自由思想家的感嘆吧。哪怕是一天也不允許安於現狀。他的主張是必須日日新，又日新。在日本，如今還在攻擊昨日的軍閥官僚，這已經不是自由思想，而是投機思想。若是真正的自由思想家，此時應該不顧一切高喊一句話。」

「什麼話？要高喊什麼話？」活惚舞慌張地問。

「你應該知道吧？」越後獅子正襟危坐，「天皇陛下萬歲！就是喊這句話。這句話到昨天為止是陳腐老舊的，但在今天，它是最新的自由思想。所謂十年前的自由和今天的自由，內容迥然不同，就是這麼回事。這已經不是神祕主義，而是人與生俱來的愛。今日真正的自由思想家，應當死在這句呼喊下。聽說美國是個自由的國家，想必一定允許日本這自由的呼喊。要不是我現在生病，我真的恨不得立刻跑去二重橋前，大聲高喊，天皇陛下萬歲！」

營養口糧摘下眼鏡，哭了。在這暴風雨之夜，我完全喜歡上營養口糧這個人。當男人真好啊，此時什麼小正啦，竹小姐啦，根本都不是問題。以上是以「暴風雨的燈火」為題，來自道場的信。那麼失陪了。

十月十四日

口紅

1

謝謝你的回信。你似乎很喜歡我日前那封「暴風雨夜的會談」一信，我很高興。根據你的看法，你說越後獅子也許是當代罕見的大政治家，或是知名的偉大學者，但我不這麼認為。因為如今反而是這種市井無名之輩，針砭時事發表正確言論的時代。國家的領導階層只會慌張失措地東奔西竄。這種情況若持續下去，顯然領導者很快就會遭民眾摒棄。聽說大選也近了，若那些議員只會說不著邊際的演說，到頭來民眾只會更瞧不起他們。

說到選舉，今天這所道場發生一件非常奇妙的事。今天中午過後，隔壁的「天鵝之間」發出一個傳閱板，公告的內容大意如下：婦女獲得參政權委實值得慶賀，但近來道場助手們的濃妝豔抹實在不堪入目，如此一來參政權也會哭泣。據說美國駐軍，常誤以為搽鮮豔口紅的婦女是娼妓。若果真如此，這不僅有礙本道場的名譽，更是日本全體婦女的恥辱等云云，接著便列出妝化得太招搖的助手綽號。最後還補上一段：「上面列出的六人裡，孔雀的裝扮最醜怪，簡直像吃馬肉的孫悟空。我們也曾屢次規勸她，但她毫無反省之意，應該將她逐出道場。」

隔壁的「天鵝之間」，向來都是硬漢聚集之地，連頗受助手歡迎的營養口糧也待不下去，所以才逃來我們「櫻之間」。「櫻之間」多虧了越後獅子的品德之福，簡直是如沐春風的房間。這次的傳閱公告，活惚舞首先發出不平之鳴，說這太過分了。營養口糧也莞爾一笑，支持活惚舞。

「你不覺得很過分嗎？」活惚舞也尋求越後獅子的贊同，「人要一視同仁，不用把人家趕出去吧。無論在任何情況，都不該忘記人與生俱來的愛。」

越後獅子默默地輕輕頷首。

活惚舞乘勢也徵求我的同意。

「對吧，我說得沒錯吧？自由思想，應該不是這麼小家子氣的東西。這位年輕老師你覺得呢？我認為我的論點沒錯。」

「可是，隔壁的人，應該不是真的把她趕走吧？可能只是要向大家展現他們的氣魄。」

我笑著如此一說，活惚舞當下否定。

「不，不是這樣。我認為婦女參政權與口紅之間，根本沒有致命性的矛盾。那些傢伙平常不受女人歡迎，所以趁這種時候企圖報復。」簡直一語道破。

2

接著，活惚舞又搬出他那套「最好論」。

「世上有大勇和小勇，那些傢伙做的事叫小勇。他們還叫我白板[15]，我早就受不了他們了。雖然我也不太喜歡活惚舞這個綽號，可是被叫白板，我可忍不下這口氣！」活惚舞為離題的事大動肝火，火速下床重新繫好腰帶，「我要把這個傳閱板，扔回給他們！自由思想從江戶時代就有了。這種時候，人更不能忘記智仁勇。那麼各位，這件事就交給我處理。我要把這個扔回去給他們！」活惚舞說得臉色都變了。

「等一下，等一下。」越後獅子用毛巾擦著鼻頭說：「你不可以去。這件事就拜託那個老師去吧。」

「雲雀嗎？」活惚舞非常不滿，「恕我說一句失禮的話，雲雀勝任不了這件事。我和隔壁那些傢伙，以前就有一些過節，不是現在才開始的。他們說我是白板，我怎麼忍得下這口氣！這就是所謂的自由與束縛，而自由與束縛也可說是君子豹變。那些傢伙根本不懂基督精神。如果情況需要，我一定會讓他們見識我的厲害。這雲雀是辦不到的。」

「我去。」我跳下床，迅速走過活惚舞前面，順手拿走他手上的傳閱板，走出房間。

「天鵝之間」似乎早在等「櫻之間」的回覆，等得不耐煩了。我一進去，八個塾生立刻圍過來，七嘴八舌地說。

「怎麼樣？這個提案很痛快吧？」

「櫻之間的美男子們，都很傷腦筋吧？」

「你們該不會背叛我們吧？」

「塾生要團結起來，要求場長趕走那個孔雀。給那種孫悟空選舉權，太浪費了！」

15　白板，陰部無毛的女人。

吵吵嚷嚷，鬧得不可開交，像一群天真無邪，愛胡鬧的小孩。

「這件事交給我處理吧？」我說得比誰都大聲。

霎時鴉雀無聲，但隨即又吵了起來。

「你少出風頭了！少出風頭！」

「雲雀是妥協的使者嗎？」

「櫻之間的氣氛太鬆散了。現在可是日本的重大時期喔。」

「都不知道我們淪落成四等國家了，還在那邊看美女流口水。」

「是怎樣？怎麼突然要我們交給你處理？」

「今天晚上，就寢時間以前，」我挺直腰桿大吼：「我會通知你們！如果你們不滿意我的處理，到時候就照你們的提案做！」

又是一片鴉雀無聲。

3

「你是反對我們的提案嗎？」過了半晌，一個眼神凌厲如日本錦蛇的三十歲男人問我。

「我非常贊成。關於這個提案，我有個非常有趣的計畫。請讓我去執行。拜託你。」

大家的氣勢好像有些消風了。

「這樣可以了吧。謝謝。這個傳閱板借我用一下，晚上再還給你們。」

我回到「櫻之間」後，活惚舞一臉不甘願地說：

「雲雀不行啦。我剛才在走廊都聽到了。你說那種話根本沒有用。你應該把基督精神和君子豹變搬出來訓他們一頓，要不然說自由與束縛也好啊！因為他們不懂道理，跟他們講有條有理的事最好了。你怎麼不跟他講自由思想是空氣與鴿子呢！」

「總之，到晚上為止，先交給我處理吧。」我說了這句話就去躺在自己的床上。這種折騰還真累人。

「交給他，交給他。」越後獅子躺在床上，語帶威嚴地說。因此活惚舞也沒再多說，不情願地躺下了。

其實我根本沒什麼計畫，只是樂觀地認為，只要把這個傳閱板給竹小姐看，她一定會處理得很好。下午兩點的伸展運動時，竹小姐經過我們房前的走廊，剛好看了我一下，我立刻舉起右手，輕輕招她過來。竹小姐也輕輕點頭，立即走進房間。

「有什麼事嗎？」她認真地問。

我一邊做腿部運動，一邊低聲說：

「床頭，床頭。」

竹小姐看到床頭的傳閱板，拿起來大致看了一下，語氣沉穩地說：「這個借我一下。」便將傳閱板夾在腋下。

「有過則改，切莫畏懼。越快越好。」

竹小姐露出了然於心的表情，輕輕點頭，然後往床頭的窗戶走去，默默眺望窗外景色。

過了片刻，她以毫不矯飾的自然語氣，對著窗外小聲說：

「源伯，真是辛苦你了。」

窗外的下方，一名叫源伯的老工友，兩三天前就開始除草。

「中元過後，」源伯在窗下回答：「才剛除過草，現在又長成這樣了。」

我由衷欣賞竹小姐說「真是辛苦你了」的語氣，佩服不已。她對傳閱板那毫不在意、沉著開朗的態度，也令我佩服，但最打動我的還是她問候源伯時的關懷語氣，相當有氣度。宛如大戶人家的夫人，在簷廊對修整庭院的老伯說話，顯得悠哉從容，讓人覺得她非常有教養。越後獅子也曾說，竹小姐的母親一定是很了不起的人。這起濃妝豔抹的風波，交給竹小姐處理，一定也能巧妙地輕鬆解決吧。想到這裡，我就更放心了。

4

結果我對竹小姐的信任，得到超乎預期的美好回報。下午四點的自由時間，走廊的擴音機突然傳來事務員的廣播：

「留在原地，請大家留在原地，放輕鬆聽就好。關於助手化妝引起非議一事，剛才助手們已經自發性表示，會在今天之內，加以改正。」

哇！隔壁「天鵝之間」傳來歡呼聲。臨時廣播繼續說：

「今天晚餐後，助手們會各自卸妝，最晚在今晚七點半的摩擦時間，會卸妝到讓美國人不至於誤解的樸素打扮，與各位塾生見面。此外，接下來助手牧田小姐，想對各位塾生致歉，也請大家體察牧田小姐的誠意。」

牧田小姐就是孔雀。孔雀稍稍清了清喉嚨說：

「我個人，」

隔壁房間立即傳出哄堂大笑。我們的房間，大家也賊賊地笑了。

「我個人，」如蟋蟀般細微的可憐聲音，「不懂得分辨時節與場合，況且還是最年長者，居然遲鈍地做出這種遺憾之事，在此深表歉意。今後也請各位多多指導。」

「很好！很好！」隔壁又傳來起鬨聲。

「真可憐。」活惚舞說得感慨萬千，斜眼看向我。我有點難過。

「最後，」事務員接著說：「這是全體助手的請求，希望大家立即改掉牧田小姐的綽號。今天的臨時廣播，到此為止。」

「天鵝之間」旋即送來傳閱板，上面寫著：

「大家都很滿意。雲雀勞苦功高。孔雀應改名為『我個人』。」

活惚舞立刻表態反對這個綽號提案。將綽號取為「我個人」，未免太殘酷了。

「這也太狠了吧。她剛才已經拼命道歉了，不是說要體察她的誠意嗎？看天上的飛鳥，講的就是這道理。不是要一視同仁嗎？害人終將害己。我堅決反對。孔雀卸妝後會露出黑皮膚，改成烏鴉好了。」

烏鴉反而更苛薄殘酷。根本無濟於事。

「既然孔雀變樸素了，那就改掉孔雀的孔字，換成麻雀吧。」越後獅子說完，呵呵呵地笑了。

麻雀也有點太死纏著道理，而且無趣。但畢竟是長老的意見，於是我在傳閱板上寫下：「『我個人』太殘酷了，『麻雀』較為妥當。」讓活惚舞拿去隔壁。「天鵝之間」似乎已收到各房間提出的綽號提案，搞不好到頭來會定為「我個人」。因為那時，孔雀稍稍清了清喉嚨，說出「我個人」的時候，實在令人印象深刻，難以忘懷。除了「我個人」以外的綽號，都讓人覺得遜色。

5

晚上七點半的摩擦時間，小金魚、小正、霍亂與竹小姐，各自捧著臉盆來到「櫻之間」。竹小姐若無其事，筆直地往我這裡走來。由於小金魚和小正，都在這次需要注意化妝的名單裡，所以她們進房時我特別看了一下，結果看起來只有髮型有些改變，而且好像依然有化妝。

「小正還是有搽口紅吧？」我低聲問竹小姐。竹小姐開始刷刷刷地摩擦。

「你別看那樣，其實已經擦掉很多了，她還為此大吵大鬧呢。要一次就全部改掉太難了啦。畢竟還年輕嘛。」

「妳處理得太好了。」

「其實以前場長也提醒過好幾次。今天場長也聽了辦公室廣播，心情很好呢。場長問我，今天的廣播是誰的主意，我說是雲雀是想出來的，那個從來不笑的場長，居然哈哈哈地笑說，真是令人開心的孩子啊。」竹小姐可能也因為今天的口紅事件有點激動，不由得話多了起來。

「才不是我想出來的。」軍功的歸屬必須分清楚。

「都一樣的啦。如果你沒說，我也不會採取行動。沒有人喜歡被怨恨。」

「妳被怨恨了嗎？」

「沒有。」她帶著特有的雲淡風輕笑容搖搖頭，「雖然沒有被怨恨，可是我很難過。」

「孔雀說的那番話，我聽了也有些難過。」

「嗯。牧田小姐啊，是她主動來說要跟大家道歉的喔。她沒有惡意，是個好人，只是化妝技巧太差了。我也有搽一點口紅，看不出來吧？」

「搞什麼嘛，原來同罪啊？」

「看不出來就沒問題。」她一臉淡定，繼續刷刷刷地摩擦。

我心想，女人哪。這是我來到這所道場，第一次覺得竹小姐可愛。即使是大鯛魚，也不容小覷。

不知你意下如何？我再度建議你來拜訪這所道場。這裡有位值得尊敬的女性。她不是你的，也不是我的。她是現今日本唯一能向世界誇耀的寶物。我居然讚美得有些誇張，連我自己都受不了，不過總之，讓人不起色慾又帶有親愛之情的年輕女子很少吧？我想你對竹小姐，應該也不帶色慾，只是有親愛之情吧。這是我們新男人的勝利。男女之間，只靠著信賴與親愛交往，只有我們才懂。這是所謂的新男人，才得以品嘗的天賜美果。年輕詩人啊，若想品嘗這純潔的醍醐味，請務必造訪本道場。

可是說不定，你早已在你的周圍，嘗到更為純潔的美果滋味了。

十月二十日

花宵先生

1

昨天你來訪，我真的很高興。你來訪還送我一束花，並各送竹小姐和小正一本紅色袖珍英文辭典當伴手禮。不愧詩人作風，而且親切周到，尤其還給竹小姐和小正帶伴手禮，令我感佩不已。

她們曾送我香菸盒和竹編藤娘人偶，雖然我有些吃不消，但也內心惦記著改天必須回送禮物，這回你善解人意帶來伴手禮，讓我鬆了一口氣。你似乎有比我更嶄新的一面。我對於收女人的東西，或送人家東西，總覺得不自在。這或許是我的陳腐之處。我要向你學習，不要害臊，大方地禮尚往來。我覺得你又教會了我一件事。我見識了你爽朗的美德。

當小正說「你有訪客喔」，帶你來我的房間時，我激動到胸部都快內出血了。你應該明白吧？當然闊別許久看到你，高興的成分很大，但比起這個，看到你和小正彷如老朋友笑咪咪地並肩走來，更讓我驚訝。那一幕簡直像童話故事。我去年春天也有過類似的心情。

去年春天，我中學畢業時罹患肺炎，在高燒中恍惚之際，忽然往床邊一看，竟看到中學的木村主任和母親在床邊有說有笑，那時我也嚇破膽了。兩個分別生活在學校與家庭，住在截然不同遙遠世界的人，竟在我床邊像老朋友有說有笑，那一幕實在太神奇了，宛如在十和田湖看見富士山[16]，一種極度混亂恍如童話般的幸福感在我心中跳躍。

「你看起來已經好很多了嘛。」你如此說，遞給我一束花。我霎時不知如何是好，你以極其自然的態度拜託小正。

「請拿個花瓶借雲雀用，簡單粗糙的就好。」

小正點頭，立即去拿花瓶。我真的像在作夢一樣，一頭霧水搞不清狀況，甚至脫口問了笨拙的問題。

「你以前就認識小正了？」

「我是看了你的信才知道的吧？」

16 十和田湖在青森縣，照理說看不到富士山。

「這樣啊。」

兩人哈哈大笑。

「你看到小正就認出是她？」

「我一眼就看出來。感覺比想像中好很多。」

「比方說？」

「居然問得追根究柢，你對她還是有意思吧。她沒有我想像中那麼低俗，就只是孩子吧。」

「這樣啊？」

「可是感覺還不錯，骨架看似很細。」

「這樣啊？」

我心情好極了。

2

小正拿了一支細長的白花瓶來。

「謝謝妳。」你收下後，隨便將花插進花瓶裡，然後說：「等一下請竹小姐來重插吧。」

你這麼說有點不妥喔。就算你立刻從口袋拿出袖珍辭典送給小正，小正也沒露出很高興的表情，只是默默地客氣行了一禮，就快步走出房間。那果然證明了小正不高興。她不是那種會冷淡客氣行禮如儀的人。可是你眼裡只有竹小姐沒有別人，這也無可奈何。

「天氣不錯，去二樓的陽台聊吧。現在是午休時間沒關係。」

「這我都知道，你信上都寫得很清楚，所以我才挑午休時間來。而且今天是星期天，還有慰勞廣播可聽。」

我們笑著走出房間，步上二樓。但是從這時起，我們忽然嚴肅起來，都在談論天下國家大事，究竟為什麼呢？我們的命已交付給那尊貴之人，並已確實做好心理準備，要照那個人的吩咐輕盈地飛向任何地方，應該已經沒什麼好討論的，但我們卻興奮地互訴對重建日本的想法。或許男生的感情再好，只要久別重逢，就會急著高談闊論，讓對方肯定自己的進步吧。到了陽台後，你也對日本基礎教育的失敗，忿忿地說：

「畢竟小時候受了什麼教育，會決定那個人的一生，所以應該安排更優秀的大人物。」

「沒錯，只考慮報酬的人是不行的。」

「就是啊，就是啊。功利性的欺瞞敷衍是行不通的。我已經受夠大人的算計了。」

「可不是嗎！表面的虛張聲勢已經過時了，三兩下就被看穿了。」

看來你也和我一樣，都不擅於議論。那時我們一直反覆在說同樣的話喔。

後來，我們笨拙的議論也逐漸後繼無力，兩人的談話充斥著「只不過是」、「總而言之」、「總之」、「結果」等詞彙，變得倦怠起來，這時竹小姐忽然出現在樓下玄關前的草坪上，我不禁出聲喚她。

「竹小姐！」

那時你也旋即繫緊了褲子的腰帶吧。那是什麼意思？為什麼要繫腰帶？竹小姐將右手貼在額上，抬頭看向二樓陽台，笑說：

「什麼事？」

那時竹小姐的姿態，很不錯吧。

「之前我說很喜歡妳的人，來到這裡了。」

「別這樣，別這樣。」你趕忙說。其實我也有經驗，這種時候真的只能說出「別這樣，別這樣」這種蠢話。

3

「噁心！」竹小姐如此一說，然後把頭轉超過四十五度看向你，笑盈盈地對你說：「歡迎你來。」那時你滿臉通紅，連忙對她行了一禮。然後你低聲對我發牢騷：

「搞什麼，根本是個大美女嘛。你居然耍我。你在信裡說，她是個身材高大威嚴莊重的人，我才放心誇讚她，結果搞什麼呀，根本美得令人驚豔。」

「和你想的不一樣？」

「不一樣，不一樣。截然不同。因為你說她身材高大又有威嚴，我還以為是長得像馬一樣呢，結果搞什麼嘛，那應該用苗條來形容才對。還有膚色也沒那麼黑吧。我討厭那種美女，太危險了。」就在你快速說著這些時，竹小姐輕輕欠身致意，好像要往舊館那裡走去，你慌忙對我說：

「喂，等一下，你快幫我叫住竹小姐。我有帶伴手禮要給她。」

你迅速從口袋掏出那本袖珍辭典。

「竹小姐！」我大聲叫住她。

「不好意思，我扔過去喔。這是雲雀託我帶來的，不是我送的。」然後你就把那本紅色封面的可愛辭典扔過去，那動作真是帥氣又迷人，我在內心暗自佩服你。竹小姐也很厲害，在胸口接住了你送的純潔禮物，然後向你道謝：

「謝謝你。」

無論你怎麼說，竹小姐都知道那是你送的禮物。那時你看著竹小姐往舊館走去的姿影，還嘆了一口氣說：

「太危險了。那實在很危險。」說得一臉認真，害我都想笑了。

「沒什麼好危險的。她是那種，就算兩人在漆黑房裡獨處也不會有事的人。我已經實驗過了。」

「那是因為你是個大笨蛋。」你以可憐我的語氣說：「你根本不懂怎麼分辨美女和不是美女吧？」

我有點不爽。你才是什麼都不懂，還好意思說我。你覺得竹小姐看起來那麼美，那是因為竹小姐的心靈之美，反映在你坦率之心上。你若冷靜觀察，會發現竹小姐長得一點都不美。小正反而比她美多了。那只是竹小姐品格之光，讓她看起來很美。若要論女人的容貌，我自認我的審美眼光比你高出好幾倍。但那時討論女人的容貌是很低級的事，所以我才絕口不提。看來我們似乎有個傾向，只要談到竹小姐，我們就會激動起來，氣氛變得很尷尬。這樣實在不太好。說真的，你要相信我，竹小姐不是美女啦，所以也沒什麼危險。說危險真的太可笑了。竹小姐和你一樣，都是正經八百的人。

之後我們默默在陽台站了片刻，你忽然說我隔壁床的越後獅子是知名詩人「大月花宵」，竹小姐的事就拋到九霄雲外了。

4

「不會吧？」我宛如在作夢。

「好像是真的喔。剛才我看了他一眼，大吃一驚。我的哥哥們都很崇拜他，所以我從小就看過他的照片，記得很清楚。我也很喜歡他的詩。你應該也聽過這個人吧？」

「我當然知道他。」

雖然我不擅長寫詩，但大月花宵我倒是很熟，我到現在都還會背他的〈姬百合〉和〈海鷗〉呢。這幾個月來，這些詩的作者居然就睡在我隔壁床，真的恍如夢境，難以置信。儘管我完全不懂詩，但你也知道，在尊敬天才詩人這件事上，我可是自認一點都不落人後。

「原來他是……啊……」過了片刻，我依舊感慨萬千。

「不過究竟是不是，我也不敢說得太篤定。」你稍稍猶豫了起來，「畢竟只是剛才看了一眼。」

總之，接下來要仔細觀察。星期天的慰勞廣播時間也逼近了，我們下樓回到「櫻之間」，越後獅子在睡覺。那時的他，看在我眼裡是最了不起的，真的就像睡眠的獅子。我們面面相覷，彼此輕輕頷首，兩人不約而同深深嘆了一口氣。因為太緊張了，我們什麼話都不敢說，只是背窗站著，靜靜聆聽唱片播放。節目一個個接著進行，來到這天最精采的助手二部合唱，當她們唱出〈奧爾良少女〉，你以右肘用力戳我的側腹，非常興奮地悄聲說：

「這首歌的歌詞，就是花宵先生寫的喔。」

經你這麼一說，我也想起來了。這首歌在我小時候很流行，少年雜誌還把它當作花宵先生的傑作，配上插圖介紹。我們悄悄注視著越後獅子的表情。之前他輕輕闔眼仰躺在床，但〈奧爾良少女〉的合唱一開始，他就睜開了雙眼，稍稍從枕頭抬頭聆聽，但不久又筋疲力盡閉上雙眼，啊，然後閉著雙眼，看似非常悲傷地淺淺一笑。這時你做出奇妙的動作，右手握拳像在打空氣，然後伸過手來要和我握手。我們笑也不笑，用力地握手。現在回想起來，我們究竟在握什麼手？真是莫名其妙。但那時實在太激動了，若不握手，難以保持鎮靜吧。我們真的都興奮極了。〈奧爾良少女〉唱完後，你以奇怪的沙啞聲音說：

「那，我要告辭了。」

我點點頭，送你到走廊後，兩人同時大叫：

「沒錯就是他！」

5

到這裡為止的事，你也應該都知道。與你道別後，我獨自回到房間，心情已不再激動，而是處於臉色發白的恐懼狀態。我故意不看越後獅子，仰躺在床上，心中混雜著不安、恐懼與焦躁的情緒，遲遲難以平靜。後來我再也無法忍受，終於低聲喚他：

「花宵先生！」

他沒回答。於是我豁出去，將臉轉向他，只見越後獅子默默開始做伸展運動。我也連忙開始做，將雙腳打開成大字型，從小指開始，依序將雙手的手指往中間折。

「她們唱那首歌，但不知道歌詞的作者是誰吧。」一邊做運動，反而能問得比較自然。

「作者什麼的，忘記也沒關係。」他答得很淡定。

我越來越篤定，這個人就是花宵先生沒錯。

「以前真是太失禮了。剛才我朋友跟我說，我才知道。那位朋友和我，都從小就喜歡你的詩。」

「謝謝。」他說得很認真，「但是，現在當越後獅子比較輕鬆。」

「為什麼你最近不寫詩了？」

「因為時代變了呀。」他說完，呵呵呵地笑了。

我心頭一緊，不敢再隨便亂說話。兩人默默運動了片刻後，越後獅子突然暴怒：

「不要管別人的事！你最近很狂妄喔！」

我大吃一驚。越後獅子從未以如此粗暴的口氣跟我說話。總之只能趕緊道歉。

「對不起。我不會再說了。」

「沒錯，什麼都別說。你們根本不懂，什麼都不懂。」

情況真的變得很尷尬。詩人這種人，真可怕。根本不曉得說什麼會得罪他。這一天，我們沒有再交談。助手來摩擦時，跟我說了很多話，但我沒有搭理人家，始終臭著一張臉。內心卻是蠢蠢欲動，想要嚇嚇小正，告訴她隔壁床的越後獅子，其實是〈奧爾良少女〉的作詞者喔。但我被越後獅子封口了，他叫我「什麼都別說」。唉，沒辦法，昨晚只好強忍著睡覺。

不料今晨，激怒的花宵先生，居然爽快地跟我和解了，讓我鬆了一口氣。事情的經過是這樣的。今天早上，越後獅子的女兒，久違來探望他。她名叫清子，年齡和小正相仿，身形清瘦，臉色很差，眼尾上吊，是個溫順乖巧的女孩。她來的時候，我們正在吃早餐。她打開帶來的大包袱巾說：

「我做了一些佃煮來了。」

「這樣啊，那現在就吃吧，拿出來。一半分給隔壁的雲雀先生。」

咦？我深感意外。以前越後獅子叫我，總是「那裡的老師」或「書生」或「小柴君」之類的，從沒用「雲雀先生」這種莫名親暱的叫法。

6

清子小姐拿佃煮來給我。

「你有容器可以裝嗎？」

「啊，有。」我有些驚慌，「在那個櫃子裡。」我說完想下床時，清子小姐早已蹲下，從我床下的櫃子取出一個鋁製便當盒。

「是這個嗎？」

「對，是的。不好意思。」

她蹲在床邊，將佃煮放進便當盒，一邊問我：

「你要現在吃嗎？」

「不，我已經吃飽了。」

她將便當盒放回櫃子，起身說：

「哇，好漂亮。」

她在讚美你亂插的那束菊花。都怪那時你多嘴，說要請竹小姐重插，害我不好意思拜託竹小姐，也不敢拜託小正，總覺得太刻意，所以那束花就那樣擺著。

「昨天我朋友隨便亂插就走了，也沒人幫我好好重插。」

清子小姐看了一下越後獅子的臉色。

「幫他重插。」越後獅子吃完飯，一邊用牙籤剔牙，笑咪咪地說。看來他今晨心情很好，好到反而讓我毛骨悚然。

清子小姐紅著臉，有點遲疑地走到我床頭，將花瓶裡的菊花全部拿出來，開始重插。能有一位好女孩幫我重插，我也很高興。

越後獅子大模大樣盤腿坐在床上，滿臉愉悅地看著女兒的插花技藝，忽然低喃說：

「再來寫詩吧。」

我生怕說錯話又遭他痛罵，所以默不吭聲。

「雲雀先生，昨天很抱歉。」他說完還賴皮似的聳聳肩。

「哪裡，我才該道歉，是我說了狂妄的話。」

真的意想不到，居然如此爽快就和解了。

「再來寫詩吧。」他又說了一遍。

「請繼續寫。真的，就算為了我們，也請繼續寫詩。我們現在最想讀的，就是您那種輕盈純潔的詩。雖然我也不太懂，打個比方說，我們現在追求的是像莫札特的音樂，輕快且高雅清澈的藝術。至於浮誇故弄玄虛或假裝深刻的東西，早已過時，都已人盡皆知。難道就沒有詩人願意美麗地歌頌，長在燒跡廢墟角落的些微青草嗎？這並非逃避現實。痛苦已是人盡皆知的事。我們已經能無所謂地面對任何苦難了，我們不會逃避。我們已經把性命交出去了，了無牽掛一身輕。唯有具備如清水輕快流動的筆觸的藝術，才能完全契合我們這種心情。我覺得現今，這才是真正的藝術。我們都是不要命，也不要名的人。若非如此，絕對無法度過這個難關。這也是那句『看天上飛鳥』的寓意。不是什麼主義的問題。想用那種東西來矇混，已經行不通了。光靠筆觸，就能看出一個人的純粹度。問題在於筆觸，在於音律。如果不是高雅清澈，都是虛假的藝術。」

我努力說出我不拿手的理論。說完之後，覺得很難為情，我不該說這些的。

7

「時代變成這樣了啊？」花宵先生以毛巾擦拭鼻頭，躺下來繼續說：「總之，得趕快離開這裡才行。」

「是啊，是啊。」

來這所道場之後，此時是我首度暗自焦慮，希望能早點有個健康的身體。說句惶恐的話，我覺得上天的潮流也走得太慢了。

「你們是另當別論的。」不愧是詩人，他敏感地察覺到我的心情，「不用著急。只要平心靜氣在這裡好好生活，一定會痊癒，然後就能為重建日本盡一份心力。倒是我，已經上年紀了……」

他說到一半，女兒插好花了，語氣開朗地說：

「比起以前，好像反而插得比較差耶。」

然後她走到父親床邊，改以極小的聲音，忿忿地說：

「爸！你怎麼又在發牢騷啦。現在不流行這個了。」

「我連述懷都不容於世啊？」越後獅子嘴上這麼說，卻眉開眼笑地笑呵呵，笑得極為開心。

我也因此完全忘記剛才突發的焦躁，滿心幸福地微笑。

你知道嗎？嶄新的時代確實來了。輕盈如羽衣，且清冽如淺淺流淌於白沙上的小河。中學的福田和尚老師曾說，芭蕉晚年非常推崇「輕盈」，並將這種境界高置於「閒寂」「幽玄」「餘韻」之上。像芭蕉那種名人都要到晚年才能感悟、憧憬到這種最高心境，我們竟在不知不覺中就自然到達了，真的想不自豪都很難。這個「輕盈」絕非「輕薄」。不捨棄欲望與生命，不會懂這種心境。那是在辛苦努力，流光一切汗水後，吹來的一陣微風；是在世界大混亂末期，從窘迫空氣中誕生的，羽翼透明的輕盈之鳥。不懂這個道理的人，將會遭到淘汰，永遠被排除在歷史潮流外吧。啊，一切都不斷老舊而去。你知道嗎？沒有任何理由。唯有失去一切、捨棄一切的人，他的平安才是「輕盈」。

今晨，我向越後獅子闡述極其笨拙的藝術論後，感到非常難為情，但我發現他女兒悄悄地在支持我們，又讓我信心大增。所以在此我又擺出新男人的氣焰，試著補充之前的說法。

順帶一提，道場的人對你評價很好。你盡可大大地開心。若說你只不過來道場拜訪一下，整個道場的氣氛就突然開朗起來也不為過。花宵先生也立刻年輕了十歲。竹小姐和小正，都要我向你問好。小正還說：「他的眼睛很有神，簡直像天才一樣。睫毛很長，眨眼的時候，我都可以聽到啪搭啪搭的聲音呢！」小正說話總是很誇張，別相信比較好。接著來說竹小姐對你的評價吧。希望你不要太正經，淡然地聽聽就算。竹小姐說：

「他和雲雀，是好搭檔。」

她只說這麼一句。但，她是紅著臉說。完畢。

十月二十九日

竹小姐

1

你好。今天要跟你說一個悲傷的消息。說是悲傷，卻是把「戀慕」念成「悲傷」的奇妙悲傷心情。竹小姐要出嫁了。至於嫁給誰呢？場長。也就是她要和這所健康道場的場長，田島醫學博士結婚了。這是我今天從小正那裡聽到的。

唉，我就從頭說起吧。

今天早上，我母親帶了換洗衣物和一堆有的沒的來道場看我。她每個月兩次，會來打理我的日常用品，每次來都盯著我的臉看，調侃我：

「你是不是開始想家了呀？」今天也一樣。

「或許吧。」我也是每次都故意撒謊。今天也一樣。

「聽說今天回程，有人會送媽媽去小梅橋喔。」

「誰啊？」

「你猜猜看，是誰呢？」

「我？我可以外出嗎？許可下來了嗎？」

母親點點頭：

「可是，如果你不願意就算了。」

「我哪會不願意。我現在一天可以走十里路喔。」

「或許吧。」母親模仿我的口氣說。

睽違四個月，我脫掉睡衣，穿上藍黑底碎白花紋和服，和母親一起走到玄關，只見場長雙手背在後面默默站著。

「怎麼樣？走得動嗎？」母親自言自語般地笑說。

「男孩子滿一歲就能站起來走路了。」場長竟笑也不笑，說出這種無聊的笑話，「我派個助手陪你們一起去。」

小正穿著白色護士服，外面套著山茶花圖案的紅色短外褂，從辦公室小跑步出來，神色慌張粗略地向我母親行了個禮。陪我們去的就是小正。

我穿著新的低齒木屐，率先走向大門。低齒木屐很重，害我走得有點踉蹌。

「哎呀呀，走得很好嘛。」場長在後面喝采。那語氣，比起關懷，更讓我感到冰冷的強烈意志，彷彿在罵我：「不要沒出息喔！」頓時讓我很沮喪。但我沒有回頭，匆忙快走了五、六步後，場長又在後面說：

「剛開始，要慢慢走。剛開始，要慢慢走。」

這次露骨地用斥責的嚴厲口吻說，但反而讓我感受到他的關懷，暗自欣喜。

於是我放慢腳步，慢慢走。母親和小正在後面竊竊私語不曉得在聊什麼，不久也追上來了。我們走過松林，來到柏油路縣道後，我感到輕微暈眩，停下腳步。

「好大喔。路好大喔。」柏油路只是在柔和秋陽的映照下，反射出遲鈍的光芒，但那一瞬間，我彷彿看見了遼闊混沌的大河。

「走不動了嗎？」母親笑說：「怎麼樣？還是下次再拜託你送我吧？」

2

「沒事，沒事。」我故意把低齒木屐踩得震天價響，喀達喀達地走，「我已經習慣這雙木屐了。」不料話聲剛落，一輛卡車氣勢驚人從我後面奔馳而過，我不由得「哇！」大叫一聲。

「好大喔。卡車好大喔。」母親又立刻模仿我的語氣說。

「並沒有很大，但是很強。好強的馬力。大概有十萬馬力吧。」

「這麼說，剛才那是原子彈卡車囉？」今天早上，母親真的很鬧。

就這樣緩慢走到接近小梅橋巴士站時，我聽到一件意外的事。母親和小正邊走邊聊，後來居然說：

「聽說場長最近要結婚了，真的嗎？」

「對啊，和竹中小姐，快結婚了。」

「和竹中小姐？就是那位助手？」母親似乎也很驚訝，但我比她驚訝百倍，那種衝擊簡直像被十萬馬力的原子卡車撞到。

母親倒是很快就平靜下來。

「竹中小姐是個好女孩，場長果然有眼光。」母親說完，開朗地笑了笑就沒再過問，沉穩地轉移話題。

我已經想不起來，我和母親在巴士站的道別情況，只記得那時眼前一片迷濛，心臟撲通撲通猛跳，那種心情實在很難受。

我要向你坦白。我喜歡竹小姐，打從一開始就喜歡了。小正根本不是問題。我是為了忘掉竹小姐，才故意接近小正，努力想喜歡上小正，偏偏無論如何都辦不到。我寫給你的信，一味地述說小正的優點，對於竹小姐則是寫了很多壞話，但那絕非要欺騙你。我只是想藉由那樣的書寫，消除我心中的感情。就連我這個新男人，只要想到竹小姐，身體就沉重起來，羽翼萎縮，真的覺得要變成豬尾巴的無聊男人了。所以我賭上新男人的面子，想辦法瀟灑地整理自己的情緒，我想變得對竹小姐漠不關心。我不斷激勵自己，告訴自己，竹小姐只是性情不錯的好人，只是一隻大鯛魚，不懂得買東西，諸如此類說了她很多壞話。但願你能明白我的苦衷。當然我也期待，你能贊同我的看法，和我一起說竹小姐的壞話，這樣我或許就真的能對竹小姐死心，整個身心輕盈起來。但我的期待落空，因為你對竹小姐非常著迷，我就更不知如何是好了。於是接下來我改變戰法，故意大肆稱讚竹小姐，說什麼無關色慾的親愛之情啦，新型的男女交友啦，企圖想牽制你。這就是過去這段日子以來的經過，也是可悲的真相。我怎麼會沒色慾，我有得很呢！這真可謂心猿意馬，卑鄙無恥到了極點。

3

你說竹小姐是令人驚豔的美女，我當時極力否認，那是因為我也認為竹小姐是令人驚豔的美女。我來道場的第一天，第一眼看到她就這麼認為了。

你知道嗎？竹小姐是真正的美女。那天在黎明前微妙的黑暗深處，竹小姐在蒼白迷濛的燈光下，悄悄蹲在那裡擦地板的模樣，真的美到駭人心神。我不是嘴硬才這麼說，因為是我才有辦法忍住。若是換成別人，在那種情況下一定犯罪。活惚舞常說女人是魔物。或許女人會在無意識的狀況下，一時喪失人性，變成妖魔吧。

今天我要向你坦白，我愛上竹小姐。這與思想的新舊無關。

送走母親之後，我走路膝蓋都會發抖，喉嚨渴得直想喝水。

「找個地方休息一下吧。」說出這話後，我心頭一驚，沒想到自己的聲音竟如此沙啞，彷彿是別人在遠方低喃。

「你一定很累了吧。再走一小段路就有個地方可以休息，我們也常常去那裡歇腳。」

小正帶我去一間像是戰前開過三好野食堂的房子。昏暗寬廣的土間[17]堆放著腳踏車和裝木炭的稻草包，角落有一張簡陋的桌子，擺了兩三把椅子。桌旁的牆上掛了一面大鏡子，陰森詭異地閃著白光，令我印象深刻。這家人不做生意後，似乎也會提供茶水給熟人，成了道場的助手們外出時，摸魚打混的地方。小正熟門熟路往裡走，拿來裝有粗茶的陶製茶壺與茶碗。我們在鏡子下方的桌子相對而坐，喝著溫溫的粗茶。我深深嘆了一口氣，覺得輕鬆多了。

「聽說竹小姐要結婚了？」我終於能以輕鬆的語氣說。

「對啊。」最近小正不知為何似乎也很落寞，她有點冷地輕縮肩膀，直勾勾看著我說：「你原本不知道啊？」

「不知道。」我霎時眼眶發燙，困窘地低下頭。

「我懂。竹小姐也哭了呢。」

「妳在說什麼呀。」小正感慨萬千的語氣，讓我覺得很噁心，很噁心，不禁怒火中燒，「妳少在那裡胡說八道！」

「我才沒有胡說。」小正也眼眶含淚，「所以我之前不是跟你說嗎？叫你不可以跟竹小姐要好。」

「我才沒有跟竹小姐要好！別說得妳好像都懂的樣子！真是噁心死了！竹小姐要結婚是好事。可喜可賀不是嗎？」

「沒有用啦，其實我都知道。你敷衍我也沒有用。」淚水從她的大眼睛溢滿而出，在睫毛凝成淚珠，然後撲簌簌地延著臉頰滑落，「我都知道喔，其實我都知道喔。」

4

「別這樣。這樣沒意義。」我內心想著，這要被人看到就糟了，「這樣根本沒有意義嘛。」我口中卻一直重複的這句話也沒什麼意義。

「雲雀真是個悠哉樂天的人啊。」小正以指尖拭去臉上的淚水，淺淺一笑，「居然一直不知道場長和竹小姐的事。」

「我幹嘛知道那種下流的事。」我頓時極度不爽，很想把大家猛揍一頓。

17 土間，沒鋪地板，只有土石地面的地方，通常為室內與室外的過渡地帶。

「哪裡下流了？結婚是下流的事？」

「不是，我不是這個意思，」我一時語塞，「他們是，從以前就……」

「哎呀真討厭，不是這樣啦。場長是正派的人，他沒對竹小姐說什麼，而是直接去拜託竹小姐的父親。聽說竹爸爸，現在疏散來這裡。然後竹爸爸跟竹小姐提起這件事，她哭了兩三個晚上，說她不要嫁。」

「那就好。」我清爽多了。

「為什麼好？哭了所以好？你這個人真討厭。」小正笑說，歪頭看著我，眼裡閃著奇妙生氣勃勃的光芒，然後倏地伸出右手，緊握我放在桌上的手，「竹小姐是因為愛你才哭的喔，真的喔。」她說完握得更用力了。我也莫名其妙地回握，但隨即覺得荒謬便收回手，為了掩飾羞赧說：

「我來幫妳倒茶吧？」

「不用。」小正的拒絕方式很妙，她低下頭，說得有些怯弱，但拒絕得毅然決然。

「那我們走吧？」

「好。」

她輕輕點頭，抬起臉。那張臉很美。絕對很美。完全沒表情，鼻翼兩側出現疲累般的細微皺紋，下唇微張，一雙大眼睛冷冽深邃清澈，有些蒼白的臉蛋顯得氣質高雅。這種高雅的氣質，是拋棄一切的人特有的。小正也終於超越痛苦，變成能展現清透無欲、嶄新之美的女人了。這也是我們的同伴。委身於新造大船，天真且輕快地隨著上天的潮流前進。微弱的「希望」之風，拂上臉頰。這時我驚豔於小正的面容之美，想起了「永遠的處女」這個詞。平常總覺得這個詞很假掰，這時卻覺得一點都不假掰，是個相當新鮮的詞彙。

庸俗的我竟用了「永遠的處女」這種時髦語彙，可能會被你笑吧。但那時，我真的被小正那氣質高雅的面容拯救了。

竹小姐的結婚，似乎也變成遙遠的往事，整個人突然輕盈起來。這並非想開了或放棄了這種意志性的東西，而是覺得眼前的風景漸漸遠去，像是倒看望遠鏡越來越小。心中也不再有任何執著。如此一來，我心中只剩下所謂「完成」的這種爽快滿足感。

5

我們站在三好野食堂的門前，仰望在晚秋湛藍天空迴旋的美國軍機。

「看似飛得很無聊耶。」

「是啊。」小正露出微笑。

「可是飛機這種造型，有一種嶄新之美。可能是沒有多餘的裝飾吧。」

「說得也是。」小正低聲說，像孩子般天真地目送天空的飛機。

「沒有多餘的裝飾，真好啊。」

我說這話並非單純指飛機，也暗地在抒發我對小正恍神般率真姿態的感想。

我們兩人默默走著。我沿途端詳遇到的女人面容。儘管有程度之差，我覺得現今女人的臉都一樣，都像小正那樣流露出無欲的透明之美。女人，變得更有女人味了。但不是變回二戰前的女人，而是經歷過戰爭苦惱的新「女人味」。該怎麼說呢？宛如黃鶯在初冬啁啾低鳴之美，這樣你懂吧？總之就是「輕盈」。

我們在午餐前回到道場。因為來回走了半里路以上，我真的有點累，連換穿睡衣都嫌麻煩，直接穿著外褂就躺上床，迷迷糊糊睡著了。

「雲雀，吃飯了。」

我微微睜眼一看，居然是竹小姐端著餐盤站在那裡笑。

啊！場長夫人！

我立刻彈跳起身，連忙說：「啊，不好意思。」還不由得輕輕鞠躬。

「還在賴床？你這個賴床鬼。」她說得像自言自語，將餐點放在我床頭，「有人穿著和服睡覺的嗎？這種時候萬一感冒就糟了。快點換穿睡衣。」她蹙眉一臉不悅地說，從床下的抽屜拿出睡衣，「真是令人操心的少爺啊。來，我幫你換穿睡衣。」

我下床解開腰帶。她還是一如往常的竹小姐。說什麼要和場長結婚，感覺像是假的。搞什麼嘛，原來我剛才是睡昏了，迷迷糊糊在作夢。母親來看我是夢，小正在那間像三好野食堂的房子哭泣也是夢。霎時我真的這麼覺得，內心高興了半晌，但事實並非如此。

「這是很棒的久留米藍黑底碎白花紋和服耶。」竹小姐幫我脫下和服，「你穿起來非常好看。小正真幸運啊。聽說你們回程一起去阿婆那裡喝茶。」

果然不是夢。

「竹小姐，恭喜你。」我說。

她沒有回答，默默從後面幫我穿上睡衣，然後將手伸進睡衣袖口，非常用力勁掐我的腋窩。我只能咬牙忍受痛楚。

6

彷彿什麼都沒發生似地，換好睡衣後，我開始用餐。竹小姐在一旁幫我摺藍黑底碎白花紋和服。我們沒有說半句話。過了片刻，竹小姐以極小的聲音低語：

「原諒我。」

我覺得這句話包含了她所有的感情。

「真是過分的傢伙啊。」我邊吃飯，模仿她的腔調輕聲低語。

我覺得我這句話也包含了我所有的感情。

她噗哧竊笑：「謝謝。」

和解達成了。我衷心祝福她幸福快樂。

「妳會在這裡待到什麼時候？」

「這個月底。」

「辦個送別會吧？」
「啊，真噁心！」
竹小姐誇張地渾身打顫，迅速將摺好的和服放進抽屜，便若無其事地走了。為何我周遭的人，都是如此瀟灑的好人。現在我寫這封信時，一邊聽著下午一點的講課。你猜猜看，今天講課的是誰？請高興吧！是大月花宵先生！近來花宵先生在本道場相當有人氣喔。大家已不再用越後獅子這個失禮的綽號叫他了。在你發現後，我強忍了兩三天沒說，最後終於忍不住偷偷跟小正說，結果立刻傳遍了道場。畢竟是〈奧爾良少女〉的作者，獲得大家無條件的尊敬，場長巡房時還向他致歉，說一直不知道他是花宵先生，失禮之處請多海涵。新館就不用說了，連舊館的塾生也紛紛拿自己作的詩、和歌、俳句來請花宵先生修改。但花宵先生絲毫沒有擺出作威作福的膚淺態度，依舊是寡言少語的越後獅子。至於修改塾生的詩作一事，他大多交給活惚舞處理。所以活惚舞近來也得意洋洋，以花宵先生的大弟子自居，一副煞有其事地隨便修改別人的苦心之作。今天辦公室首度邀請花宵先生上「講課時間」，主題談的是「獻身」。我從擴音機聽到他的聲音，彷如在聽非常尊貴之人的教誨，心情也嚴肅了起來。那真的是沉著穩重，具有威嚴的聲音。或許花宵先生，是遠比我想像中更偉大的人。講課內容也相當有深度，一點都不老套。

若以為獻身，只是因絕望的感傷而扼殺自己，那就大錯特錯了。獻身絕非如此。所謂獻身，應該是讓自己最華麗且永遠地活下去。人唯有憑藉這純粹的獻身，才得以不滅。但是，獻身不須任何整裝打扮，應以當下原有的樣貌獻上一切。拿鋤頭的農夫，就該以拿鋤頭在田裡幹活的姿態獻身。不可矯飾自己的樣貌。獻身不容許猶豫，必須時時刻刻都在獻身。下功夫斟酌該如何完美獻身，是最沒意義的事。

聽著花宵先生如此強而有力的諄諄教誨，我幾度面紅耳赤。過去我似乎太過於宣傳自己是新男人，也過於講究獻身的整裝打扮。我要在此瀟灑地撤下新男人的招牌。我的周圍，已變得和我一樣開朗。一直以來，我們所到之處，總是會自然而然變得開朗華麗不是嗎？往後無須多言，只要不疾不徐，以極其理所當然的步調筆直前進即可。這條路會通向哪裡呢？不妨問問蔓延伸展的植物蔓藤吧。蔓藤可能會如此回答：

「我什麼都不知道。但是，伸展而去的方向會有陽光。」

再會。

十二月九日

正義與微笑

縱使我腳力貧弱　山路崎嶇又險峻
步步艱辛難登爬　但只要在山麓處
配合歡樂的音樂　不斷地縱聲高歌
總會有人被感動　使其志氣高昂吧

——《讚美歌》第一百五十九

四月十六日，星期五。

風勢強勁。東京的春天，乾冷強風吹得令人難受。強勁的風勢，將沙塵吹進屋裡，搞得桌面摸起來沙沙的，臉上也滿是灰塵，真的很討厭。寫完今天的日記就去洗澡吧。我覺得沙塵都潛入我的背了，實在受不了。

從今天起，我要開始寫日記。因為我覺得，近來我每一天的生活，變得越來越重要。忘了盧梭還是誰說的，一個人的人格養成，在十六歲到二十歲之間。或許真是如此。我也已經十六歲了。到了十六歲，我也喀啦一聲赫然變了。別人也許沒察覺到，因為那是所謂形而上的變化。實際上，到了十六歲，無論山、海、花卉、市街人們、藍天，看在我眼裡都迥然不同了。對於邪惡也略有所知，也能隱約預感到世上存在著許多難題。因此，最近我每天心情都很差，變得暴躁易怒。吃了智慧的果實，人似乎就會失去笑容。以前我很調皮，總愛故意出糗逗家人發笑，這是我的看家本領。可是最近，我覺得這種裝傻搞笑既愚蠢又無聊。搞笑，是卑屈的男生才會做的事。扮演小丑搞笑，討人疼愛，我受不了那種內心的落寞。那真的很空虛。人必須活得更正經才行。既然是男生，就不能一心想討人疼愛。男生應該努力贏得別人「尊敬」。最近，我的表情，似乎顯得異樣嚴肅。由於太過嚴肅，哥哥昨晚終於對我提出忠告。

「進，你也變得太穩重了吧？好像突然老了很多。」昨天晚飯後，哥哥如此笑說。我沉思半晌，如此回答：

「人生有太多艱難的問題，我今後要跟它們對戰。比方說，關於學校的考試制度……」

我還沒說完，哥哥就忍不住噗哧一笑。

「好啦，我知道了。但你也不用每天繃著臉，好像很用力的樣子。你最近瘦了點喔。待會兒我念馬太福音第六章給你聽吧。」

他是個好哥哥，四年前考進帝大英文系，但還沒畢業。因為曾留級一次，但哥哥不在意。我也認為哥哥並非腦袋不好才留級，所以這絕非他的恥辱。哥哥是有一顆正義之心才留級的，一定是這樣。對哥哥而言，學校可能無聊透頂。他每天都熬夜寫小說。

昨晚，哥哥念了馬太福音第六章十六節以後的篇章給我聽。那是非常重要的思想。我聽了以後，對現下自己的不成熟感到羞愧臉紅。生怕忘記，我先以大字將那段教義抄在這裡。

「你們禁食的時候，不可像偽善者那樣愁眉苦臉。他們蓬頭垢面，故意讓人看出他們在禁食。我老實告訴你們，他們已經得到他們的賞賜。你禁食的時候，要梳頭洗臉，別讓人們看出你在禁食，只讓你肉眼看不見的父知道，能夠鑒察隱祕的父必賞賜你。」

這真是微妙的思想。相較之下，我的思想簡直單純到不值一提。根本輕浮淺薄，只會耍嘴皮子。反省！我要反省！

「帶著微笑行使正義！」

我想出這個很酷的座右銘，想說把它寫在紙上，貼在牆上。但隨即轉念一想又驚覺，啊，不行！寫出來貼在牆上，不就變成「故意讓人看出來」嗎？或許我是個重度偽善者。我得格外小心謹慎才行。況且有人說，一個人的人格養成在十六歲到二十歲之間，現在真的是非常重要的時期。

我開始寫日記，一則是為了整頓我混亂的思緒，再則是作為我日常生活的反省資料，還有就是為了留下我日後懷念的青春記錄。但願十年後，二十年後，我能捻著堂堂的鬍子，暗自竊笑偷看這份日記。想像著那個畫面，我今天開始寫日記。

可是，不要太過嚴肅，也不能變得過於「穩重」。

「帶著微笑行使正義！」是何等爽快的一句話。

以上是我日記開卷第一頁寫的。

接下來，我原本想寫些今天在學校發生的事。可是算了，沙塵越積越厚，連嘴裡都變得沙沙的，實在很受不了。去洗澡吧。等有空再慢慢寫。想到這裡，我霎時心頭一沉，什麼嘛，根本沒人管我寫不寫。寫這種沒人看的日記，壓根只是在裝模作樣，徒留落寞。智慧的果實，教會了我明白憤怒，還有孤獨。

今天放學回家路上，我和木村一起去吃紅豆湯。算了，這個明天再寫吧。木村也是個孤獨的男生。

四月十七日，星期六。

風勢已歇，但一早天色陰霾，中午下了些雨，之後慢慢轉晴，到了晚上月亮出來了。今晚，我先回顧了一下昨天寫的日記，感到有些難為情，因為實在寫得太爛了，羞得我滿臉通紅。不僅完全沒寫到十六歲的苦惱，文章還生硬不通順，當事人的思想更顯幼稚，真的很糟糕。剛才突然在想，為何我會在四月十六日，這種不乾不脆的日子開始寫日記？我自己也搞不清楚。實在不可思議。我以前就想寫日記，但一直沒寫，可能是前天哥哥告訴我那段發人省思的話，我一時心血來潮才想說好吧！明天開始寫日記吧！就這樣下定決心。十六歲的十六日，馬太福音第六章十六節。但這些也都只是偶然的巧合。為了這種無聊的巧合而高興，未免太丟臉了。於是我試著深入思索，究竟為什麼會在這天開始寫日記？對了！我想通了一件事。這箇中的奧祕，可能不在十六日這個日數，而在星期五吧。我是個會在星期五這天，奇妙陷入深思的人。我以前就有這個習慣。星期五是令人心神不寧的日子。這一天，對耶穌也是不幸的日子。因此外國也不喜歡星期五，認為這是不吉利的日子。我並非模仿外國人抱持迷信，但總無法蠻不在乎地度過星期五。對，我喜歡星期五。我可能有偏愛不幸的傾向。一定是這樣。這件事看似沒什麼，其實是重大發現。憧憬這種不幸的癖好，將來，可能會形成我人格的主要部分。想到這裡，我不免暗自擔憂，可能會發生不好的事，便也開始胡思亂想起來。不過這是事實也無可奈何。發現真理，不見得會給人帶來快樂。智慧的果實，其實是苦澀的。

好了，今天我得寫木村的事了，可是又有點排斥。簡單地說，昨天我對木村佩服得五體投地。木村在學校是出了名的不良少年，留級過好幾次，現在應該十九歲了。過去我不曾和木村好好聊過，昨天放學回家時，木村拉我一起去紅豆湯店。我們吃著紅豆湯，首度交換對人生的看法。

沒想到木村是相當勤奮好學的人，他講尼采給我聽。因為哥哥還沒教我尼采，我一無所悉，羞得滿臉通紅。雖然我也提到《聖經》和德富蘆花，但還是贏不了他。木村的思想也確實實踐在生活上，所以很厲害。據他所言，尼采的思想也和希特勒相通。為什麼相通呢？木村說了很多哲學上的道理給我聽，可是我完全聽不懂。木村真的很用功。我覺得這個朋友很了不起，想進一步和他深交。明年，他打算報考陸軍士官學校。這果然也和尼采的思想有關。可是陸軍士官學校很難考，說不定考不上。

「我勸你還是別考吧。」我低聲如此一說，木村竟狠狠瞪我一眼。好可怕。於是我心想，我也要好好用功，不要輸給木村。當時我下定決心，要好好背英文單字一千，重新把代數和幾何學好。我佩服木村的思想很厲害，但不知為何，我並不想讀尼采。

今天是星期六。我在學校上道德教育課時，心不在焉望著窗外。窗外原本有整片綻放的櫻花，現已大多飄落，只剩暗紅花萼頑強地掛在枝頭。我想了很多事情。前天，我對哥哥說「人生有太多艱難的問題」，接著脫口而出：「比方說，關於學校的考試制度……」頓時就被哥哥識破了。其實我近來鬱悶的原因，可能別無其他，只因明年要考第一高等學校[1]。啊，考試真討厭。人的價值，竟然單憑一兩個小時的考試就陸續被決定，實在太可怕了。這是冒瀆神明的行徑。監考官都下地獄吧。哥哥太高估我了，總是對我說：「沒問題，你中四[2]去考就會考上。」但我完全沒信心。可是我已受夠中學生活，所以就算明年沒考上一高，我也打算乾脆找一間開朗的大學念預科[3]。好了，接下來我得樹立畢生堅定不移的目標，努力朝目標前進。這是相當困難的問題。因為我完全不知究竟該樹立什麼目標，只是哭喪著臉，滿心徬徨迷惑。打從小學起，老師就常跟我們說：「要成為偉大的人物！」沒有比這句話更敷衍隨便了。到底在講什麼呀，簡直莫名其妙，根本在呼嚨我們吧。這是一句完全不負責任的話。我已經不是小孩了，也逐漸懂得活在世上的痛苦。即

1 第一高等學校，簡稱一高，是日本最早設立的公立舊制高中，為現在東京大學教養學部的前身，修學期間三年，相當於帝國大學的預科。一高畢業的學生大多進入東京帝國大學就讀。

2 日本舊制中學為五年制。

3 預科，日本某些舊制大學設有預科，預科是進入本科前的預備教育，公立大學通常要念三年，私立大學也有兩年的。

使是中學老師，檯面下的生活也意外地悲慘，夏目漱石的《少爺》寫得很清楚不是嗎？有人靠借高利貸維生，也有人每天被老婆罵，甚至有的老師就像人生可憐的輸家。學識也不見得多優秀。如此無趣的人，卻總是毫無確信地喋喋不休，重複說著相同絮叨，看似了不起卻不得罪人的訓示，所以我才越來越討厭上學。倘若老師們，至少能以更具體更切身的方針來教導我們，我們一定會受益良多。譬如毫不粉飾地談老師自己的失敗經驗，我們聽了也會有所啟發，偏偏他們只會不斷說相同的事，什麼權利與義務的定義啦，大我與小我的區別啦，淨是些人盡皆知的事，卻重複囉唆個沒完沒了。今天的道德教育課，更是無聊透頂。主題談的是英雄與小人物，但金子老師只會誇讚拿破崙和蘇格拉底，痛罵市井小民的悲慘。這有什麼用呢？又不是人人都能成為拿破崙或蘇格拉底，況且小人物的日常生活奮鬥也應該有可貴之處。金子老師上課，總是沒有這種概念。我覺得這種人才是俗物。思想過於老舊陳腐。不過畢竟他也年過五十了，沒辦法。啊，如果連老師都被學生同情，那真的沒救了。其實，這些人，迄今沒教過我任何事。可是我明年必須決定念理科或文科喔！事態緊迫，非同小可。我滿心迷惘，不知如何是好。在學校，我心不在焉聽著金子老師沒有內容的授課時，非常懷念去年離開我們的黑田老師。懷念到令我心焦。黑田老師確實很有內涵。他不僅聰明機伶，很有男子氣概，卻也相當嚴格，堪稱是整所中學尊敬的對象。有一堂上英語課時，黑田老師平靜地譯完《李爾王》的篇章後，冷不防說出驚人之語。他的語氣驀然驟變。所謂咬牙切齒的語氣，大概就是這樣吧。總之，他的語氣相當粗魯，而且是毫無預警說出來，所以我們都驚呆了。

「我要就此和你們道別了。人生無常啊。其實老師和學生的關係，也是很脆弱的。老師一旦離職，就成了不相干的人。這不是你們的錯，是老師的錯。說實在的，老師都是一些混帳東西，不分男女，都是莫名其妙的混帳東西。跟你們說這種事實在很抱歉，不過我已經受不了了。教職員辦公室的氣氛，簡直就是不學無術！自私自利！根本不愛學生。我已經在教職員辦公室努力了兩年，再也無法忍受了。在我被革職之前，我自己先主動請辭了。今天這是我最後一堂課，以後說不定沒機會見到你們了，今後我們就彼此好好學習吧。學習是一件很棒的事。有些人可能認為，學了幾何或代數，畢業後也派不上用場。這個觀念大錯特錯。無論是植物、動物、物理、化學都好，我們都必須在時間許可的範圍內盡量學習。因為無法在日常生活直接派上用場的學習，才是未來完成你們人格的重要元素。沒有必要炫耀自己的知識，就算學了以後，轉身就忘記也無所謂。記不記得並不重要，重要的是教養。所謂的教養，不是死背很多公式和單字，而是擁有一顆開闊的心。換言之，就是懂得如何去愛。學生時代不好好學習的人，出了社會一定是冷酷的自私鬼。學問這種東西，學了馬上忘記也無所謂。可是就算全部忘記，學習這種訓練的底部，一定會留下一小撮金砂。就是這小撮金砂，才是最可貴的。所以人不能不學習，也不用急著硬要把學問直接運用在生活上，要從容地，讓自己成為一個真正有教養的人！我想說的只有這些。我已經無法和你們一起在這個教室學習了。不過，你們的名字，我一生都不會忘記，我會永遠記得。希望你們偶爾也會想起我。雖然是簡單匆促的道別，但這是男人與男人之間的道別，我們就瀟灑點吧。最後，祝各位身體健康。」老師臉色略顯蒼白，不帶一絲笑容，對我們深深一鞠躬。

我很想撲上去抱著老師大哭一場。

「敬禮！」班長矢村語帶淚聲發號施令。全班六十個人，肅然起立，真誠地向老師行禮。

「不用擔心這次的考試。」老師說出這句話，莞爾一笑。

「老師，再見！」

留級生志田低聲如此一說，全班六十個學生才齊聲喊道：

「老師，再見！」

我很想放聲大哭。

不知道黑田老師，現在過得如何。搞不好去出征了。他應該才三十歲左右。

這樣寫著黑田老師的事，我真忘記時間了。都快深夜十二點了。哥哥，在隔壁房間，偷寫小說。好像是長篇小說，聽說已經寫了兩百多張稿紙。他過著日夜顛倒的生活，每天下午四點起床，然後一定熬夜。這樣對身體不好吧。我已經睏到不行了。等一下讀點德富蘆花的《回憶》，我就要睡了。明天是星期天，可以賴床。這是星期天唯一的樂趣。

四月十八日，星期天。

時晴時陰。今天，上午十一點起床。沒什麼特別的事。這也是理所當然。如果認為星期天就會有什麼好事，那就大錯特錯了。人生是平凡的。明天又是星期一，然後又得去學校上一星期的課。我這種個性實在很吃虧，明明是大好的星期天，卻無法當星期天好好享受，總畏懼躲在星期天背後的星期一，那壞心眼的表情。我認為星期一是黑色，星期二是血色，星期三是白色，星期四是茶色，星期五是光，星期六是鼠灰色，然後，星期天是紅色的危險信號。會寂寞也是應該的。

今天，我中午就開始埋首苦讀英文單字與代數。天氣又悶又熱，我穿著一件毛巾質料的睡衣，拼命努力用功。晚餐後的茶，真好喝。哥哥也說好喝。我想，酒大概也是這種味道吧。

好了，今晚要寫什麼呢？因為無事可寫，來寫我家的事吧。我家現在有七個人。母親，姊姊，哥哥，我，書生[4]木島哥，女傭梅彌，還有上個月來我家的護士杉野小姐，一共七個人。爸爸，在我八歲時過世了。生前，他是小有名氣的人，美國的大學畢業，基督徒，是當時的新知識分子。與其說政治家，不如說實業家比較貼切吧。晚年他進入政界，為政友會效力，但也不過短短四、五年，之前他一直是市井的實業家。聽說他進入政界後五、六年，就耗盡了大部分財產。我來說財產這種事或許可笑，但媽媽當時可是吃了不少苦。爸爸過世後不久，我們住的房子，也從牛込的大宅院，搬到現在這間位於麴町的房子。然後媽媽生病了，現在依然臥病在床。但我一點也不恨爸爸。爸爸生前總是「小寶，小寶」地叫我。我對爸爸沒什麼印象，唯獨清楚記得他每天早上用牛奶洗臉，似乎是相當時髦的人。從現在掛在客廳的那張照片，也看得出他五官端正，相貌堂堂。聽說姊姊長得最像爸爸。姊姊很可憐，今年二十六歲，這個月二十八日終於要出嫁了。長年來，姊姊為了照顧生病的媽媽，還有我們兩個弟弟，一直沒能出嫁。爸爸過世後，媽媽就病倒在床。她罹患了脊椎結核症，已臥病在床快十年了。但媽媽儘管臥病在床，依然相當伶牙俐齒，而且非常任性，雇護士來照顧她，她很快就把人家趕走了，非得姊姊照顧不可。不過，今年過年的時候，哥哥狠狠訓了媽媽一頓，媽媽終於答應讓姊姊結婚了。哥哥發起脾氣很可怕。姊姊的婚期也近了，所以上個月護士杉野小姐來我們家，在姊姊的教導下開始照顧媽媽。媽媽雖然滿嘴牢騷，似乎也已死心接受杉野小姐的照顧了。畢竟媽媽也是敵不過哥哥的。媽！就算姊姊出嫁了，妳也不要難過，請為我和哥哥打起精神，畢竟姊姊也二十六歲了，很可憐的。啊，糟糕，我居然說出這種老成的話。不過，結婚畢竟是人生大事。尤其對女人而言，說不定是唯一的大事。因此別害羞，認真思考吧。

姊姊是可敬的犧牲者。說她的青春都獻給了家事與照顧媽媽，真的一點也不為

4 書生，指寄宿在別人家，一邊協助處理家務一邊求學的青年。

過。但這長年的刻苦忍耐，對姊姊而言，應該也絕非徒勞。這些年來，姊姊一定變得相當明理懂事，絕非我們可以比擬。畢竟刻苦忍耐，可以鍛鍊一個人的理性。最近姊姊的眼眸，顯得格外清澈美麗。縱使婚期已近，她也不會雀躍得令人討厭，更不會得意忘形，真的很了不起。她似乎想帶著平靜的心情，走進婚姻生活。她的結婚對象鈴岡先生，年近四十，是一家公司的董事，據說柔道四段。鼻子又圓又紅是他的缺點，但為人和藹親切。我談不上不喜歡他，但也不討厭他，反正就是個外人。但哥哥說，有個這樣的姊夫，感覺也比較放心。或許吧。可是我並不貪圖讓姊夫照顧。我只一心祈願姊姊能幸福快樂。姊姊出嫁後，家裡不曉得會變得多冷清，也許會像火熄滅了一樣。不過我們會忍耐的，只要姊姊幸福就好。姊姊一定會是個好妻子。身為她的至親，這點我敢負責地保證，她一定是最棒的賢內助。我們真的給姊姊添了很多麻煩。要是沒有姊姊，我們真的不知道會變成怎樣，說不定現在我是個不良少年呢。姊姊洞悉我們兩個弟弟的個性，總是溫柔和善地照顧我們。姊姊、哥哥、還有我，我們三人之間有著高度的柏拉圖式精神連結。我們是神聖的同盟。在理性方面，姊姊優於我和哥哥，因此總能自然地引導我們。我深信，姊姊在婚姻生活裡，一定也能孕育出平靜的幸福。即使面對黑暗的災難來襲，姊姊也擁有崇高的力量，絕對不會讓夫妻的幸福受損。姊姊！恭喜妳，今後妳一定會幸福快樂。說這種話或許有些僭越，不好意思，可是姊姊，妳還不懂夫妻之愛吧。（話說我自己也完全不懂，甚至難以揣想，搞不好意外的無趣也說不定。）不過，倘若世上有夫妻之愛這種事，姊姊一定能實現它，讓它成為最棒的夫妻之愛吧。姊姊！請別毀了我這個美好的「幻想」。

再見了！去吧！願妳平安美好！若這是永別，我祝妳永遠平安美好。

以上的內容，我是帶著跟姊姊說悄悄話的心情寫的，但姊姊可能永遠不會發現我暗自對她說的這番離別話。因為這是我一個人的祕密日記。不過，要是姊姊看了這個日記，可能會笑吧。

這些離別的話語，我沒勇氣當著姊姊的面說，想想也真是窩囊可悲啊。

明天是星期一。黑色的日子。我要睡了。神啊，請別忘了我。

四月十九日，星期一。

晴時有雲。今天我真的很不高興，氣得想退出橄欖球社。就算不退社，我也厭惡運動了。反正今後和他們來往，隨便敷衍一下就好。這不能怪我，因為那些傢伙實在太隨便了。今天，我揍了梶隊長一拳。梶實在太卑劣下流了。

今天放學後，全體社員在球場集合，展開這個學年的第一次練習。今年的球隊，論氣勢，論技巧，都比去年的球隊遜色很多。照這樣下去，這學期能否和外面的球隊比賽都是個問題。只是隊員人數湊齊了，絲毫沒有團隊精神。這都要怪隊長。梶根本沒資格當隊長。他原本應該今年畢業，因為留級了，論輩分就當上了隊長。帶領一個球隊，需要的並非精湛球技，而是人品。梶的人品低劣，練習時總是滿口黃腔，亂開玩笑。不單只是梶，所有隊員都是這副德行，嘻嘻哈哈散漫得要命。我氣到很想一個個揪住他們的領子，把他們的頭按進水裡。練習結束後，大家照例去附近的桃湯澡堂洗澡。在更衣處，梶突然說出低級下流的話，而且是針對我的身體。那麼低級下流的話，我實在不想寫出來。總之，我光著身體，站在他面前嗆他：

「你這樣也算運動員嗎？」

「別這樣啦。」有人在一旁勸阻。

梶將脫到一半的襯衫，重新穿上。

「怎樣？你想打架啊？」他抬起下巴，咧嘴而笑，露出一口白牙。

我狠狠地往他臉上揍下去，並說：

「如果你是運動員，就要知恥！」

梶忿忿地往地板一踢，鬼叫了一聲：「可惡！」竟哭了起來。

這實在太出乎意料。真是沒種的傢伙。我沒多理他，逕自快步走向沖澡處，清洗身體。

光著身子打架，不是值得誇讚的事。我已經受夠運動了。有句諺語說：「健全的精神寄宿在健全的肉體上。」不過聽說希臘原文的意思是：「如果健全的精神能寄宿在健全的肉體該有多好！」帶有一種願望與嘆息之意。健全的精神若能寄宿在健全的肉體上，該是多麼美好的事啊，然而現實往往並非如此，這才是這句話的真正涵義。梶的體格也相當不錯，真是太可惜了。要是那健全的體格，有明朗的精神寄宿著，該有多好！

夜晚，我聽海倫凱勒女士的廣播時，很想也讓梶聽聽看。凱勒女士又盲又聾，有著那麼絕望的不健全肉體，但憑著努力，讓自己能開口說話，也聽得懂祕書說的話，還寫作出書，最後甚至取得博士學位。我們是真心對這位女士投以無限尊敬吧。聽廣播時，不時也傳來聽眾如雷的掌聲，聽眾的感動之情，直接撼動了我的心，使我熱淚盈眶。凱勒女士的作品，我也讀過一些，大多是宗教性的詩文。可能是信仰讓她重生。我深深感到信仰力量的強大。所謂宗教，是相信奇蹟的力量。合理主義者是無法明白宗教的。因為宗教是相信不合理的力量。正因不合理，所以「信仰」是一種特殊力量。——啊，糟糕，腦筋突然打結了。改天再找哥哥問一下。

明天是星期二。討厭，討厭。俗話說，男人跨出門外就有七個敵人。沒錯，確實如此。一定要小心謹慎，大意不得。去學校，等同闖進有一百個敵人的地方。我不想輸，可是想贏又得拼命努力，實在有夠煩的。這是勝利者的悲哀嗎？不會吧。梶啊，明天讓我們微笑以對，握手言和吧。你在澡堂說的完全沒錯，我的身體確實太蒼白了。我聽了很受不了。不過我沒有在「那裡」搽白粉喔，你不要欺人太甚。今夜，接下來就讀點《聖經》睡覺吧。

放心，是我，不要怕。

四月二十日，星期二。

晴天，但也不是萬里無雲，應該說大致晴天吧。今天，我立刻與梶和解了。我不想一直抱著忐忑不安的心情，所以去梶的教室找他，很乾脆地向他道歉。梶看起來很高興。

我的朋友，

展露笑容隱藏寂寞，

我也微笑報以寂寞。

儘管道歉了，我還是像以前一樣鄙視他。這是無可奈何的事。因為梶一臉老謀深算的樣子，又擺出很信任我的模樣，低聲說：

「有件事我想和你商量一下。這次我們橄欖球社，一口氣進來了十五個新生，大家看起來都很混。讓那麼多吊兒郎當的人進來，只會讓橄欖球社的素質低落，我做起來也很沒勁。你能不能幫忙想想辦法？」

我聽了覺得很可笑。他只是在為自己辯解，想把自己的懶散無能，怪到新生頭上。這傢伙越來越卑劣了。

「進來的人多也無妨吧。只要拼命讓他們練習，跟不上的傢伙自然會退出，厲害的會留下來。」

我如此一說，梶居然大聲說：

「這樣不行啦！」還空虛地縱聲大笑。我實在搞不懂，到底為何不行？我對橄欖球社，已經沒有以前那種熱情了，他高興怎麼做隨便他，反正到時候一定變成蒟蒻球隊吧。

放學後，我去目黑戲院看了一場電影《英烈傳》。難看死了。實在是劣作。浪費了我三十錢，也浪費了我的時間。因為不良少年木村掛保證推薦，說這是一部很精彩的傑作，叫我一定要看，我就滿懷期待去看了。結果搞什麼嘛，根本是一部如果用口琴伴奏很適合，帶著廉價髮油味的大爛片。木村到底覺得哪裡好看？我實在搞不懂。說不定那傢伙其實很幼稚？只要看到馬在跑就很高興了？我覺得他的尼采也越來越不可靠，說不定是嘴砲尼采。

今晚，姊姊接到鈴岡先生的電話，去銀座了。算是婚前約會吧。他們兩人可能一臉正經走在銀座街頭，然後去資生堂餐廳吃冰淇淋蘇打。要是他們去看《英列傳》，說不定會很感動。婚禮已經迫在眼前，還這麼悠哉，乾脆不要結婚算了。媽媽剛才又發飆了，嫌洗澡盆的熱水太燙，氣呼呼就把洗澡盆給掀翻了。護士杉野小姐哭得好傷心，女傭梅彌跑來跑去忙著張羅，鬧得不可開交。哥哥竟若無其事在看書。我不知如何是好，坐立難安。要是姊姊在家就好了，她一定三兩下就擺平這一切。杉野小姐在樓梯下面不斷啜泣，書生木島哥裝出一副哲學家的模樣，以莊重的口吻在安慰她，實在很滑稽。木島哥是媽媽的遠房親戚，五、六年前在鄉下的高等小學畢業就來我家了，期間為了兵役體檢曾一度返鄉，但不久又來了。說是因為近視太深，丙種體位。木島哥滿臉青春痘，但長得並不難看，未來的理想是當政治家，可是他一點也不用功，可能當不上吧。聽說他在外面都稱我爸爸為「伯父」，是個沒有惡意，爽快的人。但也只是這樣的人。他可能會在我家待一輩子吧。

姊姊，剛才終於回來了。十點八分。

接下來我大約做了三十題代數。累死我了，好想哭。有個叫羅伯特的人說：「有件麻煩的事經常纏繞著人，它的名稱叫做正直。」芹川進說：「有件麻煩的事經常纏繞著人，它的名稱叫做考試。」

我想進不用考試的學校。

四月二十一日，星期三。

陰天，晚上下雨。到底要陰鬱到什麼時候，我連日記都不想寫了。今天上數學課時，狸貓穿著髒兮兮的橡膠長筒雨靴進來，要我們班四年級打算參加升學考試的人舉手，我不由得舉起了手，結果全班只有我舉手。連班長矢村都小心翼翼沒舉手，只是低著頭，扭扭捏捏。卑鄙的傢伙。狸貓說：「哦？芹川要考啊？」還賊賊的一笑。我覺得丟臉丟死了，瞬間世界一片黑暗。

「你要考哪所學校？」狸貓的語氣，完全是瞧不起人的語氣。

「還沒決定。」我回答。再怎麼樣，我也不敢說出「一高」，實在很悲哀。

狸貓單手撫著小鬍子，竊竊低笑。實在討厭死了。

「可是，各位同學。」狸貓擺出鄭重其事的表情，環視大家，「如果四年級就要參加考試，千萬不能抱著可有可無考考看的心情去考，既然要考就要下定決心，抱著一定要考上的心態去考。如果抱著無所謂的心態去考，萬一落榜了，會沾染上落榜癖，就算到了五年級再考，很多人也一樣考不上。所以要慎重考慮，再下定決心。」這番話說得像完全抹煞我的存在。

那時我很想殺了那隻狸貓。這所學校竟有如此失禮的老師，我真想乾脆放火燒了這所學校。我受夠了，無論如何四年級一定要轉去別的學校。我才不要在這裡待到五年級。我的身體會爛掉。和語學相比，我的數學成績不太好，但也正因如此，我每天晚上都努力念數學。啊，我實在很想進「一高」，給那隻狸貓一點顏色瞧瞧，可是我說不定考不上。唉，搞得我都不想念書了。

放學後，我去武藏野館看了電影《罪與罰》。配樂很棒。閉上眼睛，只聽音樂，淚水潸然落下。我想墮落。

回到家，什麼書也沒看，倒是做了一首長詩。詩的大意是，現在自己，在黑暗的底層爬來爬去，但並不絕望。有一道朦朧的光，不知從何處射了進來。但我不知這道光是什麼，只是茫然地用手掌接住這道光，卻無法洞悉這道光的意義，內心滿是焦慮。我寫下「不可思議的光啊」這樣的詩句。改天，我要請哥哥幫我看這首長詩。我很羨慕哥哥，因為他很有才華。哥哥曾說，才華這種東西，是對某件事物抱持異樣興趣，並全心投入時才會出現的能力。像我這種人，每天只會怨恨生氣哭泣，胡亂地過度熱衷於一件事，最後也只是搞得一塌糊塗，根本不符合才華出現的條件。反倒只是無能者的特徵吧。啊，誰能幫我釐清一下。我是笨蛋？還是機伶？還是騙子？我是天使？惡魔？還是俗物？我能成為殉教者嗎？我能成為學者嗎？還是大藝術家呢？自殺算了。我真的很想死。我從沒像今夜這樣，痛切感受到爸爸已死的事實。平常總是忘得一乾二淨，也實在不可思議。「父親」是相當巨大且溫暖的存在。我似乎能明白耶穌在極度悲傷時，大聲呼喊「阿爸，父親啊！」的心情。

比母親的愛　更為炙熱
比大地根基　更為深邃
聳立於人們　的思緒上
比遼闊藍天　更為無垠

——《讚美歌》第五十二

四月二十二日，星期四。

陰天。今天沒有特別的事就不寫了。上學遲到。

四月二十三日，星期五。

雨天。晚上，木村帶吉他來我家玩，我叫他彈給我聽。結果他彈得爛死了。因為我一直默默無言，木村說「那我告辭了」就走了。大雨中，專程抱著吉他來的傢伙，是笨蛋。今天很累，早早上床睡覺。九點半就寢。

四月二十四日，星期六。

晴天。今天一早，我就蹺課沒去上學，翹了一整天。天氣這麼好，去上學實在太浪費。我去了上野公園，坐在公園的長椅吃便當。下午，一直待在圖書館。我借了正岡子規全集的一到四卷，隨意翻閱，直到天色暗了才回家。

四月二十七日，星期二。

雨天。心煩氣躁，睡不著。深夜一點，隱約聽到土木工人夜間工作的聲音。在雨中，默默地工作。雖然只有鏟沙的聲音，但顯得相當規律。聽不到任何吆喝聲。明天是姊姊大喜之日，要舉辦婚禮。姊姊在這個家睡覺，今晚也是最後一晚了。她是什麼心情呢？算了，別人的事怎樣都好。結束。

四月二十八日，星期三。

萬里無雲的晴天。早晨，我端坐，恭恭敬敬向姊姊行了一禮，便出門上學。我這一行禮，姊姊竟哭了起來大喊：「小進！」媽媽也從後面的房間連聲喚我：「小進！小進！」但我鞋帶沒綁就奔出家門了。

五月一日，星期六。

大致晴朗。連著兩天沒寫日記，其實也沒什麼特殊原因，只是不想寫。現在突然想寫，所以就寫了。今天，哥哥買了吉他給我。吃完晚飯後，我和哥哥去銀座散步，途中我看了一下樂器店的櫥窗，不經意說了一句：

「木村也有一把，跟那個一樣的。」

「你想要嗎？」哥哥問。

「真的可以嗎？」我有點害怕，窺探哥哥的神情。哥哥竟默默地走進店裡買給我了。

哥哥比我寂寞十倍。

五月二日，星期天。

雨後放晴。明明是星期天，我卻稀奇地八點起床。起床後立即拿布擦拭吉他。堂哥阿慶來家裡玩。這是他進了商科大學後，第一次來我家，穿著新做的筆挺西服，顯得閃亮耀眼。

「人種都不一樣了呢。」我如此客套一說，他竟「嘿嘿嘿」地笑了。真是沒品的傢伙。怎麼可能進了商大，人種就不一樣嘛。他穿著紅色條紋襯衫，一副裝模作樣的德行。我心想，他沒讀過馬太福音的「身體不比衣服重要嗎？」他卻一直說著「德文很難」之類的事。嘿嘿嘿，這樣啊。當上了大學生，果然不一樣啊。我內心不爽了起來，只顧彈自己的吉他。他邀我去銀座逛街，我也拒絕了。

近來，我幾乎沒在念書。什麼事也沒做。Doing nothing is doing ill。無所事事就是犯罪。說不定我是在嫉妒阿慶。真是有夠低級。我得好好想想。

五月四日，星期二。

晴天。今天橄欖球社在學校禮堂舉辦新生歡迎會。我去看了一下就回家了。最近我的生活，連悲劇都沒有。

五月七日，星期五。

陰天。晚上下雨。溫暖的雨。深夜，我偷偷撐傘出去吃壽司。爛醉如泥的女侍，和沒喝醉的女侍，都大口大口吃著壽司。爛醉如泥的女侍，對我說了失禮的話。但我沒生氣，只是苦笑。

五月十二日，星期三。

晴天。今天數學課，狸貓出了一道應用題。時間二十分鐘。

「誰會解這一題？」

沒人舉手。我覺得我可能會解，但我不想再和三週前的星期三一樣，重蹈那種羞恥覆轍，所以裝作不知道。

「搞什麼，沒人會啊？」狸貓嘲笑地說：「芹川，你來解解看。」

幹嘛指名我啊？我心頭一驚，起身去寫黑板。兩邊的平方是不可能的，所以答案是0。我寫上了「0」。但隨即又想到，萬一錯了，又會遭到上次那種侮辱，因此改成「是0吧」。結果狸貓哈哈大笑。

「芹川，我真是被你打敗了。」狸貓說著還猛搖頭。我回到自己的座位後，他還頻頻打量我的臉，說出這種沒分寸的話：「在教職員辦公室，大家也都說你很可愛喔。」引來全班哄堂大笑。

我真的滿肚子火。這比上次那個星期三更令人火大。我覺得羞恥到沒臉見班上同學。狸貓的神經，還有教職員辦公室的氣氛，已經失禮到讓我無法忍受，實在惡俗至極。我走在放學回家的路上時，決定乾脆退學。我想離家，當電影演員自食其力。哥哥好像說過，我有當演員的天分。此刻我清楚地想起來了。

可是到了吃晚飯時，和哥哥一聊，又變成不是什麼大不了的事了。

「我很討厭學校，實在受不了了。我想搬出去自食其力。」

「學校這種地方本來就令人討厭。可是，成天想著討厭討厭卻依然去上學，這才是學生生活的可貴之處吧。就像悖論一樣，學校是為了被厭惡而存在的。我也非常討厭學校喔，可是我不會念到中學不念了。」

「說得也是。」

沒一會兒就敗陣下來。啊，人生也太單調了！

五月十七日，星期一。

晴天。我又開始踢橄欖球了。今天和二中比賽，我上半場取得兩分，下半場拿到一分。結果，三比三平手。比賽結束後，我和學長去目黑喝啤酒。

覺得自己頗為低能。

五月三十日，星期天。

晴天。大好的星期天，我的心情卻很灰暗。早上，木村打電話來，問我要不要去橫濱，我拒絕了。下午，我去神田，把考試用的參考書都買齊了。暑假來臨以前，我要做完代數研究（上、下），進入暑假後，做平面幾何總複習吧。晚上，我整理了書架。

暗澹。沉鬱。我要向山舉目。我的幫助從何而來？

六月三日，星期四。

晴天。其實從今天起，是四年級為期六天的修學旅行，大家要在旅館擠在一起睡覺，排隊參觀名勝古蹟。我很討厭這種事，所以就不參加了。

這六天，我打算用來讀小說。今天開始讀夏目漱石的《明暗》，太灰暗了，灰暗的小說。這種灰暗，唯有東京土生土長的人才懂。無可奈何的地獄。班上的同學，現在可能在夜行火車裡睡得很熟吧。真是天真無邪的傢伙。

勇者獨立時，最強。——（這是德國詩人席勒說的吧？）

六月十三日，星期天。

陰天。橄欖球社的大澤學長和松村學長，蠻不在乎地來家裡找我。我居然要招待他們，實在太荒謬了。他們很激動地說，橄欖球社的暑期集訓可能會取消，還說這是大事件。我原本就不打算參加今年的暑期集訓，取消對我正好。但對大澤和松村兩位學長而言，少了一個樂趣，所以忿忿不平地發牢騷。據說是梶隊長在會計上出了差錯，無法跟學校拿到集訓費用。松村學長相當火大，怒氣沖沖地要梶下台負責。總之，大家都是蠢蛋。我只希望他們早點離開。

晚上，我久違地幫媽媽按摩腳。

「凡事，要忍耐——」

「好。」

「手足要和好相處——」

「好。」

「要忍耐」和「手足要和好相處」是媽媽的口頭禪。

七月十四日，星期三。

晴天。第一學期的期末考從七月十日開始，還有明天一天就結束了。然後一星期後公布成績，接著就放暑假了。好高興，真的很高興。我高興得自然「啊！」地大叫。我才不管成績如何。這學期我在思想上碰到很多迷惘，成績說不定會掉很多。不過唯獨「國漢英數[5]」應該考得不錯，但還沒看到成績，我也不敢斷言。啊，暑假終於要來了。想到這個，我不禁微微一笑。雖然明天還要考試，但我今天就是想寫日記。這陣子真的懶得寫日記，因為生活裡沒有爭執，也可能是我自己沒有內容吧。不，應該是我有著深深的絕望吧。我變得城府很深，不喜歡隨便把心事告訴別人，也不想讓別人知道我現在抱持什麼思想。我能說的只有一件事：「我將來的目標，在不知不覺中出現了。」其他無可奉告。明天也要考試，念書，念書。

一月四日，星期三。

晴天。元旦，還有二日，三日，四日，都在玩。無論白天晚上，全部都在玩。雖然都在玩，但也不是玩到什麼都能忘記，儘管想著「啊，實在受夠了，好無聊喔」，但受到氣氛影響又不由得去玩了。玩完以後的寂寞，又是別有一番滋味，那真是極度寂寞，使我深切地想念書。這一個月來，我覺得自己沒有任何進步。那種感覺很難受，心中滿是焦慮。今年，我一定發憤圖強好好用功。去年，我每天都像坐在咯噠作響快要壞掉的汽車上，擔心會掉出車外，抱著這種心情在過日子。到了今年，我覺得萌生了快樂的希望。那希望近在咫尺，只要伸出手，就能抓到溫暖的美好東西。

十七歲，是有點討厭的年紀。心態終於認真起來，也覺得突然變成平凡的人。說不定已經變成大人了。

今年三月有升學考試，我必須繃緊神經嚴陣以對。我還是想考一高，而且一定要念文科！去年，我被狸貓羞辱了兩三次，因此徹底放棄理科了。哥哥也贊成我放棄理科，他笑說：「因為芹川家，沒有科學家的血統啊。」然而就算我選了文科，也不曉得有沒有哥哥那種文科的才華。況且我根本沒自信能考進一高的英文科。雖然哥哥輕鬆地說：「沒問題，沒問題。」那是他自己輕而易舉就考進去了，所以認為別人也能輕鬆考進去。哥哥不認為人有優劣之分，深信每個人都擁有和他相同的

5　國漢，指日文與漢文。

能力。所以，我有時也會若無其事說些不可能的事，或是無意識地說殘酷的事。看來，我果然是個不成熟的小寶啊。我覺得我考不上一高，大概會落榜吧。如果落榜，我打算進私立的R大學。我不想在中學待五年。若要再待一年，被狸貓嘲笑，我情願去死。R大學是基督教學校，我可以在那裡深讀《聖經》，想必會很快樂吧。我覺得那是一所開朗的學校。

元旦一日、二日玩比手畫腳猜字，起初很好玩，但第二天就膩了。然後在鎌倉的小圭提議下，加上哥哥、新宿的小豆和我共四人，我們朗讀菊池寬的獨幕話劇《父歸》。果然我朗讀得最出色。哥哥擔任的「父親」角色過於嚴肅，不容易表現。第三天，我們四人決定去高尾山做冬季健行。由於天氣太冷，大家都一路靜默無語。我累壞了，在回程電車裡，靠在哥哥的肩上睡著了。小圭和小豆兩人，昨晚也住我家。

今天，他們兩人回家後，木村和佐伯來我家玩。我原已下定決心，絕不和這種無聊的中學生玩，可是人都上門了，我也只好奉陪。我們玩撲克牌，打大老二。木村打牌的方式實在太骯髒，看得我瞠目結舌。去年年底，木村從家裡拿出兩百圓，去橫濱和熱海玩，錢花光後，一臉茫然來我家找我。我立即打電話去木村家，通知他家人。那時木村家已向警方提出尋人請求。於是現在，我成了他們家的大恩人。木村家好像也有錯。不過木村也是笨蛋，果然只是個不良少年。尼采會哭喔！佐伯也是個笨蛋，我最近也開始討厭他了。佐伯是大資產家的兒子，身高近六尺，長得瘦弱纖細。因為身子孱弱，聽說念完中學就不念了。起初他會說很多外國文學給我聽，就像我聽木村談尼采一樣激動，真的非常感動，覺得我的朋友只有佐伯一人。後來我們熟了，我也去佐伯家玩，可是他實在柔弱到不像話。他在家的時候，穿著五、六歲小孩穿的藍黑底碎白花紋大和服，把「吃飯」說成兒語般的「吃飯飯」。我看了大吃一驚。越來越了解他，我跟他就沒話說了。我真的搞不懂他是男是女。長得一張像流口水的臉，總是舔來舔去。前陣子他還跟我說，因為他身體孱弱，無法念大學，想要靜靜待在家裡，如果能和我一邊交往一邊念文學就太好了。我才不要呢！我只回他一句：「你還是想清楚比較好喔。」

陪木村和佐伯打完牌後，天色也暗了，我們一起吃年糕。他們兩人走了以後，這回換「一點點女士」來了。我整個心都涼了。這位女士，是我爸爸的妹妹，也就是我們的姑姑。芳齡四十五，還是六吧，總之已經一把年紀，未婚，是位花藝大師，還擔任什麼婦女會的幹事。哥哥說，「一點點女士」是芹川家族之恥。她不是壞人，只是有一點點那個。「一點點」，是哥哥去年給她取的綽號。那是在姊姊的婚宴上，這位姑姑和哥哥坐在一起。旁邊有位紳士，向姑姑勸酒。姑姑扭揑著身子，裝模作樣地說：

「不好意思，我不會喝酒耶。」

「可是喜酒嘛，至少喝一杯。」

「喔呵呵呵。那麼，一點點，一點點就好。」

噁心死了！哥哥覺得太丟臉了，差點憤而離席。所謂見微知著，她那裝模作樣的態度實在令人難以忍受。今天也是，她一看到我竟說：

「哎呀！小進！你的鼻子下面長出黑毛耶！你要振作點唷。」

愚劣至極。噁心無比。粗暴無禮。蠻不講理。果真是我們家族之恥。我才不要跟她同席。我悄悄向哥哥使個眼色，彼此頷首同意，一起外出了。銀座人山人海。大家可能和我們一樣，在家裡待得很鬱悶才來銀座吧。如此一想，突然覺得很可怕，竟然人山人海。我們在資生堂餐廳喝咖啡，哥哥喃喃地說：「芹川家，流著淫蕩之血啊。」我心頭一驚。回程的巴士裡，我們聊著「誠實」這件事。哥哥最近也很消沉，因為姊姊出嫁了，他也得幫忙家裡的事，小說似乎也寫得不順利。

十一點回到家時，「一點點女士」已經退散。

好，明天起，我要帶著高超的精神與新鮮的希望前進。我已經十七歲了。我對神發誓，明天，我會六點起床，一定好好用功念書。

一月五日，星期四。

陰天。風勢強勁。今天，我什麼也沒做。風強的日子，我總做不了事。起床已經下午一點了。比起去年，我變得更懶散。起床後磨蹭了一陣子，接到姊姊從夫家下谷那裡打來的電話：「來我家玩嘛。」我不知如何是好，帶著往常優柔寡斷的心情應了一聲：「嗯。」其實我很討厭鈴岡姊夫家，俗氣得要命。姊姊也變了。雖然婚後不久她就回家來玩，但已經變了。變得乾乾癟癟，只是一個尋常主婦。以前凹凸有致的豐腴身材不見了。我相當驚愕。那是她出嫁不到十天的事，手背也變得髒兮兮的。還有，變得非常精明，甚至自私自利。姊姊似乎很努力隱藏，但我看得出來。她現在已經完全是鈴岡家的人了，連長相也越來越像鈴岡姊夫。說到長相，每次我想到俊雄的臉，就會變得支支吾吾。俊雄是鈴岡姊夫的弟弟，去年在鄉下的中學畢業，現在和姊姊他們住在一起，就讀慶應的文科。說這種事實在不好意思，可是坦白說，俊雄是我看過最醜的醜男，醜到不堪入目。雖然我自己也長得不怎麼樣，也真的不想批評別人的長相，可是俊雄的臉實在長得太難看了，難看到我都不知道該怎麼說。那不是鼻子難看，或嘴巴難看的問題，而是整個五官的比例長得很詭異，而且完全沒有喜感可言。和他見面時，我總有一種奇妙的想法，覺得這種人大概一萬人只有一個吧。說這種話，我自己也很不舒服，這種事是不可以說的，但事實如此也無可奈何。我有生以來第一次看到這麼醜的臉。雖然我也堅信男人的長相不是問題，只要精神清朗就能好好在社會生活。但想到俊雄那麼年輕，而且在慶應文科那麼顯赫的地方就讀，那張臉一定讓他吃了不少苦吧。看到那張臉，我連自己的人生都討厭起來了。真的慘不忍睹。今後漫長的人生，他會因為這張先天的醜臉，一直被人指指點點，遭人背後說壞話，並且敬而遠之吧。想到這裡，我就對現代的社會機制懷疑起來，覺得這個世間可恨，厭惡世人的冷酷無情，自然地感到義憤填膺。若俊雄將來能找到合適的工作，過著不愁吃穿的生活，這實在再好不過，應該祝福。可是結婚怎麼辦呢？就算有自己喜歡的女人，但對方卻因自己的醜臉不肯嫁給他，他一定會很難過吧，會大聲哀號吧。啊，想到俊雄的事，我就憂鬱。雖然我也打從心底同情他，但還是受不了，實在太醜了。真的醜到難以形容，盡可能不想看到他那張臉。或許我也和世人一樣冷酷無情，得意洋洋吧。越想越不知道該怎麼說。從去年至今，我只去過姊姊下谷的夫家兩次。我很想見姊姊，可是她老公鈴岡，總是擺出一副大哥的神氣模樣，管我「小寶，小寶」地叫，實在很受不了。或許是他個性直爽豪放所致吧，可是叫我「小寶」也太過分了。我都十七歲了，被叫「小寶」還要應一聲「是」，我怎麼受得了。但想到如果不回應，他可能會大發雷霆，畢竟他是柔道四段的高手，我還是會怕。因此我很自然變得卑屈起來。面對俊雄，我總是支支吾吾，面對鈴岡姊夫，則是畏畏縮縮，所以我只要去下谷的姊姊家，就會變得很窩囊。今天姊姊也要我去她家玩，我不由得回了一聲「嗯」，隨後就猶豫了。我實在不想去，最後只好找哥哥商量。

「姊姊要我去她下谷的家玩，我不想去。而且今天風這麼強，太難受了。」

「可是，你答應說要去吧？」哥哥有點故意，他看穿了我的優柔寡斷，「那就非去不可。」

「啊！好痛！肚子突然痛起來了！」

哥哥笑了出來。

「既然這麼不想去，一開始就該斷然拒絕。人家可是在等你喔。怪就怪你老愛在各方面當乖寶寶，這樣是不行的。」

結果被哥哥訓了一頓。我很討厭被說教，就算被哥哥說教也討厭。迄今，我從沒因為被說教而改過自新，一次都沒有。也從不認為說教的人很了不起，同樣一次都沒有。說教這種事，根本只是自我陶醉，自以為是的裝模作樣。真正的偉人，只要微微一笑，就能讓對方心領神會地知錯。而且那微笑是深邃清澈的，無須多說就能打動人心，讓人頓時恍然大悟，也因此才能真正改過自新。我討厭被說教，也討厭哥哥的說教，於是賭氣說：

「斷然拒絕就好了是嗎？」說完這句話，我帶著些許殺氣打電話去下谷，結果完蛋了，居然是鈴岡姊夫接的。

「小寶啊？新年快樂。」

「是啊，新年快樂。」畢竟人家柔道四段。

「你姊姊在等你喔，快點來。」居然把姊姊搬出來。

「不好意思，因為我肚子痛……」我實在太窩囊了。「也請幫我向俊雄問好。」居然連沒必要的客套話都說了。

我實在沒臉見哥哥，就這樣窩在房裡直到天色變暗，胡亂地讀著齊克果的《基督教的訓練》。結果連一行也沒讀懂，只是看著書上的字，心不在焉地在想其他的事。

今天是，阿呆的一生。姊夫家實在太棘手了。不過想到姊姊在那個家，一臉幸福地笑著過日子，我的心情也柔和了起來。吃晚飯時，我問哥哥：

「夫妻間，都聊些什麼呢？」

哥哥以無趣的口吻說：

「我也不知道。可能什麼都不聊吧。」

「嗯，有可能。」

哥哥果然聰明，知道姊夫家很無聊。

晚上，我喉嚨痛，八點就早早上床，趴在床上寫日記。媽媽最近精神不錯，若能順利度過這個冬天，病情說不定能逐漸好轉。畢竟那是很麻煩的病。此外，我欠佐伯的五圓一定要還。要是不還清，他會跟我絕交。一旦向人借錢，人就會變得沒骨氣。我是要賣二手書籌錢呢？還是向哥哥借呢？

《申命記》有句話說：「不可以向你的兄弟收利息。」還是向哥哥借比較安全。看來我也是有小氣之處。

風還是很強。

一月六日，星期五。

晴天。寒氣逼人。我每天都在下決心，可是每天什麼都沒做，實在太丟臉了。雖然吉他越彈越好，但這沒什麼好驕傲。啊，我想過沒有悔恨的日子。我已經受夠新年了。喉嚨不痛了，這回換頭痛。什麼都不想寫。

一月七日，星期六。

陰天。結果一星期都無所事事。從今天早上起，我一個人幾乎吃掉一箱橘子。剝橘子皮，剝得手掌都變黃色了。

可恥啊！芹川進！你最近日記也寫得太散漫了，完全沒有知識分子的樣子嘛。你已經十七歲了，差不多快算一個知識分子了，居然如此散漫！你忘了小學的時候，哥哥每週帶你去教會學習《聖經》嗎？你也應該確實領會耶穌的悲願吧。你忘了你和哥哥約定，要成為耶穌那樣的人嗎？「耶路撒冷啊，耶路撒冷啊，你常殺害先知，又用石頭打死那奉差遣到你這裡來的人。我多次願意聚集你的兒女，好像母雞把小雞聚集在翅膀底下，只是你們不願意。」你忘了讀到這裡，不由得放聲哭泣的那個夜晚嗎？每天只有決心下得很漂亮，結果一星期都在玩，玩得像個笨蛋。

今年三月還有升學考試。雖然考試不是人生的最終目的，但誠如哥哥所言，和考試對戰也是學生生活的可貴之處。耶穌也是很用功的，徹底研究了當時的聖典。自古以來，所有的天才，都比一般人用功千百倍。

芹川進啊！你是個大笨蛋喔！別再寫什麼日記了！笨蛋任性撒嬌寫的流水帳日記，連豬都不想吃！你是為了寫日記而生活嗎？那種自命清高的流水帳日記就別寫了。明明是空虛的生活，再怎麼反省，再怎麼整頓，還是空虛。那種空虛的東西還寫得叨叨絮絮落落長，實在太可笑了。你的日記，已經沒有意義了。

「吾人懺悔小過失，只是為了讓世人相信沒有其他大過失。」——法蘭索瓦·德·拉羅希福可。

看吧！活該被罵了！

後天，第三學期就要開始了。

繃緊神經，前進吧！

四月一日，星期六。

微陰。烈風。今天是命運之日。一生難忘的日子。我去看一高的放榜。我落榜了。我覺得胃和腸，都頓時消失了。整個身體裡面，變成一個大空洞。我的感受不是遺憾，只是呆掉了。芹川進，真可憐。不過，我覺得落榜也是應該的。

我不想回家，覺得整顆頭很沉重，耳朵嗡嗡作響，喉嚨非常乾燥。我去銀座，站在四丁目街角，迎著烈風狂吹，等紅綠燈時，終於落淚。差點哭出聲。這也難怪，畢竟這是我有生以來第一次落榜。想到這裡，我真的再也無法忍耐。後來是怎麼邁開腳步，我自己也不清楚，只記得轉頭一看，有兩個人在看我。然後我去搭地鐵，來到淺草雷門。淺草這裡人山人海。我已經沒哭了，覺得自己像《罪與罰》的拉斯柯尼科夫。走進「MILK HALL」，桌面因灰塵顯得泛白。我的舌頭，也因灰塵覺得粗糙發澀。呼吸變得相當困難。落榜生。這不是一個好光景喔。我雙腳無力，幾乎癱軟。眼前，清楚浮現幻影。

羅馬的廢墟籠罩在黃色夕陽裡，太悲涼了。裹著白衣的女子，低頭消失在石門中。

我臉上冒出冷汗。我也報考了R大學的預科，該不會……不過，算了，怎樣都好。即使考上了，也只是放著學籍，我不想念到畢業。明天起，我要自食其力。從去年暑假前，我就有這種覺悟。我不想再當有閒階級了。寄生在那個有閒階級的我，是多麼可悲的傢伙。駱駝穿過針孔，反而比富人進天國更容易。這真的是個好機會不是嗎？明天起，我就不要再受家裡的照顧了。啊，惡劣的天氣啊！靈魂啊！明天起，我就要獨自謀生了。眼前，又浮現幻影。

那是一片令人驚豔的鮮綠，還有湧泉。湧泉滾滾地流在鮮綠草地上。我聽得見嘩啦嘩啦的水聲。鳥，展翅起飛。

幻影消失了。我的鄰桌，坐著一個長得很醜、身穿洋裝的女子，將喝光的咖啡杯放在前面，呆呆地坐在那裡。她取出粉餅，拍了拍鼻頭。那表情簡直像白痴。可是她的腿很修長，絲綢的襪子顯得很薄。男人來了。像個連臉都抹髮蠟的男人。女人嫣然一笑，起身。我別過頭去。耶穌也會愛這種女人嗎？離家以後，我能若無其事跟那種女人互開玩笑嗎？看到了討厭的一幕。喉嚨很乾，再喝杯牛奶吧。我未來的新娘，會是那種翹嘴唇的女人。我未來的摯友，會是渾身抹著髮蠟氣味難聞的紳士。這個預言會應驗。外頭，人潮絡繹不絕。大家都有家可歸吧。

「哦，你回來啦。今天回來得很早嘛。」

「嗯，因為工作進行得很順利。」

「這實在太好了。你要不要先洗澡？」

一個平凡，而且平靜得以休憩的家。我沒有這種家可回。我是個落榜生。何等不名譽！以前，我可能極度瞧不起落榜生，甚至認為落榜生是不同的人種，豈料，如今落榜生三個字，卻清晰烙印在我額頭上。而且是剛烙印上去的，請多指教。

各位，四月一日的晚上，你有沒有看到一個中學生，像流浪狗一樣，在淺草的霓虹森林那一帶徘徊？你有看到嗎？如果你有看到，為何那時，你沒有出聲跟我說句：「喂，同學。」如果你出聲跟我說句話，我一定抬頭拜託你：「請和我當朋友！」然後和你一起在烈風中徘徊，我們一定會再三發誓：「拯救窮人！」在這個浩瀚的世界裡，能出其不意覓得同志，對你，對我，都是相當美好的事吧。可是當時，沒人跟我說話。我步履蹣跚，走回麴町的家了。

要寫回家後的事，又更難了。我向神發誓，我此生絕不會再做這種惡行。我揍了我哥哥。晚上十點多，我悄悄回到家，在昏暗的玄關鬆鞋帶時，電燈突然亮了，哥哥走出來。

「結果如何？沒考上嗎？」哥哥語氣悠哉。我沉默不語，脫掉鞋子，站在式台[6]上，硬是擠出一絲笑容，答道：

「這還用問嗎？」我的聲音在喉嚨打轉。

「咦！」哥哥睜大雙眼，「真的假的？」

「都是你害的啦！」我一拳直接揍在哥哥臉上。啊，讓我這隻手爛掉吧！這是完全沒有理由的憤怒。我都已經丟臉丟死了，你們還在那邊裝高尚，一副雲淡風輕地活著，去死吧！在這種凶暴發作的驅使下，我出手揍了哥哥。哥哥像小孩般，擺出哭喪的臉。

「對不起，對不起，對不起。」我抱著哥哥的脖子，哇哇大哭。

書生木島哥把我帶進房間，一邊幫我脫衣服，一邊低聲說：

「也太為難你了。你才十七歲而已，真的太為難你了。要是你爸爸還在就好了。」他好像誤解了什麼。

「我不是在打架喔。笨蛋。我不是在打架喔。」我哽咽地說了好幾次。木島才不懂呢。他幫我蓋上棉被，我就睡覺了。

6 式台，進入玄關後，高一階的鋪木板處，為主人迎送客人之處。

此刻，我趴在床上，寫這「最後」的日記。我已經受夠了，我要離家出走。明天起，我要自食其力。這本日記，就當作我的遺物，留在家裡。哥哥看了會哭吧。他是個好哥哥。從我八歲起，哥哥就代替父親疼愛我，引導我。要是沒有哥哥，我現在可能是很壞的不良少年。哥哥很能幹，所以爸爸在天國也很放心吧。媽媽最近身體好多了，似乎好像快要康復了。這是令人欣喜的事。就算我走了，也請媽媽不要灰心喪氣，相信我一定會成功，放鬆心情好好過日子。我一定不會墮落。我一定會戰勝這個世界。不久，我一定會讓媽媽很高興。再見了，我的桌子啊，窗簾啊，吉他啊，《聖殤》啊。再見了，各位。不要哭，笑著祝福我的出發吧。

再見。

四月四日，星期二。

晴天。此刻，我在九十九里濱的別墅，過得非常幸福。這是昨天哥哥帶我來的。我們搭昨天下午一點二十三分的火車離開兩國。我心中滿是感動看著車窗外的風景，雀躍得彷如生平第一次旅行。列車離開兩國後，有一陣子鐵道兩旁都是工廠，我心想怎麼又是工廠，接著看到一落落的寒酸小房子，像蚜蟲般擠在一起。然後視野一開，看到些許零散綠地，也看到一些上班族住宅的紅瓦小屋頂房子零散座落。我開始想像住在這種垃圾般郊外的人們，過著什麼樣的生活。啊，民眾的生活令人懷念，卻也非常悲哀。我吃的苦還不夠多。在千葉等了十五分鐘，換搭開往勝浦的列車，傍晚抵達片貝。但是沒有巴士。最後一班巴士，三十分鐘前開走了。於是我們叫了計程車，無奈司機好像生病了，只好作罷。

「用走的吧？」哥哥縮著脖子冷得直打哆嗦地說。

「好啊。行李我來拿。」

「好喔。」哥哥笑了。

我們首先往海岸走。從這裡沿著海岸走還算蠻近的。夕陽西照，沙灘一片金黃美麗極了，可是強風直襲臉頰，冷死了。這四、五年來，我沒來過九十九里濱的別墅。一則從東京來太遠了，再則地點太冷清，就算是暑假我也大多去媽媽的沼津娘家。可是久違來了一看，九十九里的海，一如往昔遼闊湛藍。大海浪綿綿不絕地翻起又崩落。小時候，我幾乎每年都來。那棟別墅叫做松風園，成了九十九里的名勝。以前許多避暑觀光客來看別墅的庭園，無論是誰，爸爸都毫無差別地客氣接待，大家離開時也都很高興。爸爸似乎真的很喜歡討人歡心。現在，只有一位名叫川越一太郎的老巡警，和他老婆阿金住在那裡留守。我家的人幾乎不太來了，只有「一點點女士」偶爾會帶她的弟子或朋友來住，其他時間幾乎成了廢屋。庭園也任其荒蕪，現在松風園也衰亡了。九十九里的避暑客，可能也已忘記松風園了。也沒喝醉酒的人來庭園發酒瘋了。我跟在哥哥後面，想著很多事情，窸窸窣窣地踩著沙灘行走。兩條長長黑影，落在沙灘上。兩個人。現在芹川家，只有我和哥哥兩個人了。我深深覺得，我們要和好相處，互相幫忙。

抵達別墅時，天色已然全黑。因為之前打過電報來，阿金婆也做好準備在等我們。我們立即去洗澡，晚餐吃了美味的魚料理。躺在床上時，我從腹部深處吐出一口大氣。

四月一日和二日，那地獄般的狂亂，此刻回想起來恍如夢境。二日清晨，我黎明起床，將自己的東西塞進背包，偷偷溜出家門。身上帶的錢，是一日早上拿到的四月份零用錢二十圓，還剩一半以上。儘管如此，我還是擔心沒錢，便把哥哥借我的碼表，和我自己的手錶一併帶走。這兩樣一起賣，說不定能賣到一百圓。外頭瀰漫著濃霧。我來到四谷見附時，天色已經逐漸亮了。我搭上省線電車去橫濱。為何買了去橫濱的車票，我也難以說明。當時就只是覺得，去了橫濱，那裡有好運氣在等著我。可是到了之後，什麼都沒有。我在橫濱公園的長椅，坐到中午。眺望橫濱港的汽船，看海鷗翱翔。去公園的小賣店，買麵包吃。然後又揹上背包，走去櫻木町的車站，買了一張到大船站的票。如果沒飯吃，我就去當電影演員。去年，我被「狸貓」這個數學老師羞辱，索性不想上學時，也決定要當電影演員自食其力。不知為何，我總認為只要能當上電影演員，就能成為一個成功的人，有種莫名的自負。我的自負，不是對我長相的自負，而是對教養與文藝的自負。我並不憧憬電影演員，甚至認為那是一種痛苦且悲慘的職業。但除了這個職業，我實在想不出我還能做什麼。要我去當牛奶配送員，我也沒自信。我在大船站下車，打定主意，無論發生什麼事，我一定堅持下去，直到我見到一位導演。這件事，在我知道考不上一高後，就火速決定了。最後下定決心要走這條路。我帶著異樣的幹勁，眼裡幾乎看不到別的東西，一路直奔製片廠的正門，結果以淒慘的苦笑告終。今天是星期天！我怎麼會愚蠢到這種地步。或許凡事都是神的旨意吧。因為碰上星期天，我的命運又逆轉了。

我揹著背包，又回到東京。東京的夕暮真美。我坐在有樂町站月台的長椅上，淚眼模糊望著大樓閃爍的燈。此時，有位紳士輕拍我的肩。可能因為我在哭吧。他把我帶去派出所，但我客氣地應對得宜，爸爸的名字也起了作用。後來哥哥和木島哥來接我。三人坐上汽車，過了片刻，木島哥冷不防地說：

「可是，日本的警察，是世界第一的吧？」

哥哥不發一語。

直到在家門前下車時，哥哥沒有特別對誰說，只是快速說了一句：

「這件事我沒跟媽媽說喔。」

這天晚上我累壞了，整個睡死了。到了隔天，哥哥就帶我來九十九里濱了。換言之，也就是昨天的事。我們沿著海岸走，到了日沒時分，抵達這棟別墅。洗了澡，吃了美味晚餐，躺在床上睡覺時，一個又大又長的嘆息，從我腹部深處吐了出來。我久違地和哥哥並排而睡。

「我不該讓你去考一高。是哥哥不好。」

我不知該如何回答。這時應該輕鬆地說「不，是我自己不好」，這樣就能若無其事圓場了，偏偏我沒這種本事。這種睜眼說瞎話，不誠實的事，我實在辦不到。我只能滿心苦楚，在內心深處，悄悄對神和哥哥道歉：「請原諒我。」我在棉被裡，翻了一個大身。我連身體都不知該怎麼擺。

「我看過你的日記喔。看了你的日記後，我都想和你一起離家出走了。」哥哥說完，低聲笑了笑又說：「不過想想實在太滑稽了。這也難怪，連我都驚愕得想慌忙離家出走呢，真的很荒謬。木島也會很驚訝吧。要是木島看了日記，想必也會離家出走。然後媽媽和梅彌，大家都離家出走。大家再租一間新房子住。」

我也不由得笑了。哥哥是不想讓我尷尬，才說這個笑話。哥哥總是如此。其實哥哥是比我更心軟的人。

「R大學什麼時候公布？」

「六日。」

「R大學應該考得上吧。怎麼樣？如果考上的話，你想不想去念？」

「要去念也是可以啦……」

「說清楚比較好喔。你其實不想去念吧？」

「不想。」

兩人都笑了。

「放輕鬆地聊吧。其實啊，我也上個月就沒去念大學了。老是像以前那樣，浪費錢去繳學費也沒意義。我有個十年計畫，打算接下來十年要好好寫小說。過去我寫的東西都不行。我以前太自以為是了，根本完全不行。生活方面也很散漫。裝出一副名門大家的樣子，還熬夜寫稿呢。今年起，我打算重新開始，認真試試看。進，你要不要也參一腳？今年起，一起用功讀書如何？」

「用功讀書？再考一次一高嗎？」

「你在說什麼呀。我不會再逼你做這種事。並非只有準備升學考試的讀書才是讀書。你在日記裡也寫了不是嗎？你說將來的目標，在不知不覺中出現了，那是騙人的嗎？」

「那不是騙人的。不過其實，我也不太明白。總覺得目標已經清楚地來了，但我也不知道具體是什麼。」

「電影演員。」

「怎麼可能。」我極度狼狽。

「就是電影演員啦。你想當電影演員呀。這又不是什麼壞事。當上日本第一的電影演員，不是很了不起嗎？媽媽也會很高興吧。」

「哥哥，你在生氣嗎？」

「我沒有生氣。不過我很擔心，非常擔心。進，你才十七歲。不管將來想做什麼，現在都還是必須用功讀書的時候。這個道理，你懂吧？」

「我和哥哥不一樣，我的腦袋不好，其他的事我都做不來。所以才想說當演員也不錯吧……」

「是我不好，都怪我不負責任把你捲進藝術的氛圍裡。我實在太不小心了。這是懲罰啊。」

「哥哥，」我有點生氣，「藝術是那麼糟糕的事嗎？」

「因為失敗會很慘啊。不過，要是你打算今後在這方面努力學習，我也完全不反對喔。豈止不反對，我還想和你彼此砥礪，一起努力學習呢。總之，接下來就是十年的學習。你撐得下去嗎？」

「我會撐下去。」

「這樣啊？」哥哥嘆了一口氣。「那你就先去念R大學。能不能畢業另當別論，總之先進R大學。多少也要體會一下大學生活比較好。你會答應我吧。還有，不要現在就想去拍電影，等個五、六年，不，等七、八年後，再進一流的劇團，好好鍛鍊演戲的基本功。至於要進哪個劇團，到時候我們再來研究。我想說的就是這樣，你沒有不服吧。我有點睏了，想睡覺了。至於錢的問題，我還有錢可以勉強過十年，你不用擔心。」

我想把我將來全部幸福的一半，不，五分之四，獻給哥哥。因為我的幸福實在太巨大了。

翌晨，我早上七點半起床。如此神清氣爽的早晨，不知睽違多少年了。我和哥哥光著腳丫去沙灘玩，我們賽跑、玩相撲、跳高、三級跳遠，中午過後開始打高爾夫球。雖說高爾夫球，但不是正式的高爾夫球。我們用布把墨水瓶包得厚厚的，用來當球打。然後用棒球的球棒代替高爾夫球桿，把球打向農田那邊，距離約一百公尺松樹下方的洞。途中的農田，是很難打的難關。我們打得很開心，放聲大笑。噹的一聲擊飛墨水瓶球時，真的很痛快。阿金婆拿年糕和橘子來給我們吃。真的很感謝她。我們狼吞虎嚥地吃完，又繼續打高爾夫。我只有進洞六次。這是今天的最高記錄。沙灘上有四個小孩，不知何時走到我們這裡來。

「我要打。」

「我也要打。打進那裡的洞就可以了吧。」孩子們鬼鬼祟祟地你一言我一句，似乎想加入我們一起玩。

「你們也來打打看。」哥哥說著將球棒遞出去。果不其然，孩子們興高采烈，紛紛地說：「我要打！我要打！」然後拼命揮棒。那模樣可愛極了。想到這些孩子們平日都玩些什麼呢？我不禁有些感動。啊，我希望無論是誰，每個人都能一樣幸福。孩子們那真的才叫「貪玩」，玩得不亦樂乎。我和哥哥累了，躺在沙灘上。晚霞，從彩霞裂縫處透出的紅光，宛如燃燒的鮮紅蝴蝶結。抬頭一看，圍繞別墅的松林，在紅光照耀下，閃爍著鮮紅光輝。大海，——銚子半島也染上淡淡的紫色，水平線像鏡子的邊框，帶著隱約的綠。海鷗變得很小，飛得幾乎貼近海面。海浪不斷打過來，又崩散。啊，我的人生也有如此美好的片刻。啊，今天我不用在意誰，要充分享受這種美好的幸福感！人幸福的時候，變成笨蛋也無所謂。神也會原諒我。這一天，是我們兄弟兩人的安息日。哥哥用鉛筆在貝殼上寫詩。

「你在寫什麼？」我不由得湊過去偷看。

「寫一些祕密的祈禱啦。」哥哥笑著說，然後把貝殼扔向大海。

回家，洗了澡，吃過晚餐，就很睏了。哥哥直接窩進棉被就睡著了，還打呼打得很大聲。我沒看過哥哥睡得這麼熟。我睡了一會兒又起來了，寫這篇日記。我要把這三天發生的事，毫不矯飾地寫下來。我這一生，都不會忘記這三天！

四月五日，星期三。

大風。今晨的猛烈大風，對都會人是難以想像的。太驚悚了。堪稱颶風的淒厲西風，撼動大地發出地鳴般的怒吼狂吹肆虐，甚至把房子西側的松樹吹斷了兩三棵，真的太恐怖了。那劈哩啪啦的氣勢，簡直想把這棟房子給劈了。總之驚悚至極，令人膽戰心驚。我連一步都不敢走出去。到了下午，西風似乎轉為北東風。上午，我讓川越家的狗進客廳來玩。一共有五隻，聽說都是日前剛出生的。真的可愛極了。牠們可能也怕強風，嚇得渾身打顫。用臉蹭小狗的臉，一股奶味撲鼻而來。這比任何香水味都更高貴。我把五隻小狗都抱進懷裡，突然覺得很癢，不禁「哇！」地尖叫。

下午，哥哥坐在桌前埋頭寫稿。我躺在旁邊看了一點島崎藤村的《破曉前》，文章很難懂。

到了夜晚，風勢稍微轉弱，但依然頻頻吹動木板套窗。外頭，明明是月色皎潔的夜晚。風啊，你要吹得多猛都好，唯獨別把月亮與星星吹走了。哥哥夜裡仍然持續執筆。我在床上又讀了一點《破曉前》。

明天，R大學將公布榜單。木島哥應該會拍電報通知我結果。我有點在意。

四月六日，星期四。

時晴時陰。早上，下了一點雨。海灘的雨，是無聲電影。下了雨也沒有聲音，被沙灘靜靜吸進去了。風已經停了。起床後，我眺望了雨中庭園片刻，然後自言自語地說：「喂，睡吧！」又窩進棉被裡了。哥哥的臉長像普希金[7]，此刻睡得很熟。哥哥常自嘲自己的臉是黑色的，但我喜歡哥哥那種膚色淺黑、陰影很多的臉。我的臉，就只是又白又平坦，而且臉頰還紅紅的，一點沉鬱的氣質都沒有。要是讓水蛭來吸我的臉，或許能把臉頰的紅潤吸掉吧。可是太噁心了，我沒勇氣做這件事。還有鼻子，哥哥的鼻子很有骨感，而且鼻梁有鮮明的段落，相當有獨創性，而我就只是一顆渾圓隆起的大鼻子。有一次，我起勁地說起一位朋友的容貌，哥哥忽然從旁說：「你是個美男子喔。」頓時瞬間冷場。那時，我甚至起了怨氣。我才不會認為只有我是美男子，其他的人都是醜男。這太離譜了。如果我是絕世美男子，反而會對別人的容貌沒興趣吧。面對長相醜陋的人，應該更寬大才對。可是像我這樣，非常不喜歡自己長相的人，在意別人的容貌又有何用，只會讓我憂鬱，耿耿於

7　普希金（Alexander Pushkin，1799-1837），俄國詩人、劇作家、小說家，膚色偏黑。

懷。我這張臉，跟哥哥相比，連百分之一的美感都沒有。我的臉，完全沒有精神性的氣質。簡直像一顆番茄。哥哥現在還能自嘲膚色黑，改天等他成了知名作家，被誇是小說界首屈一指的美男子，到時候一定會張皇失措。有點像普希金喔。我的臉，在百人一首的花牌裡有。後來我迷迷糊糊睡著了，做很多夢。夢中不知為何在上野車站裡，火車四面八方包圍我，我在浴桶裡泡澡，東張西望。驀地，貝多芬的第七號交響曲，如雷般在上方響起。我慌張地連忙站起來，裸著身子舉起雙手，開始指揮。時而激烈，時而悠然地大揮，時而苦悶地柔軟扭動全身，就這樣指揮著。忽然，交響樂消失了。火車裡的乘客，從車窗裡冷靜地凝視我。我難堪極了。因為我全身赤裸，擺著苦悶的指揮姿勢，站在浴桶裡。這真是難以言喻的羞恥型態。我不禁噴笑，就這樣醒了過來。這是短短的夢，但可以久違聽到想聽的貝多芬第七號交響曲，也是很感激。接著我又迷迷糊糊睡著了，這回夢到考試。那個空間的正前方有個舞台，當我心想這個考場還真壯觀，才知道是帝大的入學考試。可是來的監考官是那個狸貓，讓我覺得很可疑。考生也都是熟面孔的四年級。這一節考英文，可是考卷上卻畫著老虎。我實在不知道怎麼答。狸貓走來我旁邊說：「我來教你吧。」我說：「不要，你走開。」可是狸貓堅持要教我，還賊賊地笑。實在討厭死了，真的很受不了。後來我說：「寫『悲劇』就可以了吧？」狸貓竟說：「不對，要寫『羽衣』喔。」我覺得他根本莫名其妙時，鐘聲響了。我交了白卷，拿給狸貓，就走去走廊了。走廊上，大家喧囂吵鬧。

「明天考什麼？」

「明天考遠足，骨頭會斷掉。」

「要小心零食啦。」

「那不是相撲社啦。」說這話的好像是木村。

「是二十五圓的鞋子喔。」

「我們去喝酒，然後去賞楓吧。」這好像也是木村。

「喝酒就夠了啦。」

「進，過關了喔。」這是現實裡，哥哥的聲音。他站在我枕邊笑說：「你考上了喔！木島剛才拍電報來了。」霎時，我莫名地覺得丟臉。從哥哥手中接過電報一看，上面寫著：「成功上榜！萬歲！」讓我覺得更丟臉。旁人竟為我這微不足道的成功如此雀躍，實在沒道理。我覺得丟臉，甚至覺得大家都在嘲笑我。

「木島哥也太誇張了，居然還寫萬歲，根本是在瞧不起我。」我說完就把棉被矇在頭上，真的覺得沒臉見人。

「木島也是打從心底高興吧。」哥哥以訓誡的口氣說，「對木島而言，R大學也是令人目眩神迷的好學校。況且事實上，無論哪一所大學，內容都是一樣的。」

這我知道啦，哥哥。我從棉被裡探出頭來，不由得，莞爾一笑。我的笑容，已不是中學生的笑容。蓋著棉被的中學生，悄悄從棉被探頭出來時，已變成道地的大學生了，這才是「沒有作假」的魔術。啊，我好像寫得太激動了。丟臉。R大學算什麼啊。

今天，無論走到哪裡，我都覺得腳好像沒有著地，輕飄飄地走在雲上。哥哥也說：「我今天也是這種感覺喔。」晚上，我們兩人去逛片貝町，嚇了一跳，整個街景完全變了。以前的片貝町並非如此。看到這種光景，我覺得像是今晨夢境的延伸。街上一片蕭條凋零，到處都黑漆漆的，鴉雀無聲，杳無人煙。莫約五年前，片貝的夏天可是擠滿避暑客，熱鬧得像銀座一樣，如今卻一盞燈也沒亮，一片漆黑。狗的遠吠聲也很嚇人。這不單純是季節之故，片貝町確實沒落了。

「簡直像被狐狸騙了。」我如此感慨。哥哥認真地說：

「不，說不定真的被狐狸騙了。實在太詭異了。」

我們走進以前常去的撞球場。裡面只點著一顆昏暗燈泡，顯得空空蕩蕩。後面的房間，躺著一個不認識的阿婆。

「你們要打撞球啊？」阿婆沙啞地說，「要打的話，把那個壁櫥裡的球，拿給我好嗎？」

我想溜之大吉。但哥哥卻孌不在乎地走進後面的房間，踩過阿婆的睡床，打開壁櫥，把球拿出來。我看得瞠目結舌。哥哥今天確實也有點怪。我原本就只想打一局，可是看著球慢吞吞在漆黑呢绒球台上走著，像是生物般令人毛骨悚然，還沒打出勝負就說：「不打了，不打了。」走到外面去。然後我們去了蕎麥麵店，吃著溫溫的天婦羅蕎麥麵，我說：

「今晚我不曉得怎麼了，總覺得意志和行動完全分離了。是我的腦袋出了問題嗎？」

「因為你剛剛成為了大學生，覺得今天是個奇異的日子啦。」哥哥笑咪咪地說。

「啊，糟糕！」我覺得被看穿了。

我覺得今天之所以詭異，比起片貝町的變化，主要的原因可能是我有點樂昏頭了。可是話說回來，哥哥也說他跟我一樣，走路有種輕飄飄的感覺，這也太奇怪了。可能哥哥也跟我一樣，有點樂昏了。哥哥好傻喔，這麼點小事，居然那麼興奮。

改天，我要讓哥哥更高興更高興。今天一整天，我的心情都像在夢境裡。如果是夢，請不要醒。夜裡聽著波濤聲，遲遲難以入眠。不過我清晰地覺得，我已經踏上了未來的路。我要感謝神。

四月七日，星期五。

晴天。東風徐徐地吹著。我已經想回東京了。對九十九里，已經有點膩了。吃過早餐後，我和哥哥立即去沙灘打高爾夫球，但已經不像第一次那麼好玩。真的很沒勁。打到一半的時候，住在別墅隔壁的一位十八歲中學生生田繁夫過來打招呼：「你好。」我也回了一句：「你好。」他接著竟說：「請幫我解這個代數題目。」就把筆記本推到我面前。我覺得他很失禮。雖然小時候，我常和他玩在一起，可是隔了很久沒見，居然隨便打個招呼就要我幫他解數學題目，未免太失禮了。我甚至懷疑，他是不是對我們抱有敵意。他的膚色也比幼時黑了很多，已經完全是個海灘青年了。

「我可能解不出來耶。」我沒怎麼看筆記本的題目就說。

「可是你考上大學了吧？」他居然逼問，口氣像在找碴。我火氣都快上來了。

「你從哪裡聽來的？」哥哥心平氣和地問他。

「昨天不是有電報來嗎？」繁夫說得興致勃勃，「我是聽川越家的阿姨說的。」

「哦，這樣啊。」哥哥點點頭，「進是好不容易才考上的，因為他沒怎麼認真準備升學考試，連你都不會解的難題，我看進也不會解吧。」哥哥面帶微笑如此一說，繁夫轉眼間也滿臉欣喜。

「這樣啊。我原以為四年級就能考上大學的秀才，這種題目應該兩三下就解出來了，所以才來拜託，真的很抱歉。這一題因式分解很難喔。我打算明年去考高等師範。因為我不是高材生，所以五年級才要考。哈哈哈哈。」說完還空虛卑鄙地大笑，然後就走了。愚蠢至極！或許是環境使然，把這個人變得如此扭曲。就是有這種蠢蛋在，世間才會無意義地黑暗起來。什麼事都要跟我較勁，非得潑我冷水才甘願。雖然我考上R大學，但我絲毫不覺得了不起，而且想都沒想過要以此去輕蔑別人。

哥哥目送繁夫得意洋洋的背影離去後，嘆了一口氣，喃喃地說：

「也是有這種人啊。」

我們頓時沮喪了起來，甚至覺得在這裡悠哉玩樂，好像做了什麼天大壞事。

「狐狸有洞，鳥有窩[8]，是嗎？」

我如此一說，哥哥笑著回答：

「看吧！新郎快被帶走了！[9]」這段對話要是被繁夫他們聽到，八成會覺得我們裝模作樣很討厭吧。那我們該怎麼辦才好呢？我們絲毫沒有驕傲自大的意思，總是低調內斂。啊，我好想回東京。鄉下實在太麻煩了。我們連打高爾夫球的力氣都沒了，聊著悲傷的笑話走回家。

中午，又出了一個紕漏。這個是大失敗。而且從頭到尾都是我一個人的錯，真的很受不了。

吃完午餐後，我把哥哥拉到庭園，幫他拍照時，聽到石塚家老爺爺的兩個孫兒，在圍牆外竊竊私語。

「我三歲的時候，也拍過照片喔。」男孩得意地說。

「三歲的時候？」這是妹妹的聲音。

「對啊，我戴著帽子拍的。不過，我已經不記得了。」

哥哥和我都不禁失笑。

「過來這裡玩！」哥哥大聲說：「我幫你們拍照！」

圍牆外一片寂靜。石塚家的老爺爺，以前是看守這棟別墅的人，現在也還住在這附近。他有兩個孫兒，孫子十歲，孫女七歲，兩人滿臉通紅，慌張地走進庭園後，立即止步。兩人靦腆得臉都快燒起來了，站在那裡動也不動，一步也不敢向前。我覺得他們羞澀的模樣，氣質相當高雅。

「過來這裡。」哥哥招手叫他們過來。接著，啊，我說了很糟糕的話：

「給你們吃點心喔。」

女孩猛地抬頭，然後突然轉過身去，趴噠趴噠逃走了。男孩沒有女孩那麼敏感，稍微愣了一下，隨後也追著女孩逃走了。

---

8 出自馬太福音第八章。

9 出自馬太福音第九章。

「突然說要給人家點心吃，就算是小孩也會覺得受到侮辱喔。他們也是有自尊心的，不是為了點心而來。」哥哥一臉遺憾地說：「你還真傻啊，難怪連繁夫都會對你反感。」

我完全語塞，無從辯解。看來，我果然有種驕傲自大的心態吧。我真是無趣膚淺的冒失鬼。

看來我真的不適合待在鄉下，老是闖禍出紕漏。心情盪到谷底。我很想去石塚家，向那對小兄妹道歉，但我還是不敢去。總覺得這樣太誇張，也太丟臉了，終究還是沒去。

我想明天就回東京。找哥哥商量後，哥哥也贊成，說他也正想差不多該回東京了。

傍晚，洗完澡照了一下鏡子，發現鼻頭曬得紅通通的，簡直像漫畫一樣。每次眨眼，眼皮都會變，時而變雙眼皮，時而三層眼皮，時而單眼皮。說不定我的眼睛凹進去了。過度運動，反而變瘦了。我覺得真的很虧。好想早點回東京。我果然是都會的孩子。

四月八日，星期六。

九十九里晴天，東京下雨。晚上約七點半到家。看到姊姊在家裡，我覺得有點怪。「我剛剛才來的，過來坐一下。」姊姊說得蠻不在乎。後來木島哥一時糊塗說溜嘴，對我和哥哥說，姊姊前天晚上就來了。姊姊為何要撒這種沒必要的謊呢？或許發生了什麼事。不過我和哥哥實在累壞了，洗完澡就去睡覺了。

四月九日，星期天。

陰天。下午一點起床。果然自己的家最好睡。可能是棉被的關係。哥哥好像比我早起很多，而且跟姊姊發生了爭執。現在哥哥和姊姊，彼此都臭著一張臉。一定發生了什麼事。真相以後會大白吧。姊姊連對我都不太說話，傍晚就回下谷了。

晚上，哥哥帶我去神田，買大學規定的帽子和鞋子給我。我戴著這頂帽子回家。在回程的巴士裡，我問哥哥：

「姊姊怎麼了？」

哥哥「嘖」了一聲說：

「她就說傻話呀。那是笨蛋！」哥哥言盡於此。那表情真的叫愁眉苦臉。好像很生氣。

一定發生了什麼事。可是我一無所知，也不便過問，暫時先靜觀其變吧。

明天，西服店應該會來幫我的西服量尺寸。哥哥也說會買防水風衣給我。我越來越像名符其實的大學生了。如行雲流水般。今晚我深切覺得，考上R大學，果然很好。哥哥說會幫我介紹很棒的戲劇老師。說不定是齋藤先生。齋藤市藏先生的作品，在日本已堪稱經典，我根本沒資格批評，但內容偏向常識性，我覺得稍顯不足。但是格局很大，若要拜師學藝，或許跟那種人學最好。

哥哥說藝術這條路很難走。不過，我會努力學習。只要肯努力，就不會不安。能夠走上我想走的路，也是多虧了哥哥幫忙。這一生，我要和哥哥互相幫忙，努力前進，然後成功。媽媽也常說「手足要和好相處」。所以媽媽一定也會很高興吧。

哥哥剛才就去媽媽的房裡，不曉得在談什麼，談了很久。我越來越覺得，一定發生了什麼事。心焦如焚。

四月十日，星期一。

晴天。收到學校寄來的正式錄取通知。開學典禮是四月二十日。希望在那之前，西裝能夠做好。今天，西服店的人來量尺寸。我訂做了保守款，而非流行款。穿流行款的學生走在路上，看起來腦袋都很差，所以我不要。穿著樸質款學生服走在路上，看起來像高材生。哥哥也是穿著非常普通款的學生服，看起來很像高材生。

傍晚，小佳來家裡玩。她是商大生阿慶的妹妹，還是個女學生，可是相當狂妄。

「聽說你考進R大？別去念了。」居然這樣打招呼，真過分。

「因為商大比較好對吧。」我如此回她，她居然說：「商大也無聊透了。」問她哪所學校好？她居然說中學生最可愛了。不可理喻。

其實小佳是來拜託梅彌，幫她縫裙子綻線的地方，縫好就立刻走人了。回到制服的事，為什麼女學生的制服，總是那麼俗氣，看起來還髒髒的。就不能稍微做得乾淨俐落點嗎？難道就沒那種走在路上，讓人看了也會眼睛一亮的女學生制服？大家都像溝鼠一樣。連服裝都那副德行，內心想必也和溝鼠一樣，只會鑽來鑽去。穿那種衣服，擺明了缺乏尊敬男生的心態，我實在太驚訝了。

哥哥今天下午出門了。現在已經晚上十點，還沒回來。我大致也隱約明白事件的輪廓了。

四月二十四日，星期一。

晴天。我對大學幻滅了。打從開學典禮那天起，我就受不了大學了。根本和中學沒有兩樣。完全沒有我期待的宗教性清潔氛圍。我們班大約七十個學生，大家都已是二十歲左右的青年，智能卻像還在流口水的屁孩。就只會在那邊大聲喧鬧。我甚至懷疑他們是不是白痴。和我同一所中學來的，只有赤澤一人。但赤澤是五年級考進來，所以我跟他不熟，頂多見了面點個頭而已。所以在這個班上，我完全孤立。開學那天，我就把班上同學分類了，五十個白痴，十個分數蟲，五個牆頭草，五個暴力派。我認為這個分類是正確的。我的觀察絕對不會錯。天才型的人，半個都沒有。我真的很沮喪。如此一來，我就是班上最厲害的人物了。淨是一些沒得較量的事。原本想說上了大學，會有很多可以深談，彼此激勵的優秀對手，結果照這個情況看來，簡直像回到中學重讀一年級。居然還有把口琴帶來教室的學生，實在難以忍受。二十日，二十一日，二十二日，上了三天學，我就受夠了。我想休學，趕快找個劇團待著，接受嚴格且道地的劇團訓練。上學根本完全浪費時間。昨天一天，我在家讀完《綴方教室》，想了很多事情，夜裡遲遲難以入眠。《綴方教室》的作者豊田正子與我同齡，所以我也不能再拖拖拉拉苟且度日。她是家境貧困，而且沒受什麼教育的少女，都能寫出如此動人的作品了。於是我在想，對於藝術家而言，優渥的環境會不會反而是一種不幸。我也想早點脫離現在的環境，當一個劇團的貧窮研究生，拋開一切，全心投入劇團的學習。凌晨四點多，我終於迷迷糊糊睡著了。早上七點，被鬧鐘嚇醒，起床後頭暈目眩。儘管如此，基於痛苦的義務，我還是拖著沉重的腳步去上學。

由於校舍過於安靜，我覺得事有蹊蹺，到了辦公室一看，這裡空無一人。此時我才恍然大悟，今天是靖國神社的大祭，學校放假一天。這是獨行俠的失敗。早知今天放假，我昨晚就能過得更愜意了。我實在有夠蠢。

可是，今天天氣很好。回家時，我去高田馬場的吉田書店，悠哉地瀏覽二手書。可是時而會感到頭暈，所以我只買了幾本話劇雜誌《Teatro》，以及柯克蘭《演員藝術論》和泰洛夫《被解放的戲劇》。因為頭實在有點暈，我離開書店就直接回家，回家後就立刻上床了。好像有點發燒。躺在床上，看著今天買回來的書的目次。書店少有戲劇方面的書，實在傷腦筋。若是外文書，哥哥好像有一些戲劇方面的書，但我現在還看不懂。接下來也得好好學外文才行。沒有外文能力，真的很不方便。

睡了一覺起來，已經下午三點。我請梅彌幫我做飯糰，一個人吃。可是吃了一個以後，胸口疼痛，覺得有點畏寒，於是又窩進棉被裡。護士杉野小姐看我不對勁，憂心地幫我量體溫。結果三十七點八度。她說請香川醫師來看一下吧？我斷然拒絕，回答不用。香川醫師是媽媽的主治醫生，有點阿諛奉承，我不喜歡。於是杉野小姐給我吃了阿斯匹靈。我昏昏沉沉躺在床上，出了很多汗，感覺也清爽多了。應該沒問題了。哥哥早上為了那個事件去下谷，還沒回來。不知為何，我總覺得這個感冒不會輕易好。哥哥不在家，我總覺得擔心害怕。杉野小姐又來幫我量體溫，三十六點九度。我這才敢鼓起勇氣，爬出睡床，寫日記。我對大學幻滅了。我無論如何都想寫這個。手腕痠軟無力。現在是晚上八點鐘，我的腦筋很清楚，睡不太著。

四月二十五日，星期二。

晴天。風強。今天請假沒去學校。哥哥也叫我多休息。可是燒已經退了，我也只是睡睡醒醒。

說到那個事件，其實是姊姊說要和鈴岡姊夫離婚。好像沒什麼直接的原因，就只是討厭。可是討厭，才是最重大的原因吧，偏偏姊姊說不出具體討厭什麼。所以哥哥非常生氣，罵姊姊太任性了，說這樣對不起鈴岡姊夫。而鈴岡姊夫那邊，絲毫沒有想離婚的意思，而且非常喜歡姊姊。可是姊姊毫無理由，就討厭鈴岡姊夫。雖然我也不喜歡鈴岡姊夫，但我也覺得這次姊姊有點任性。這也難怪哥哥會生氣。姊姊現在待在目黑的「一點點女士」那裡。因為哥哥斷然拒絕她回麴町的娘家，所以她就拎著行李去投靠「一點點女士」了。我總覺得，這件事可能是「一點點姑姑」在幕後操縱。哥哥說起鈴岡家的現狀也苦笑連連，說鈴岡姊夫打掃房間，俊雄負責煮飯，那幅景象真的很慘，令人不免同情，可是實在太怪異了，他也差點笑出來。我想也是。一個柔道四段的大男人，撩起和服下襬塞在腰際，拿著撣子在清理門窗；還有俊雄落寞地皺著那張罕見的臉，在那裡煎魚。這幅畫面，不好意思，我光是想像就覺得奇慘無比。可憐哪。姊姊真的應該回去。雖然姊姊說沒有任何原因，但說不定有具體且重大的原因。若是如此，那就大家一起檢討那個原因，該改的就改，圓滿解決才是上策。可是沒人找我商量，我也只能乾著急。連事情的真相究竟為何，都沒人跟我說。所以關於這件事，我就暫時先當個旁觀者，然後再當偵探，努力私下查出真相吧。我的看法是，「一點點女士」脫不了關係。如果痛斥她一頓，說不定她會招出真相。改天我就裝作一無所知，去「一點點女士」家偵查看看。她是個單身的人，所以企圖慫恿姊姊也和她一起單身，一定是這樣。鈴岡姊夫並非壞人，姊姊也是精神高尚的人，所以一定是有心懷不軌的第三者在搞鬼。總之，我得暗自查清這件事的真相。媽媽，斷然站在姊姊那邊。看來她還是想把姊姊永遠留在身邊。其他的親戚好像還不知道這件事，現在站在姊姊那邊的有媽媽和「一點點女士」。而站在鈴岡姊夫這邊的，只有哥哥一人。哥哥形同孤軍奮戰。最近哥哥心情很差，甚至有兩三次喝到深夜爛醉才回家。哥哥比姊姊小一歲。所以哥哥說的話，姊姊完全不聽。不過這個家，現在是哥哥當家作主，應該有權命令姊姊。但這個問題也很麻煩。哥哥對此事的態度相當強硬，偏偏姊姊也頑固地不肯屈服。再加上「一點點女士」在一旁操控，事情真的很難辦。總之我得稍微積極一點暗中調查，究竟是怎麼回事？

今天我被哥哥罵。晚餐後，我裝作若其事，語氣輕鬆地低喃：

「姊姊是去年這個時候出嫁的吧。居然已經一年了。」

我企圖從哥哥那裡得到事件的情報，不料遭哥哥識破。

「不管一年還是一個月，一旦嫁出去的人，不能沒有理由就要搬回娘家住。進，你好像對這件事很有興趣？這不是抱持遠大理想的藝術家該有的作風喔。」

我完全敗陣下來，無言以對。但我並非基於卑劣的好奇心在打探這件事。我是希望全家能安穩和樂。還有就是，看到哥哥這麼痛苦實在很難受，我想幫他一點忙。但我若說出這種心聲，哥哥可能會罵我狂妄，所以我就不說話了。最近哥哥很可怕。

夜裡躺在床上，隨意翻閱《Teatro》雜誌。

四月二十六日，星期三。

晴天。傍晚下起小雨。去了學校才知道，原來昨天也因靖國神社大祭放假一天，搞什麼嘛。換言之，昨天和前天，學校連放了兩天假。如果早知昨天也放假，我就能睡得更放心更輕鬆了。看來這種時候，獨行俠真的很吃虧。不過我暫時還是會當獨行俠。哥哥在大學好像也是獨行俠，幾乎沒朋友，頂多就是島村和小早川，偶爾會來家裡玩。看來理想崇高的人，有段時期都非得當獨行俠不可。縱使寂寞，縱使不方便，就是不願向世間的俗惡低頭。

今天的漢文課頗有意思。因為內容和中學的教科書沒什麼不同，我心想又要重複聽同樣的事，覺得有夠煩，想不到講課的方式截然不同。光是這句「有朋自遠方，不亦樂乎」就解釋了一小時，我真的由衷佩服。這句話在中學時，就只是單純教說「有朋友從遠方來拜訪，很高興」這樣。我記得那時教漢文的蛤蟆仙是這麼教的。那時蛤蟆仙還齜牙咧嘴地笑說：「正當你覺得無聊的時候，一個朋友突然帶著一升上好的美酒和一隻烤鴨，走進院子，向你說了一聲嗨！這時候會很高興啊。說不定是人生最高興的時刻。」自顧自說得心花怒放。但這解釋錯得離譜。據今天矢部一太老師所言，這句話絕非在說一升美酒、一隻烤鴨這種卑俗的現實生活享樂，而是全然形而上學的語句。這句話的意思是，即使自己的思想無法立即被世人接受，但意外地聽到來自遠方的人的支持聲，也是一大樂事。整句話是在歌頌，當一個人隱約感到命中核心時的喜悅。這句話道出了理想主義者最高的願望。絕非一個人無聊地隨便躺在榻榻米上的模樣，而是一個人勇於向理想邁進的姿態。「不亦樂乎」的「亦」也有很多難解的深意，矢部老師說明了很久，可是我忘了。總之，中學的蛤蟆仙說的美酒一升烤鴨一隻，很遺憾的，只是凡俗的解釋。不過坦白說，我覺得美酒一升烤鴨一隻，也很不錯。這樣就夠快樂了。所以我也很難捨棄蛤蟆仙的說法。我的理想是，自己的思想能被遠方的人理解，然後晚上又有人忽然帶來一升美酒一隻烤鴨，這是最好不過了。可是這樣或許太貪心。總之，聽著矢部老師饒富深意的講解，我也莫名地懷念起中學的蛤蟆仙，這也是事實。現在他可能也在中學的講台上，悠哉地上著美酒一升烤鴨一隻的課吧。蛤蟆仙的課，是童話故事。

午休時間，我獨自留在教室，讀小山內薰的《戲劇入門》時，本科[10]的大鬍子學生，悄悄走進教室，大聲鬼叫：

「芹川在嗎！」張望了一下又嘟著嘴說：「搞什麼，怎麼沒半個人在啊？」然後過來問我：「喂，小朋友，你知道芹川在哪裡嗎？」看來是個慌張的冒失鬼。

「芹川，就是我。」我皺眉如此一答，他忙說：

「搞什麼，是你啊。抱歉，抱歉。」說完搔搔頭，露出天真的笑容，「我是橄欖球社的人，你能不能來一下？」

我被帶去校園。櫻花樹道下，站著五、六個本科的學生，各個都一臉正經八

10　本科指正式大學生。芹川進念的是預科。

百，在等我。

「這個人，就是芹川進。」那個冒失鬼如此笑說，把我推到眾人前面。

「這樣啊。」一個額頭很寬，看起來像年過四十，有種沉穩感的學生，從容不迫地點點頭，絲毫沒有笑容地問我：「你，已經，不踢橄欖球了嗎？」我感到些許壓迫感。我很怕這種初見面時，絲毫沒有笑容的人。

「對啊，我不踢了。」我擠出些許笑容討好他。

「你要不要再考慮看看？」這人依然不笑，直勾勾盯著我的眼睛詰問。

「你不覺得可惜嗎？」另一位本科生從旁附和：「中學時代，你踢得那麼出名。」

「我……」我打算說清楚：「我想進雜誌社。」

「文學啊！」不知是誰低聲說，那口氣顯然是嘲笑。

「不行嗎？」寬額頭學生，嘆了一口氣：「我很希望你能加入橄欖球社。」

我居然天人交戰。看來我是很想進橄欖球社。可是，大學的橄欖球社一定練得比中學更凶吧，這樣根本沒時間學戲劇，於是我心一橫：

「不行。」

「居然回得這麼直截了當。」又有人語帶嘲笑地說。

「別這樣。」寬額頭學生回頭制止那個嘲笑的人，「硬把人家拉來也沒用。拚命去做自己喜歡的事比較好。芹川的身體不好吧。」

「我身體好得很！」我硬是抗辯，「只是現在有點小感冒。」

「這樣啊。」這位沉穩的學生，首度淺淺地笑了。「你這傢伙還真搞笑。隨時歡迎你來橄欖球社玩喔。」

「謝謝。」

我終於可以擺脫這些人，不過我很佩服那個寬額頭學生的人格。他說不定是隊長。我記得R大橄欖球社的隊長，去年是個姓太田的人。那個寬額頭學生，說不定就是知名的太田隊長。即使不是太田，能在大學的運動社團當隊長的人，都有他身而為人的出色之處。

一直到昨天，我還對大學全然絕望，但今天的漢文課，以及那個隊長的態度，又讓我對大學稍稍改觀了。

好了，雖然今天接下來發生了重大事情，我也表現很活躍，可是現在真的很累，沒辦法仔細寫。那真的很痛快。明天再慢慢寫吧。

四月二十七日，星期四。

雨天。整天都在下雨。早上雷聲猛烈。因為我昨天太活躍，早上還是覺得很累，起床時很痛苦。第一次穿哥哥買給我的防水風衣上學。午休時間，聽到班上的同學在聊，得知昨天那個寬額頭學生，果然就是鼎鼎大名的太田隊長。太田隊長，是R大的驕傲。從大一就當上隊長了。我知道後相當佩服。他的綽號是「摩西」。這也讓我恍然大悟，深深佩服。

接下來我想寫今天上《聖經》課，感到佩服的事。但這以後還有機會寫。所以趁我還記得，我要先把昨天發生的事寫下來。畢竟是重大事情。

昨天放學後，我忽然臨時起意想去目黑的「一點點姑姑」家。這念頭一浮現腦海，就覺得今天非去不可。加上下午天氣轉壞，好像快下雨了，我幾乎是一路直奔目黑。「一點點女士」在家，姊姊也在。姊姊顯得有些尷尬地說：

「哎呀，小寶好像瘦了點耶。你來找姑姑？」

「啊，別叫我小寶啦。我都這麼大了，到底要叫到什麼時候！」我在姊姊面前，大模大樣地說。

「哦。」姊姊驚愕地睜大眼睛。

「我當然會瘦啊。因為我大病了一場，今天好不容易才能下床走路。」我說得有些誇張，「喂，倒茶給我喝。我快渴死了。」

「啥？你這什麼口氣！」姑姑繃起臉罵我：「你完全學壞了，變成不良少年了。」

「我當然會學壞啊。最近哥哥也每晚喝到醉醺醺才回家。我們兄弟都變成壞孩子了。倒茶給我喝！」

「小進！」姊姊擺出嚴肅的表情，「哥哥跟你說了什麼嗎？」

「他什麼都沒說喔。」

「你大病一場是真的嗎？」

「對啊，有點嚴重。因為太擔心而發燒了。」

「你說哥哥每晚喝得醉醺醺回家，這也是真的嗎？」

「真的啊。哥哥也完全變了一個人喔。」

姊姊別過臉去。她在哭。我也很想哭。但這是緊要關頭，我忍住了。

「姑姑，倒茶給我喝啦。」

「好啦好啦。」一點點女士，一副瞧不起地敷衍回答，然後邊倒茶邊數落我：

「我原本想說你好歹也進了大學，終於可以放心點，想不到變成了壞孩子。」

「壞孩子？我幾時變成壞孩子了？姑姑才是壞人吧？虧妳還是一點點女士。」

「你在胡說什麼！」姑姑真的生氣了，「居然連對我說話都沒大沒小！你看！你姊姊都哭了喔！其實我都知道喔，你是被你哥哥教唆來的。區區一個小孩，居然想闖來我這裡鬧事？實在太不像話了！我知道你們在搞什麼鬼喔！話說回來，『一點點女士』是什麼？說話給我放尊重點！」

「一點點女士，是姑姑的綽號喔。我們家都這樣叫妳。妳不知道嗎？那麼，我要喝一點點茶囉。」我大口大口地喝茶，以眼睛餘光瞄向姊姊。她低著頭。真可憐。我認為這一切都是姑姑害的，討厭姑姑的心情也越來越強烈了。

「住在麴町的，都是一些乖小孩，很幸福喔。小進也是乖小孩，趕快回家去吧。回家後轉告你哥哥，如果有事想說，別差遣這種小孩來，像個男子漢大丈夫，叫他自己來。就會在暗地裡搞一些有的沒的，這種時候居然連目黑都不敢來。我也有些事，要好好教訓一下你哥哥。居然每晚喝得醉醺醺回來？真是沒出息。」

「不要說我哥哥的壞話！」我也真的生氣了，「姑姑妳才是啦，說話放尊重點會怎樣？我來這裡，才不是哥哥教唆我來的。開口閉口小孩小孩的，也太看不起人了。我也是有能力分辨好人和壞人。我今天是來跟姑姑理論的。不關我哥哥的事。這次的事，哥哥根本沒跟任何人說，就只是一個人在擔心。我哥哥不是卑鄙的人。」

「來，要不要吃點點心？」姑姑老奸巨猾。「這是很好吃的蜂蜜蛋糕喔。其實姑姑什麼都知道，你不要無聊地對我惡言相向，吃點好吃的點心，今天就回家去吧。你上了大學以後，完全變了一個人哪。你在家跟你媽媽說話，也這樣粗暴無禮嗎？」

「蜂蜜蛋糕？好，我要吃。」我狼吞虎嚥地吃，「真好吃。姑姑，妳不要生氣啦。再給我一杯茶。姑姑，其實關於這次的事，我什麼都不知道，可是我覺得我懂姊姊的心情喔。」我故意擺出態度軟化的樣子。

「你在說什麼呀。」姑姑冷笑兩聲，不過心情稍微轉好了。「你根本什麼都不懂。」

「哦？這就很難說了。不過一定有相當關鍵的原因吧。」

「這個嘛，」姑姑探出身來，「跟你這種小孩說也不懂。當然有，當然有，原因可大了！」姑姑說這話的語氣真的很沒品，所以我就閉嘴了。那語氣實在太浮誇。姑姑繼續說：「假設你結婚一年以後，居然連財產有多少，收入有多少，都不給你太太知道，這一定有鬼吧？很奇怪吧？」我依然靜靜地聽。結果姑姑好像很欣賞我靜靜地聽，說得更起勁了：「鈴岡先生啊，現在是有點吃得開啦，可是他以前，可是你們爸爸的部下喔。我都知道得很清楚。那時你們還小，可能不知道，我可是知道得很清楚喔！那時他受了你爸爸很多照顧！」

「這種八百年前的事就算了吧。」我開始覺得她很囉唆。

「不行，怎麼可以算了！我們這邊算是他的主子喔！結果他是怎麼對我們的？最近根本不來麴町向我們問候，而且連我這個人的存在，都已經忘記了！反正我是個單身又沒用的人，被他瞧不起也就算了，可是你要知道，我們這邊是主子喔！」姑姑那氣勢簡直要拍打榻榻米了。

「姑姑，妳離題了啦。」我笑了出來。

「別說了啦。」姊姊也笑了，「倒是小進，我想問你。你和哥哥，都很討厭下谷那家人吧？譬如俊雄，你們根本瞧不起他……」

「沒這回事。」我心虛了起來。

「因為今年的過年，你們都沒有來呀。不只是你們，連親戚都沒半個來下谷拜年，所以我才會這麼想。」

原來還有這種事啊。我不由得沉沉嘆了一口氣。

「今年過年的時候，我一直很期待也在等候你來喔。鈴岡也打從心底喜歡你，總是小寶小寶的在說你的事呢。」

「因為那時我肚子痛，肚子。」我說得有些結巴。這時我才知道，原來那點小事，對姊姊竟是嚴重打擊。

「肚子痛當然去不了。」這回姑姑站在我這一邊。有夠亂的。「可是鈴岡也沒有主動來拜年呀。不僅很少去麴町問候，連我這裡也沒寄張賀年卡來。反正就是看不起我啦……」姑姑好像又要開始碎念了。

「這就是他的不對了。」姊姊沉著地說：「該怎麼說呢，鈴岡有種書生的習性，他不僅沒去麴町和目黑問候我的家人，連他自己的親戚也幾乎沒在問候。我跟他提過，他說親戚的事就往後延吧，然後就擱著了。」

「這樣很好啊。」我有點喜歡鈴岡姊夫了，「如果連至親，都要像外人一樣做那些麻煩的問候，男人就不用工作了。」

「你也這麼認為？」姊姊喜上眉梢。

「對啊。不用擔心啦。妳知道最近每晚跟哥哥喝酒喝到很晚的人是誰嗎？就是鈴岡姊夫喔。他們好像很談得來。鈴岡姊夫常打電話來呢！」

「真的嗎？」姊姊睜大眼睛凝視我。眼中閃著欣喜之色。

「當然是真的。」我趁勢加碼說：「聽說鈴岡姊夫，最近每天早上都撩起和服下襬塞在腰際，自己打掃房間呢！還有俊雄也是，綁著紅色的束衣袖帶子，下廚做飯呢！這些是哥哥跟我說的，我聽了就喜歡姊夫家了。可是唯獨一件事，能不能別再叫我小寶了？」

「我們會改。」姊姊顯得興高采烈。「因為鈴岡都這麼叫，我也不由得叫上口了。」聽在我耳裡，只覺得姊姊在炫耀他們夫妻感情。可是，訕笑這個很沒品。

「我也有錯，哥哥也有糊塗的地方。姑姑，對不起哦，剛才跟妳說了一堆粗暴的話。」就這樣，我也贏得姑姑的好心情了。

「我也覺得，事情能圓滿落幕是最好不過了。」姑姑也很厲害，很會見風轉舵，態度一百八十度大轉彎，「不過，小進，你變得很機伶喔。姑姑很佩服喔。可是，不要說那個什麼一點點的，這樣消遣老人家很不好。」

「好，我會改。」

我的心情好極了。還在姑姑家吃了豐盛晚餐才回家。

我從沒像今晚這麼期待哥哥回家。媽媽知道我在目黑的姑姑家吃過晚飯，很想知道姊姊的情況，嘮嘮叨叨問了一大堆，但我總捨不得告訴媽媽，就說了一些有的沒的敷衍過去，要媽媽等一下自己問哥哥，我真的不太清楚。就這樣逃出媽媽的房間了。

十一點左右，哥哥醉醺醺地回來了。我去哥哥的房間。

「哥，我拿水來給你喝吧？」

「不用。」

「哥，我幫你鬆領帶吧？」

「不用。」

「哥，我幫你把長褲墊在棉被下壓平吧？」

「你煩不煩啊，快去睡覺！你感冒好了嗎？」

「感冒的事，我早就忘了。今天，我去了目黑的姑姑家喔。」

「你蹺課啊？」

「我是放學才去的。姊姊要我代她向你問好喔。」

「你跟她說，我根本不想聽。倒是進，我覺得你也該適可而止，對那個姊姊死心比較好。畢竟她是嫁出去的人了。」

「姊姊很關心我們兄弟喔。聽得我都很想哭。」

「你在說什麼呀！快去睡覺！關心這種無聊的事，沒辦法當日本第一的演員。而且你最近好像完全沒在用功的樣子。我可是都看在眼裡喔。」

「可是你自己也絲毫沒在用功啊。每天只會喝酒。」

「你真狂妄啊，輪不到你來說我。我是覺得對鈴岡姊夫過意不去……」

「所以讓鈴岡姊夫開心不就好了。姊姊一點都不討厭鈴岡姊夫喔。」

「她這樣跟你說的？看來你終於被收買了。」

「我才不會被蜂蜜蛋糕收買呢！這都怪一點點，呃不，都怪姑姑不好。是姑姑在一旁挑撥離間，說姊夫不讓姊姊知道財產什麼的，淨說一些低級的話。可是，這不是最重要的。其實是我們錯了。」

「為什麼？我們哪裡錯了？算了，我不奉陪了，我要睡覺了。」哥哥換上睡衣，窩進棉被裡。我把房間的大燈關掉，打開檯燈。

「哥，姊姊哭了喔。我跟她說，你每晚都出去喝酒到深夜才回來，她就低低泣泣哭起來了。」

「她當然會哭囉。因為是她自己任性，害慘了大家。進，把那個香菸拿給我。」哥哥趴在床上，我拿打火機幫他點菸。

「後來，她還問說，我和哥哥是不是都很討厭姊夫家。」

「哦？居然問這麼奇妙的事。」

「可是她也沒說錯啊。雖然現在不一樣了，以前哥哥也完全不去姊夫家。」

「你也沒去啊。」

「對啊，我也有錯。畢竟對方是柔道四段，太可怕了。」

「還有俊雄，你也很瞧不起他吧。」

「也不是瞧不起，該怎麼說呢，就是不想跟他見面，覺得心情沉重。可是今後，我會和他好好相處。仔細想想，那張臉還滿不錯的。」

「白痴。」哥哥笑了，「鈴岡姊夫和俊雄，都是非常好的人喔。果然吃過苦的人不一樣。以前，我也不認為他們是壞人。要是認為他們是壞人，我也不會讓姊姊嫁過去。只是沒想到，居然是那麼好的人。這次我真的感觸很深。姊姊還不太了解鈴岡姊夫的優點。怎麼？她說我們不去他家玩，所以要跟鈴岡姊夫離婚？這完全不成理由嘛。這就叫任性。又不是十九二十歲的年輕女孩了，耍什麼性子嘛。」哥哥遲遲不肯讓步。或許這就是一家之主的見識吧。

「姊姊當然也知道鈴岡姊夫的優點。」我拼命辯護，「只是姊姊覺得，鈴岡姊夫和我們好像合不來。姊姊很在乎我和哥哥的想法喔。我們也有錯。而且不能說嫁出去了就是外人，我認為沒有這種事。」

「那你到底希望我怎麼做？」哥哥也認真起來了。

「不用特別做什麼呀。姊姊已經很高興了。我跟她說你最近每晚都和鈴岡姊夫一起喝酒，兩人談得很來。姊姊問我『真的嗎？』那時臉上露出了歡欣的表情。」

「這樣啊。」哥哥嘆了一口氣，沉默了半晌，「好，我明白了。我也有錯。」然後他驀然起身，「十二點了啊。不過沒關係，進，打電話給鈴岡姊夫，說哥哥現在要去他那裡。然後再打電話給朝日計程車行，請他們儘速派一輛車過來。你打電話的時候，我去跟媽談一下。」

送哥哥去下谷後，我終於平靜下來寫這天的日記，不過實在太累了，寫了一半就作罷去睡覺了。這天，哥哥在下谷的姊夫家過夜。

今天，放學回家後，哥哥看到我就笑咪咪地，不發一語，把我帶去媽媽的房間。

只見鈴岡姊夫和姊姊，坐在媽媽床邊。我也跟著坐在他們的旁邊，笑著向兩人點頭致意。

「小進！」結果姊姊喚我的名，就這樣哭了。記得姊姊出嫁那天早上，也是這樣喚我的名哭泣。

哥哥站在走廊低低竊笑。我稍稍落淚。媽媽躺在床上，又說：

「手足要和好相處——」

神啊，請保佑我們全家。我會努力用功。

明天，是姊姊結婚滿一週年的紀念日。我想和哥哥商量，送賀禮給他們。

四月二十八日，星期五。

晴天。仔細想想，雖然我好歹是個男生，但為了家中的些許不和就全力以赴到處奔走，像在拼什麼大事業，還有點得意洋洋，說來也是羞恥的事。家庭和睦當然很重要，但對一個朝理想邁進的男生而言，對外才是應該更堅強。今天我去學校，深切領悟到這件事。平常在家，有媽媽、哥哥、姊姊護著我，誇我聰明機伶，讓我覺得自己很了不起，可是走出家門，立刻大吃苦頭。真的很慘。得意到最高點，一定會立刻跌入失意谷底，看來這是我的宿命啊。世間為何總是這麼愛計較，彼此抱著沒必要的敵意呢？真的有夠討厭。

今晨，我在大學的正門前，下了巴士後，忽然碰到前陣子橄欖球社的本科生。就是那天來教室找我的大鬍子學生。我對他抱有好感，所以立刻笑笑地開朗說：

「早安。」

結果他很過分，居然以討厭的怨恨眼神，瞥了我一眼，然後就快步走進大門，跟日前那個天真的冒失鬼模樣相比，簡直判若兩人。那個眼神，真是膚淺到難以言喻。何必因為我不進橄欖球社，就突然態度一百八十度大轉彎呢？大家都是R大的學生不是嗎？混帳東西！我很想在背後怒罵他。你好歹也二十四、五歲了吧。都一把年紀了，居然還真的怨恨我。我很看不起他那種態度，也覺得好像看到了人性之惡，不禁難過了起來。昨天的幸福感，瞬間，被無情地打入十八層地獄。這是一種愛計較又小氣的小市民脾性。他們這種醜陋的小心眼脾性，多麼殘酷地傷害我們悠然自得的生活，使我們掃興極了。而且他們不僅不反省自己放出的毒害，甚至根本沒察覺到這一點，才是讓我更驚訝。俗話說笨蛋最可怕，就是在說此事。因此，我又開始討厭學校了。學校，不是做學問的地方，只是費盡心思去做無聊社交的場所。今天班上的同學，把《少女俱樂部》、《少女之友》、《明星》等雜誌塞在口袋，渾渾噩噩地走進教室。如今，沒有比學生更無知的人。我越來越厭惡。老師來上課之前，一群人像小孩在那裡射紙飛機，然後「好厲害喔！好厲害喔！」為這種無聊的事紛紛讚嘆，還擺出猥褻下流的動作。等到老師一來，這些人又突然變得鬼鬼祟祟，無論老師上的課有多無聊，都擺出神妙的模樣聆聽。然後一放學就大喊：「好！今天去銀座吧！」之類的，彷彿活過來似的得意洋洋大聲喧嚷。今晨，教室也吵鬧了一陣子。我還以為發生了什麼事，原來是班上「K」這個色男，昨晚和女友一起走在銀座街頭。今天這個色男一進教室，一群人就大呼小叫。低級噁心莫過於此。感覺像一堆世故色情的垃圾小孩。雖然K也欠罵，明明被大家奚落起鬨羞得滿臉通紅，卻擺出不滿意但可接受的表情，在那邊賊笑。不過最可惡當然是那群奚落起鬨的同學，到底是想怎樣！莫名奇妙！不潔！卑劣！我保持距離看著這場喧囂胡鬧，心中不禁湧現激怒，覺得不可饒恕。下定決心再也不和這些傢伙說話。就算被排擠，沒有朋友也沒關係。我沒必要硬是跟這些人當朋友，把自己也搞得很低級。啊，浪漫的學生諸君！青春很快樂是吧。一群蠢蛋。你們是為了什麼而生？你們的理想是什麼？你們可能打算盡量不得罪人，適度地好好玩樂，平安順利地大學畢業，然後訂製西裝去公司上班，娶個漂亮的老婆，期待老闆加薪，一生安穩地過日子吧。偏偏很遺憾的，事情可能沒這麼順利喔。會發生意想不到的事喔。你們有心理準備嗎？真可憐，居然什麼都不知道。無知。

一早就覺得爛透了，到了下午要去上軍訓課時，赫然發現我忘記帶綁腿，趕忙去隔壁班借借看，看能不能借個一堂課。我向三個學生借，結果三人都只是詭異地賊笑，甚至連回答都沒有。我頓時心頭一驚。因為他們的表情顯然不是不想借，或借了很困擾，只是彷彿在說「沒有這個道理喔」，白痴的利己主義。他們可能打從出生，就沒有把東西借給需要的人的經驗。向這種人拜託，怎麼拜託都沒用。我覺得糟糕透了。於是我下定決心，絕對再也不向學生拜託任何事情。後來我翹掉軍訓課，直接回家。

無論是那個橄欖球社的本科生，還是今晨教室裡的噁心低級胡鬧，或是隔壁班的學生，都令我歎為觀止。今天我已經徹底心碎。不過我也想說「好吧，算了」，我有自己的路。只要筆直走上自己的路，好好鑽研就好。

晚上，我去拜託哥哥。

「我已經大致知道學校是什麼樣子，所以我想真正地好好開始學戲劇，拜託哥哥趕快幫我找個好老師。」

「我看你今晚神色凝重，好像認真在思考什麼，原來是這件事啊。好啊。明天先找津田先生談談看吧。哪個老師比較好，總之先去問津田先生。明天，你也一起去。」從昨天起，哥哥的心情就很好。

明天是天長節[11]，我也覺得自己的前途好像受到了祝福。津田先生，是哥哥高中的德文老師，現在辭去教職，只靠寫小說過生活。哥哥常拿自己的作品給他看。

我整理房間到深夜。連桌子的抽屜也整理得井然有序。把讀完的書，和接下來要讀的書分開，重新整理書架。畫框裡的畫，也換上達文西的自畫像，取代《聖殤》。我想要意志堅強的東西，所以也扔掉鵝毛筆，排除少女趣味的東西。吉他，收進壁櫥裡。如此整理一趟下來，房間變得相當清爽。我覺得今年的春天，會留下我一生鮮明的回憶。

11　天長節，天皇誕生日。

四月二十九日，星期六。

萬里無雲的晴天。今天是天長節。哥哥和我，今天都起得很早。這是個平靜的好天氣。據哥哥所言，自古以來，天長節一定是這種好天氣。我單純地想相信。

十一點左右，我們一起出門，途中去了銀座，買送給姊姊結婚一週年的賀禮。哥哥挑了一組玻璃杯，其實別有居心，打算去下谷玩時，用這組玻璃杯和鈴岡姊夫喝葡萄酒。我選了一副高級撲克牌，當然我也別有居心，想去下谷玩時，可以和姊姊、俊雄等三人一起玩這副撲克牌。我們兩人都是計畫去下谷玩時，能好好享樂而挑選禮物，說來也真是老奸巨猾。玻璃杯組和撲克牌，都請店家直接送去下谷。

我們在一家叫「奧林匹克」的餐廳吃了午餐，然後去津田先生位於本鄉的住家。我上中學的那年春天，哥哥曾帶我去津田先生家玩。那時，我看到玄關、走廊和客廳都擺滿了書，相當震驚。

「這些書，您都看過了？」

我不客氣地如此一問，津田先生笑說：

「怎麼可能都看過了。不過這樣排好放著，要讀的時候一定會來。」他明快地回答，我記憶深刻。

津田先生在家。家中的玄關、走廊、客廳一樣擺滿了書，一點都沒變。津田先生也和四年前一樣沒變。他應該快五十歲了，卻絲毫不顯老。說話的嗓音一樣高亢，很愛聊，很愛笑。

「你長得好大了，也越來越有男人樣了。你念R大？高石君好嗎？」高石是R大的英文講師。

「很好。現在高石老師在教我們塞繆爾·巴特勒的《烏有之鄉》，感覺是個猶豫不決的人。」我如實說出自己的想法，津田睜大眼睛。

「你嘴巴還真壞啊。年紀輕輕就這樣，未來真令人擔憂啊。你每天都和你哥哥，在說我們的壞話吧。」

「是啊，也是有啦。」哥哥笑說：「我弟打從一開始，就不打算把R大念到畢業。」

「這都是受到你的壞影響啦。你何必拉著你弟弟，跟你走上同一條路呢？」津田先生也笑說。

「是啊，都是我的錯。他說想當演員……」

「演員？還真果斷啊。該不會是劇場演員吧？」

我低著頭，聆聽他們兩人交談。

「是電影。」哥哥說得斬釘截鐵。

「電影？」津田先生發出奇怪的聲音，「你也應該知道，這是個大問題喔。」

「我也想了很久，不過我弟是痛苦萬分，才下定決心想當電影演員。畢竟是小孩的事，沒有合情合理的理由，但我總覺得這裡面有宿命的成分在吧。如果是心情好的時候，如痴如醉地嚮往當電影演員，那就沒什麼好談的，可是到了性命攸關的時候，忽然想當電影演員，我認為這是神的啟示。我想相信這一點。」

「話雖如此，可是家人親戚也會反對吧，總之這是個問題喔。」

「家人親戚的反對，我會應付。畢竟我也是大學念到一半輟學，然後立志當小說家，我已經習慣家人親戚的反對了。」

「就算你無所謂，可是你弟弟……」

「我也無所謂。」我插嘴說。

「這樣啊。」津田先生苦笑，「你們這對兄弟真是奇葩啊。」

「所以想請您幫個忙。」哥哥不以為意，繼續往下說：「您有沒有認識優秀的戲劇老師？我覺得他必須練個五、六年的基本功……」

「這是一定要的。」津田先生突然起勁地說：「必須好好學習。一定要學習才行。」

「所以想請您介紹好老師。您覺得齋藤市藏先生如何？我弟也很尊敬他，我也覺得那種古典的人比較好……」

「齋藤先生啊？」津田側首尋思。

「不行嗎？您和齋藤市藏先生滿熟的吧？」

「也不是熟不熟的問題，畢竟大學時期，他就是我們的老師了。不過現在的年輕人，受得了他嗎？我是可以幫忙介紹喔，不過接下來你們打算怎麼做？難道要當齋藤先生的入門弟子嗎？」

「怎麼可能。大概就是偶爾去聽他談演戲需要什麼覺悟的程度。首先想請問他，哪個劇團比較好？」

「劇團？不是要當電影演員嗎？」

「電影演員只是一個指標啦，現實層面並不局限於此。總之想當日本第一，不，世界第一的演員。」哥哥說得非常流暢，如實說出我的心聲。我絕對無法說得如此精準。「所以首先，想問問齋藤先生的意見，進個好劇團，下定決心待五年甚至十年，好好琢磨演技。之後看要演電影，或是歌舞伎，應該都不成問題。」

「你還想得真周到啊。該不會是一夜春夢的幻想吧？」

「我不是在開玩笑。就算我失敗了，我也想讓我弟弟成功。」

「不，你們兩人都要成功！總之要用功！」津田先生大聲說，「目前你們似乎也不用擔心生活方面的事，就耐心地好好努力吧。千萬不可浪費優渥的環境。不過要當演員，我還真的嚇一跳。待會兒我來寫一封介紹信給齋藤先生，你們就拿去給他。只是他那個人滿頑固的，說不定你們會吃閉門羹喔。」

「那到時候就請您再寫一封介紹信。」哥哥說得蠻不在乎。

「芹川，你幾時也變得這麼厚臉皮了。這種厚臉皮，要是能稍微展現在作品上就好了。」

哥哥忽然垂頭喪氣。

「我也有十年計畫，打算好好重新來過。」

「要一生。一生的努力才行。最近有寫什麼作品嗎？」

「哦，就覺得有點困難重重。」

「看來是沒寫啊。」津田先生嘆了口氣，「你太拘泥於日常生活的自尊了，這是不行的。」

即使兩人談笑風生，但談到作品的事，連周遭都能感到一種嚴厲的氛圍。我覺得他們真是最佳的師生。然後津田先生幫我寫了介紹信，我們要告辭時，他還到玄關來送我們。

「無論到四十或五十，痛苦都是沒有增減的。」他這句自言自語般的低喃，使我深受感動。

當一個作家，到了津田先生這個境地，果然不同凡響啊。

我和哥哥走在本鄉街頭，哥哥說：

「本鄉果然令人憂鬱啊。像我這種帝大念到一半中輟的人，這些大學建築物令人心生恐懼。總覺得，自己變得很卑屈，真的很難受。甚至覺得自己像個犯罪者。往上野那邊走吧。我已經受不了本鄉了。」哥哥說完，落寞地笑了笑。可能是津田先生稍微訓了他一下，使他覺得更落寞吧。

我們去上野，吃了牛肉火鍋。哥哥喝了啤酒，也讓我喝了一些。

「不過話說回來，真是太好了。」哥哥逐漸恢復元氣，「我今天也是很拼喔。終於讓津田先生幫我們寫了介紹信，算是大成功。你別看他好像很好相處，其實他的脾氣滿拗的，如果他覺得有點疙瘩，就沒戲唱了，講什麼都沒用。絲毫大意不得啊。不過今天情況很好，順利得不可思議。可能是你的態度很好吧？你別看他一副談笑風生的樣子，其實他都很敏銳地在觀察人喔。簡直像背後也長了一雙眼睛似的。你今天算及格了。」

我得意地笑了笑。

「現在放心還太早喔。」哥哥好像有些醉了，嗓音變得出奇的高，「接下來還有齋藤先生這道難關。他是個相當頑固的人，連津田先生都覺得他很難搞。不過，反正就坦誠以對吧。介紹信在你那裡吧？給我看看。」

「可以看嗎？」

「沒關係。介紹信這種東西，就是讓持有的當事人也能看，才故意沒把信封封起來。你看，沒封吧？我也稍微看一下比較好。那我要看囉。天啊，這也太過分了。未免寫得太簡單了。這種程度沒問題嗎？」

然後我也看了介紹信，真的簡單到不能再簡單。就簡單寫了幾句：「我要向您介紹我的朋友，芹川進君。希望能得到老師的指導。」相當馬虎，而且完全沒有提到具體的事。

「這樣可以嗎？」我不禁擔憂起來，霎時覺得前途黯淡。

「應該可以吧。」哥哥似乎也沒把握，淨是敷衍地說些有的沒的：「不過，他這裡寫『我的朋友，芹川進』，這個『我的朋友』說不定是令人落淚之處。」

「吃飯吧。」我滿心沮喪。

「好吧。」哥哥也一臉失落。

然後我們就沒再多說什麼。

走出店家時，天色已暗。哥哥說要去附近的鈴岡姊夫家，我因為打算明天就去拜訪齋藤先生，也不希望齋藤先生面試我的時候答不出來，所以今天想早點回家，好好看一下戲劇的書。結果我們在廣小路分手，哥哥獨自去下谷姊夫家，我則打道回麴町。

現在是晚上十點。哥哥還沒回來，可能在下谷和鈴岡姊夫喝酒吧。最近哥哥變得很愛喝酒，小說也不太寫。不過，我徹底相信哥哥，有朝一日一定會寫出很棒的傑作。總之，他是個非比尋常的人。

從剛才，我就把齋藤先生的自傳《戲劇街道五十年》攤開擺在桌上，但連一頁都沒看進去。一直在幻想各種事情，滿心雀躍興奮，卻詭異地緊張到不愉快。接下來，我終於要和現實生活扭打了。一個堂堂的男人，雄糾糾氣昂昂去奮戰的雄姿！想到這個，我真是滿心感動。明天的會面，會順利成功嗎？這次我得一個人自己去，誰都幫不了我的忙。那麼簡單的介紹信，也無法期待有什麼效用。到頭來，我必須獨自，吐露我真誠的心聲，陳述我的希望。齋藤先生，是個怎麼樣的老爺爺呢？說不定意外是個慈祥的爺爺，看到我就瞇起眼睛說：「哦，你來了啊。」不不不，不可能，我不能想得太天真。好歹他也是日本第一把交椅的劇作家，眼睛一定炯炯發光，腕力也強吧。不過，他應該不會揍我吧。要是他揍我，我也不會乖乖被揍，一定會猛烈反擊。結果他說：「小子你很厲害嘛，這股氣勢就對了。」然後就收我當入門弟子了。我看過這樣的電影。那是宮本武藏的電影吧？啊，空想了無盡頭。總之看明天見面的情況而定，說不定能確定我生涯的恩師。明天，確實是個重大日子。今夜，我該怎麼辦才好呢？即使想看書，卻連一頁一行也進不了腦袋。還是睡吧。睡覺最好。要是掛著一張睡眠不足的臉去見人，壞了第一印象就虧大了。可是我又睡不太著。外頭的土木工程又開始做夜工了。仔細想想，他們好像是每天，從晚上十點做到清晨六點。大約八小時的激烈勞動。嘿煞嘿煞的吆喝聲，有規律地喊著。究竟在做什麼工呢？該不會是從下水道拉出瓦斯管吧？哥哥曾說，那個吆喝聲是用來消除做工的睏倦。如此一想，那個吆喝聲，聽起來非常可憐。他們領多少錢呢？

忽然很想讀《聖經》。這種煩躁得難以忍受的時候，讀《聖經》最好。其他的書都乾燥無味讀不進去的時候，也唯有《聖經》的話語能深入我心。真的很了不起。

我取出《聖經》，隨意翻閱，這句話進入我的眼簾。

「復活在我，生命也在我。信我的人，雖然死了，也必復活。凡活著信我的人，必永遠不死。你相信這話嗎？」

我竟然忘記了。我的信仰太薄弱了。一切就交給神，今晚就睡覺吧。近來我甚至怠於祈禱。

願祢的旨意奉行在人間，如同在天上。

四月三十日，星期天。

晴天。上午十點，哥哥送我到門口，我就出發了。我原本想和哥哥握手，但又覺得太誇張就忍住了。考一高的時候，考R大的時候，我都沒這麼緊張。考R大的時候，我甚至到了當天早上才想到，啊，今天要考試，趕緊匆忙出門。

人生的首途。今晨我真的覺得如此。途中，在電車裡，幾度眼眶泛淚。到了中午，茫然地回家。整個人累癱了。

齋藤先生的家位於「芝」，顯得相當寂靜，看起來是深遠的平房宅邸。我在玄關幾度按了門鈴，依然一片寂靜。原本擔心會不會有猛犬衝出來，結果似乎連一隻狗都沒有。就在我不知如何是好之際，庭院的柵欄門出現一名繫著鮮紅腰帶的少女說：

「啊！嚇了我一跳。」這名少女不像女傭，但應該不是這家的千金吧。因為氣質不夠。

「請問老師在家嗎？」

「不知道。」少女答得曖昧，只是一臉笑嘻嘻，感覺有些輕佻，但不是那麼令人討厭。可能是親戚的女兒吧。

「我帶了介紹信來。」

「這樣啊。」女子坦率地收下介紹信，「請稍等一下。」

我微微一笑，心想第一步沒問題了。不料接下來問題就大了。過了片刻，女子又從庭院那裡走來。

「請問你有什麼事呢？」

這實在傷腦筋。我無法簡單說明，也不敢照介紹信裡說「我是來接受指導的」。這麼說簡直像劍客。扭扭捏捏之際，我忍不住發脾氣問：

「老師到底在不在？」

「在啊。」女子依然笑咪咪。那神情確實在戲弄我。我太小看她了。

「老師看過介紹信了嗎？」

「沒有。」女子說得面不改色。

「搞什麼啊。」我氣得很想侮辱這家人，全家。

「他在工作呀。」那語調像小孩，有點臭齡呆。我懷疑她是不是舌頭太短。不料她竟歪著頭說：「你要不要改天再來？」

這擺明在下逐客令，我才不會上當。

「老師什麼時候有空呢？」

「我也不知道耶。你過個兩三天再來怎麼樣？」完全不得要領。

「那麼，」我抬頭挺胸說：「五月三日的這個時候，我再來拜訪。到時候就麻煩妳了。」我一定有狠狠瞪她一眼。

「哦。」她答得相當靠不住，卻依然笑嘻嘻的。我忽然懷疑，她該不會是瘋子吧？

總之，一無所獲。我一臉茫然回到家，疲憊萬分，連向哥哥報告都覺得麻煩。但哥哥卻鉅細靡遺地問我過程。

「問題是那個女的究竟是誰。她看起來幾歲？長得漂亮嗎？」

「我不知道啦。我只覺得她可能是個瘋子。」

「怎麼可能！我覺得應該是女傭。可能是祕書兼女傭，女學校畢業，所以應該十九，不，不，可能超過二十歲了。」

「下次，哥哥去看看就知道了。」

「視情況而定，說不定我也非去不可。但現在還沒那個必要。其實你也不用這麼沮喪，今天你一點都沒失敗喔。以你來說，算是做得很棒了。光是能清楚說出五月三日再去，就已經很成功了。我猜那個女生，也對你抱有好感。」

我不禁失笑。

「哎呀，我說真的啦。」哥哥一臉認真，「那跟一般給人吃閉門羹的情況不太一樣。我覺得很有希望喔。老師在工作，謝絕訪客理所當然，可是她特別為了你，想辦法去看看有沒有機會，可能是被師母或是誰擋下了，所以才沒能成功。」哥哥解釋得太天真，「一定是這樣啦，所以下次你不要再瞪人家，稍微表現得和藹一點。記得一定要有禮貌。」

「糟糕！今天我連帽子都沒脫掉。」

「對吧。連帽子都沒脫，還狠狠地瞪人家，通常會直接被送去派出所喔。幸虧她是明理之人，你才逃過一劫。下個月三號，你要好好表現。」

可是我很絕望。雖然我之前就有覺悟，知道走藝術這條路，不僅要付出普通上班族的辛苦，也要付出毫無異於俗世的辛勞，但我不會為這種事氣餒消沉，只是今天離開齋藤邸的回程路上，我深深意識到自己的無名與渺小，深受打擊。齋藤先生與我，實在差太多了。我之前沒有留意到，這種雲端與雜草的遙遠距離，總覺得只要向他說聲「嗨」，他也會應我一聲「嗨」。我實在太天真。今天我才驚覺，他和我們，迥然不同，甚至連人種都可能不同。俗話說，世上有努力卻達不到的事。但我覺得，有些事根本是再怎麼努力也達不到。想到這裡就厭煩起來。「日本第一」的理想，飛到九霄雲外了。想要偉大而付出的努力，看起來也愚蠢至極。我萬萬不可能像齋藤先生那樣，創造出堂堂的城堡。

晚上，哥哥拉我去看劇團紅磨坊的演出。無聊透了。一點都不好笑。

五月三日，星期三。

晴天。今天我向學校請假，步履蹣跚，前往芝的齋藤邸。用步履蹣跚形容，絕不誇張。我的心情極其陰鬱。

可是，今天情況不壞，但也談不上好。不過，應該算是比較好的。

齋藤邸的門前，停了一台轎車。正當我要按下玄關的門鈴時，玄關內忽然嘈雜了起來，然後門嘩啦一聲從裡面開了，出現一位身形瘦小的老爺爺，匆忙從我前面走過。他是齋藤先生。我趕忙隨後追去，這時日前那名女子拿著公事包和手杖從玄關慌忙出來。

「哎呀！老師現在正要出門耶。剛剛好，去和老師談談看吧。」

我摘下帽子，稍稍對她行禮致意，然後立即追著齋藤先生而去。

「老師！」我大喊。但齋藤先生頭都不回，依然快步走向候在門前的轎車，然後就上車了。我跑到轎車的車窗旁。

「津田先生的介紹信……」

我說到一半，齋藤先生就目光銳利地盯著我，低聲說：

「上車吧。」

我打開已經關上的車門，立即坐在齋藤先生的旁邊。這時我才想到，啊，或許我應該坐在司機旁邊才有禮貌，但現在特地改去坐前座也難為情，就這樣繼續坐在齋藤先生旁邊了。

「太好了呀。」那名女子，從窗外遞公事包和手杖給齋藤先生，一邊說：「上次你氣呼呼地回去了。」她依然滿臉笑容，看看我，又看看齋藤先生。

齋藤先生不悅地皺起眉頭，什麼都沒說。果然很可怕。我不禁又暗忖，應該坐前座才對。

「路上小心。」

轎車發動了。

「請問，您要去哪裡？」我開口問。

齋藤先生沒回答。過了五分鐘，才沉穩地語氣說：

「神田。」

他的嗓音相當沙啞。容貌端麗如老演員。接著又一陣沉默。真是侷促彆扭極了。壓迫感一分一秒加重而來，我真的不知如何自處。

「你沒必要，」他以低到幾乎聽不到的聲音說：「氣呼呼的回去。」

「哦。」我不禁低下頭去。所以說嘛，我應該去坐前座才對。

「你和津田君，是怎麼樣的朋友？」

「哦，他常常幫我哥哥看小說。」我如此回答。但不知他有沒有聽見，絲毫沒反應，靜默不語。過了半晌才說：

「津田君那封信，一如往常寫得不得要領……」

我就知道。光那幾句，根本看不出所以然。

「我想當演員。」我只說結論。

「演員。」他毫不驚訝。但也只說這樣，就沒有再說了。我不禁焦急了起來。

「我想進個好劇團，努力用功學習。能不能請您告訴我，哪個劇團比較好？」

「劇團。」他低吟，接著又沉默半晌。我確實閉上嘴巴。然後他又低吟：「好劇團。」接著竟冷不防地發出怒聲：「沒有這種東西！」

我嚇壞了，心想還是告辭，請他讓我下車吧。我實在沒辦法跟他談。這叫傲慢嗎？我真的不知如何是好。

「沒有好劇團嗎？」

「沒有。」他說得泰然自若。

「這次鷗座，好像要上演您的《武家物語》吧。」我試著改變話題。

他沒回答，只顧著修理公事包鬆掉的按釦。

「那裡，」然後他冷不防又突然說：「在招募研究生。」

「這樣啊。進那裡比較好是嗎？」我興致勃勃地問。心想終於進入正題了。

結果他不回答。

「果然，還是不行是嗎？」

他依然不說話，只顧著修理他的包包。

「誰都可以自由去應徵嗎？」我故意喃喃說得好像自言自語。

他依然沒有任何反應。

「需要考試吧？」這次我試著，強力，逼問般地問。

他終於修完包包，望向窗外說：

「不知道。」

我打算不再問了。轎車，停在駿河台的M大學前。一眼望去，M大學的正門，豎著大大的看板，上面寫著「齋藤市藏老師特別演講」。

我打算下車時，齋藤先生說：

「你要在哪裡下車？」

我不禁揣想，意思是我可以繼續坐這輛車去我想去的地方嗎？便戰戰兢兢地說：

「麴町。」

「麴町。」齋藤先生思量了一下說：「太遠。」我心想意思不行吧，便立刻下車了。

要是近一點的地方，他可能會讓我坐。總之，是個很會盤算的老先生。

「謝謝您，那我告辭了。」我說得很大聲，也恭敬地行了一禮。但他頭也不回，快步走進M大學的正門。真的很了不起。

我搭市區電車，直接回家。哥哥早已等在家裡，徹底問我今天從頭到尾的情況。

「比傳聞更厲害的傑出人物啊。」哥哥聽了也苦笑說。

「我覺得他一定有毛病。」我說。

「不，不是這樣。他非常穩定。能當上世界文豪的人，都有這種不可動搖之特質。」哥哥還是有點天真，「話說回來，你還真能纏鬥啊。想不到你也有厚臉皮之處嘛。雖然是初生之犢不畏虎的做法，不過很成功喔。你這個歪打正著的僥倖成功，說不定讓他對你抱有些許好感。」

「你別胡說了。他完全不跟我說話耶。很可怕喔，嚇死我了。」

「不，他確實對你抱有好感。能讓你和他一起坐車，就非比尋常了。仔細想想，可能是那個女孩在背後幫你說了好話。還有津田先生的介紹信，說不定也在我們看不到的地方起了很大的作用。他都特地幫忙寫了，就不能說他的壞話。現在想想，我覺得那是一封很棒的介紹信。總之，這件事算大成功。接下來打電話去鷗座，詢問招募研究生的事吧。」哥哥兀自在那裡興奮。

「可是，他沒說鷗座是好劇團喔。」

「但也沒說不好吧？」

「他只說不知道。」

「這樣就可以了啦。我能明白齋藤先生的心情。齋藤先生，果然是吃過苦的人。他的意思是，你就從這裡開始，一步一步慢慢做吧。」

「這樣啊。」

結果花了一番工夫才查到鷗座事務所的電話。哥哥打電話給一位在銀座的影劇院預售票處工作的朋友，拜託他幫忙查詢才終於知道的。

「好，接下來不管什麼事，你都自己做做看。」哥哥說完，將話筒遞給我。我真的很緊張。

我打電話去鷗座事務所，是個女人接的，也許是出名的女演員，她以毫不獻媚的自然語氣，口條清晰地客氣告訴我，需要準備哪些資料。親筆寫的履歷表與父兄同意書各一份，形式不拘，此外須備妥四吋半身照片一張，於五月八日前向事務所提出。

「五月八日？那不就快到了？」我心跳加速，聲音沙啞，「那有考試嗎？」

「考試日期是五月九日，在新富町的研究所舉行。」

「咦？」我發出怪聲，「幾點開始？」

「下午一點整，請到研究所集合。」

「科目呢？科目呢？要考什麼？」

「這我無法奉告。」

「咦？」我又發出怪聲，「謝謝，再見。」便掛斷電話。

嚇死我了。五月九日。那不就只剩一星期？我什麼都還沒準備呢。

「應該是簡單的考試吧。」哥哥說得一派輕鬆。但我一點也不輕鬆。我可是將來必須成為日本第一演員的男人。這個男人，在踏進戲劇世界的第一步時，答案如果寫得很糟，勢必會成為一生難以抹滅的汙點。所以我不僅要奪得第一名，還得拿到出類拔萃的成績。這和學校的考試不同。學校的考試，未必直接和我將來的生活有關，但這次的劇團考試，直接影響我畢生的生存之道。萬一失敗了，我就無處可去了。學校的考試失敗了，我還能抱持些許餘裕與尊嚴，覺得「沒什麼，我還有其他更好的路」。但這次劇團的考試，我根本不敢說「沒什麼」。因為我已無路可走。一無所有。這是我最後的一張牌了。我真的輕鬆不起來，只能嚴正以對。儘管我毫無自信，但我覺得自己是齋藤市藏先生的弟子。他可能不以為然，但我決定擅自認為自己是他的弟子，所以我必須相當自重。畢竟我和他一起坐過轎車，絕對不能寫出糟糕的答案。這也關係到齋藤先生的顏面。可惡，我一定要讓齋藤先生刮目相看。如果他說出《武家物語》的重兵衛這個角色，一定要由芹川來演，我真的會樂翻天。不，現在不是耽溺於天真幻想的時候，我必須以出類拔萃的成績通過這一關。

今晚，我把之前買的參考書，全部擺上桌。

普多夫金的《電影演員論》，柯克蘭的《演員藝術論》，泰洛夫的《被解放的戲劇》，岸田國士的《近代劇論》，齋藤市藏的《戲劇街道五十年》，巴爾哈特的《契訶夫的戲劇》，小山內薰的《戲劇入門》，小宮豐隆的《戲劇叢論》，還有《築地小劇場史》、《演出論》、《電影演員術》、《演出者筆記》，以及哥哥借我的《花傳書》、《演員論語》、《申樂談義》等等，將近二十本參考書。我打算九日之前，要把這些書看完。還有英文和法文單字，也要硬背一下。

我得努力準備才行。今晚打算讀完柯克蘭的《演員藝術論》和齋藤先生的《戲劇街道五十年》。

明天得去照相館拍照。

五月八日，星期一。

雨天。今天我向學校請假一天。這珍貴的一星期，我也搞不懂究竟怎麼度過的，去了學校也心神不寧，明明沒什麼事也在那邊傻笑，回到家就一直整理房間，結果一本參考書也沒讀，只是在房裡動來動去。心情，一分一秒慌張起來，即使在寫這篇日記時，手也抖個不停。總之就是緊張兮兮，像是失了魂，又像很嚴肅，又像整個人都放空了，卻又不停地擔憂害怕，不斷地跑廁所，跑完廁所就想說好！我要用功！念書吧！精神抖擻回到房裡，卻又開始整理房間。能不能原諒我呢？不行。但我就靜不下心。想說的事，想寫的事，堆積如山。偏偏情緒就是惡作劇地翻騰高漲，雀躍無比，害我根本坐不住。於是我又開始胡亂地整理房間。把這裡的東西，搬去那裡，把那裡的東西，搬來這裡，簡直反覆在做同樣的事，兀自忙得不可開交。說來慚愧，其實這時《聖經》也發揮不了作用了。從早上起，我已經三次翻閱《聖經》，卻絲毫沒看進去。實在丟臉。我已經完蛋了。傍晚六點，想說還是睡覺吧。《佛經》也來念一下吧。結果把耶穌和佛陀混在一起了。

稍微睡了一下，又猛然彈跳起身。天已經黑了，心情也稍微穩定了。昨天，我看著照相館送來了四吋照片。同樣的照片，送來了三張，我挑了其中臉比較黑的，也比較有陰影的，和履歷表一起，同樣也在昨天，以限時信寄去研究所。為什麼我的臉，長得像蕗蕎一樣，如此單純？想要皺眉，做出複雜的表情，也努力把眉頭擠起來，卻轉眼就消失了。把嘴巴抿成ㄟ字型，想在鼻翼兩側擠出深一點的皺紋，無奈就是擠不出來。可能是我嘴巴太小，彎不下去，只能嘟起來。可是再怎麼嘟嘴，也做不出有陰影的臉。看起來只像白痴。

「你這張臉，不適合當演員。」要是明天考試，被如此斬釘截鐵宣告怎麼辦？我可能會從那個瞬間，就變成真正的「行屍走肉」吧。雖然活著，但變成毫無意義的人。啊，我究竟有沒有演戲的才華呢？一切將在明天決定。我又想開始整理房間了。

這時哥哥來了。

「你去理髮廳了嗎？」哥哥問。我還沒去。

於是我冒雨趕去理髮廳。但其實我也無心理髮。我在理髮廳，聽到收音機播放德弗札克的《新世界》。這是我很喜歡的曲子，但就是聽不進去。如果有胡亂敲打櫓太鼓的音樂，或許比較符合我此刻的煩躁心情。可是這種音樂，全世界都找不到吧。

從理髮廳回家後，在哥哥的建議下，做了一些對白練習。我演契訶夫《櫻桃園》的商人羅巴金。

哥哥提醒我很多事情。要讓自己的聲音自然說出來；腹部要用力，口條要清晰；身體不要亂動；下巴不要一直抬起來。還有嘴角的肌肉再放鬆點，這就把我難倒了。因為我之前過於努力把嘴巴抿成ㄟ字型。

「你SA、SHI、SU、SE、SO的發音，好像不太準喔。」這也是我的痛處。我自己也有隱約感覺到。可能是舌頭太長了。

「我隨便亂說的，你別介意。」哥哥笑說：「你比我好太多了，跟我相比，你根本沒問題。不過，我是把你當作職業演員，所以今晚卯起來全力批評，批評得比較嚴厲。其實你演得很棒喔。」

說不定我演得很爛。整個心頭亂糟糟。日記的文筆，似乎也寫得和以往不同。心情也確實不同了。不，我覺得這個不同，根本是精神錯亂了。我該不會真的精神錯亂了吧？今晚真的很詭譎。文章也寫得語無論次，亂七八糟。我真的是心亂如麻。

煩這個有什麼用呢？明天，不，已經過十二點，是今天了，今天下午一點就要考試了。不管想做什麼都來不及了。無可奈何，我只好把鋼筆灌好墨水放著，去睡覺吧。仔細想想，如果明天考砸了，我就是非死不可之身了。手在發抖。

五月九日，星期二。

晴天。今天我也向學校請假。這是重要的日子，沒辦法。昨晚睡覺時，我一直在作夢。夢見我把和服的襯衣，穿在和服外面。內外穿反，模樣變得很奇怪。這是個不祥之夢。我覺得是凶兆。

可是，今天的天氣是近來難得的好。我九點起床，慢條斯理泡了個澡，十一點半出門。哥哥今天沒有來門口送我。他似乎認定我應該沒問題。上次去齋藤先生家，他甚至比我緊張，比我更焦慮不安，今天卻一派悠哉。他可能認為，比起考試，齋藤先生那邊才是大問題。無論學校的考試或任何考試，哥哥都有過於小看考試的傾向。可能他沒有升學考試落敗的慘痛經驗吧。但哥哥認為我應該沒問題時，我卻硬是落榜了，那種痛苦與尷尬格外辛酸。所以我覺得他稍微為我擔心一下比較好，說不定我這次又會落敗。

因為太早出門，我很早就找到新富町的研究所。在一棟公寓的三樓。我到的時候才十二點多，想說先勘查一下情況吧，敲了門卻沒人應答。好像沒人在，我就死心往外走了。

陽春五月的好天氣。我額頭微微冒汗，想喝點冰涼的東西，走進昭和路一間小食堂，喝了汽水，接著順便吃了咖哩飯。我不是肚子餓，只是心情忐忑，不吃點東西難以平靜。吃飽後，腦袋放鬆了，焦慮的心情也緩和不少。離開小食堂後，我信步逛到歌舞伎座前，欣賞了一下浮世繪看板畫，然後折返新富町的研究所。

抵達研究所正好一點整。我步上公寓樓梯一看，來了，果然來了。來了約二十人。可是，為何都是一臉了無生氣的傢伙。其中有五個學生，三個女人。好可怕的女人，大概會永遠演《貝蒂表妹》的角色吧。其他都是一臉疲於生活，穿著西裝，三十歲左右的人。也有一臉完全與藝術無緣，猶如掌櫃領班的四十歲男人。我感到不可思議。大家都乖乖地低著頭，靠著走廊牆壁，或站或蹲，時而竊竊私語。我心情黯淡了起來。這簡直像落魄者來的地方。看著這些人，連自己都覺得自己很悲慘。想到這些人，是我今日的競爭對手，更是厭煩，覺得還沒戰鬥就失去了鬥志。若我是考官，只要瞥一眼，就宣布全部淘汰。想起我到今晨為止，那種興奮與緊張，我就心煩意亂。實在太令人瞧不起了。

不久，一位中年婦女從辦公室出來。

「我現在要發號碼牌。」她說。這聲音我有印象，就是一星期前，我打電話去詢問時，以清亮的發音告訴我「下午一點整」那位女性的聲音。那聲音真的很迷人，那時我還猜想她會不會是女演員，但女人光靠聲音是聽不出所以然的。今天她穿著咖啡色寬大鬆垮外套，豈止不像女演員，不，我不能說。人家又沒自負是美女，我去批評人家的長相是罪惡。總之，是個四十左右的大嬸。

「叫到名字的人，請回答。」

我是三號。很多人沒來。她叫了四十幾個名字，出席者大約只有半數。

「那麼，一號應試者，請進。」

終於開始了。一號是個女的，在大嬸的帶領下，垂頭喪氣進入研究所。真的太沒活力了。研究所內，分為兩個空間。前面是辦公室，後面好像是排練場。考試似乎都在排練場舉行。

聽得見，聽得見。我聽見朗讀劇本的聲音。押對寶了！是《櫻桃園》。我的運氣真好。我以前就很會朗讀《櫻桃園》，而且昨晚還練習了一下。沒問題，放馬過來吧！我頓時勇氣百倍。話說回來，那個女的朗讀得真爛，生硬乏味，完全沒有抑揚頓挫。而且三不五時念錯，又得重來。這一定會淘汰，大淘汰。我覺得好笑，獨自竊竊低笑。其他人沒有一絲笑容，發呆得像是睡著了。

「二號應試者，請進。」

一號好像考完了。真快。可能沒有筆試吧。下一個就輪到我了。我的雙腳竟也開始發抖。驀地，我覺得好像在醫院，接下來必須動一個大手術，等護士來叫我。這時我忽然想上廁所，便趕忙去上廁所。從廁所回來後，剛好聽到：

「三號應試者，請進。」

「有！」我不由得高舉右手。

辦公室又小又窄，且單調無趣。想到鷗座那些華麗的企劃竟是在這裡誕生的，我真是感慨良深。

一號和二號，幾乎同時結束，一起走出走廊。我站在辦公室那個大嬸的桌前，接受她簡單的質問。大嬸坐在椅子上，坐得很淺，比對桌上的照片和我的臉之後，問說：

「請問你幾歲？」

我感到些許受辱，於是反問：

「履歷表沒寫嗎？」

她突然慌張地說：「有，可是……」然後向前彎下身子，想細看攤在桌上的我的履歷表。看來她是近視。

「十七歲。」我如此一說，她鬆了一口氣似的抬頭問：

「父兄的同意，沒問題吧？」

這個質問也令人不悅。

「當然沒問題。」我答得有些怒氣。她又不是考官，淨問些沒必要的事。可能是想趁機偷扮考官，要點威風吧。

「那麼，請進。」

我被帶去隔壁房間。房裡原本吵吵嚷嚷，我一踏進去，話聲便嘎然而止，五個男人一起抬頭看我。

五個男人面向我坐成一列。桌子有三張。這些臉都是我在照片上看過的。坐在正中間的胖男人，一定是最近竄紅的劇作家兼導演，橫澤太郎。其餘四個是演員。

我在入口處扭扭捏捏，橫澤大聲說：

「到這裡來呀！」接著又語氣粗俗地說：「這個可能比較優秀吧？」

其他考官莞爾一笑。整個考場的氣氛，顯得噁心又低級。

「學校念哪裡！」何必這樣耍威風。

「R大。」

「年紀呢？幾歲？」有夠討厭。

「十七。」

「你有取得父親的同意嗎？」簡直把我當罪人看。我火氣有點上來了。

「我沒有父親喔。」

「過世了嗎？」演員上杉新介，像是打圓場般，從旁親切地問我。

「同意書上應該有寫。」我臭著臉回答。這是考試嗎？真令人傻眼。

「很有骨氣嘛。」橫澤賊賊一笑，「有可取之處吧？」

「演技部？還是文藝部？」上杉用鉛筆輕敲自己的下巴問。

「什麼意思？」我聽不懂。

「你想當演員？」橫澤又發出愚蠢的聲音，「還是劇本家？哪一個！」

「演員。」我立刻回答。

「既然這樣，那我問你。」不曉得他是認真的，還是開玩笑，莫名其妙。為什麼橫澤的人品這麼差啊。而且連長相都差，雖然穿和服，但也穿得不成體統。想到在日本也算屈指可數的文化劇團「鷗座」，竟是這種指導者，我真是失望透頂。他一定成天都在喝酒，完全沒在充實自己吧。他突出下唇，思考了片刻，終於發問。

「演員的使命，是什麼！」愚蠢的問題。蠢到讓我驚訝，差點失笑。簡直像隨口問問。完全暴露出提問者的腦袋空空如也。我徹底無言以對。

「這和人帶著什麼使命出生，是同樣的問題。如果要說煞有其事的假掰答案，我可以說很多。但我想回答，我還不知道這個使命是什麼。」

「你答得很妙嘛。」橫澤是遲鈍的人。他的語調輕蔑，從菸盒取出一支香菸，叼在嘴上：「有沒有火柴？」向旁邊的上杉借火，點燃香菸後說：「演員的使命啊，對外是教化民眾，對內是實踐集團生活的模範。應該是這樣吧。」

我快昏了。我覺得被淘汰還比較光榮。

「這不限演員，只要是教化團體的人，任誰都必須謹記在心的事。所以就如我剛才所說，這種看似了不起的抽象說法，我真的不管多少都會說。但是，這都是謊言。」

「這樣啊。」橫澤一臉蠻不在乎。實在太沒神經了，使得我有點喜歡他了。

「這種想法也挺有意思嘛。」簡直亂七八糟。

「請你朗讀吧。」上杉有點裝高尚地說。那態度有點像貓，帶著陰森的敵意。我覺得他比橫澤更難纏。

「要請他朗讀什麼呢？」上杉以客氣到令人作噁的語氣，尋問橫澤。「畢竟這個人看似程度頗高。」居然用這種討厭的說法！卑劣！這種男人是世上最沒救的類型。原來這就是演《萬尼亞舅舅》被譽日本第一的上杉新介的真面目啊。糟糕透了。

「浮士德！」橫澤大喊。我的心情瞬間盪到谷底。我對《櫻桃園》頗有自信，但《浮士德》很不行。基本上，我甚至沒有讀完《浮士德》。落榜，我一定會落榜。

「請你朗讀這個部分。」上杉把書遞給我，指向用鉛筆畫的要朗讀之處，「請你先默念一遍，有了自信再朗讀。」這種說法真的很壞心眼。

我開始默讀。這是瓦爾普吉斯之夜那場戲，梅菲斯特的台詞。

老頭，你要抓緊岩石的老肋骨，
否則狂風會把你刮進谷底。
霧靄使夜色變得更濃。
你聽那森林樹木斷裂的聲音。

貓頭鷹驚嚇飛出。
你聽，長青宮的圓柱斷裂。
枝椏嘎然斷裂。
樹幹轟然倒地。
樹根咯咯吱吱痛苦呻吟。
東倒西歪相互堆疊，
全部折斷傾倒了。
還有被屍骸掩蓋的峽谷上，
狂風咻咻咻地吹過。
你有聽見高處、遠處，
還有近處的聲音嗎？
駭人的魔法之歌，
已響遍且撼動了這座山。

「我無法朗讀這一段。」我快速默讀完畢，但這段梅菲斯特的低喃，讓我很不舒服。什麼咻咻咻啦，咯咯吱吱，這種不愉快的狀聲語很多，怎麼看都是惡魔之歌，給人不健康又討厭的感覺，我實在一點都不想讀這一段。就算被淘汰也無所謂，於是我說：「我要讀別的地方。」

我胡亂翻書，找到覺得還不錯之處，開始大聲朗讀。那是第二部，花朵綻放的原野清晨，剛起床的浮士德。

往上看。如巨人般的山巔，
已預告莊嚴時刻的來臨。
那山巔先享受了永恆的光芒，
然後光芒才降臨我們的頭頂。
現在阿爾卑斯山低陷的牧場，
也被賜予新的光芒與清麗。
然後光芒一段一段照過去。
太陽出來了！可惜令人暈眩，
刺得我眼睛發痛，只好轉過身去。

懷著憧憬的志向，信賴並努力，
抵達最高願望之處，
看見成就之門洞開時，就是這種感覺吧。
但此時永恆深淵噴出，
過強的火焰，使我們驚愕止步。
我們想點燃生命的火炬，
卻被火海包圍。
多麼可怕的火！
這態熊燃燒圍住我們的，是愛？是恨？
喜樂苦惱恐怖地交錯襲來，
想穿上往昔的青春羅衣，
眼睛卻又看向下界。
沒關係，讓太陽留在我的後方。
我趣味盎然看著穿岩流瀉的瀑布，

越看越有趣。

一段一段地落下，
化為千流，化為萬流，
將水珠飛濺於高空。
但扎根於這洶湧飛瀑的嬉戲
七色彩虹，
以無常之姿，美麗地橫跨天空。
見它輪廓清晰，卻又旋即消散於天空，
四周瀰漫晃動著沁涼氣息。
這道彩虹，正是人努力的影子。
看著這道彩虹思索，就會比以前更明白吧。
人生，就在這彩影上！

「厲害！」橫澤率直地誇讚我。「滿分！這兩三天會通知你。」

「沒有筆試嗎？」我莫名覺得掃興就問了。

「你不要太狂妄！」坐在邊邊，身材短小的演員伊勢良一，怒氣沖沖：「你是來瞧不起我們的嗎？」

「我沒有。」我嚇破膽了，說得結結巴巴：「因為，筆試也……」

「筆試，」上杉的臉色有些鐵青，如此回答：「因為時間的關係，不考。光考朗讀大概就知道了。我跟你說，從你剛才挑台詞的喜好來看，我認為你沒有希望。演員資格最重要的，不是才華，還是要看人格。即使橫澤先生給你滿分，我也會給你零分。」

「這麼一來，」橫澤似乎不以為意，笑咪咪地說：「平均五十分。好，你今天就回去吧。接下來四號，四號！」

我輕輕行了一禮就退下了，但內心相當得意。上杉雖然在指責我，但反而是在表明他肯定我的才華吧。他說：「最重要的，不是才華，還是要看人格。」意思是我現在欠缺的是人格，但在才華方面很足夠吧。關於我自己的人格，我有在努力，而且自認隨時都在反省，所以人格被誇獎，我反而頂多難為情，並不會特別高興，此外遭人誤解或被說壞話，我也能從容地認為，你看著好了，改天你就知道了。唯獨才華，我覺得這完全是上天賦予的，是再怎麼努力都達不到的可怕東西。但日本第一的新劇演員，竟無意間掛保證說，我有才華。我怎麼能不高興呢！太棒了！我有才華！縱使沒有人格，但我有才華。上杉無法評斷人格。他的評斷是假的。他沒有資格評斷。但對於才華的判定，他果然厲害，段數比橫澤高很多且正確。不愧是內行人。只有演員，能看出一個人有沒有當演員的才華。我真的很高興，他說我有當演員的才華。我開心到想大笑。現在，即使被淘汰，我也無所謂了。這真的像立下奇功，我得意洋洋地回家。

「沒上，沒上。」我向哥哥報告，「我徹底被淘汰了。」

「什麼啦，那你怎麼一臉很高興的樣子？不可能沒上吧？」

「不，真的完了。我的劇本朗讀零分。」

「零分？」哥哥也認真了起來，「真的假的？」

「說我的人格不行。不過呢，才華啊……」

「你在賊笑什麼？」哥哥有點不悅，「拿到零分，有什麼好高興。」

「偏偏就是有。」我把今天的考試情況，詳細告訴哥哥。

「那你及格了。」哥哥聽完我的話，沉著地下了斷定。「你絕對不會被刷掉。這兩三天就會收到合格通知。不過，這個劇團真的讓人不愉快啊。」

「根本糟糕透了。被刷掉我還覺得比較光榮呢。就算我合格了，也不要進那個劇團。跟上杉那種人一起學習，我才不幹。」

「說的也是。有點幻滅啊。」哥哥落寞地笑了笑，「怎麼樣？要不要再去找齋藤先生談一談？你就老實把你的感受說出來，說你討厭那個劇團。要是老師說，不管哪個劇團都是那樣，叫你忍耐進去，那就沒辦法，你就進去吧。不過他說不定也會幫你介紹別的好劇團。總之，就算只是去報告你去參加考試了，還是去一下比較好。怎麼樣？」

「嗯。」我心情沉重。我很怕齋藤先生。我覺得這次真的會被痛斥一頓。可是非去不可。我只能去接受他的指示，別無他法。我要拿出勇氣。我是個很有演員才華的人不是嗎？現在的我，已經不同於過去。帶著自信向前邁進吧。一日的苦勞，一日當。今天的我是這種心情。

吃完晚飯，我窩在房裡，寫今天一天漫長的日記。今天一天，我急遽成為大人了。大顯身手！這句話直逼我心。也深切地感受到，一個人是非常珍貴的！

五月十日，星期三。

晴天。早上醒來，發現一切，好像都變了。昨天的興奮，我還記得很清楚。但今晨，只覺得嚴肅，不，或許比較接近掃興。昨天為止的我，確實在發狂，在忤逆犯上。為何我總是那麼雀躍囂張，淨做些奇妙宛如冒險的事，我實在不懂。只覺得不可思議。但今晨起，我變成了普通人。無論如何巧妙地加減乘除，我這個一・〇的存在宛如一根樁子不動地站立在水流中。掃興，掃興極了。今晨的我，嚴肅得像一直站立的樁子。心中，連一朵花都沒有。究竟怎麼回事？去了學校，學生看起來都像十歲的小孩。我只是不停地思索每一個學生的父母，也沒像以往興起輕蔑他們之心，也無憎惡之情，只感到些許憐憫。但這憐憫比對麻雀群的同情更淡，絕對不是能動搖我心的那種強烈情緒。掃興極了。絕對的孤獨。以往的孤獨，真要說的話是相對的孤獨，是過度意識到對方而形成反彈，非得擺出一種態度的孤獨。但今天我的心態不同了。我對任何人都完全沒興趣了，只覺得他們很吵。我現在的心情，沒有任何痛苦，可以直接出家遁世。原來人生，也有如此不可思議的早晨。

幻滅。就是幻滅。我盡量不想用這個字眼，但似乎已無其他詞彙可用。幻滅，而且是真正的幻滅。我記得以前猛烈地寫過對大學的幻滅。如今想想，那不是幻滅，是憎惡、敵意、野心等燃起的熱情。真正的幻滅，不是那麼積極的情緒。只是茫然。而且是，茫然的嚴肅。我對戲劇幻滅。啊！我不想說這句話。但，這似乎是真實。

自殺。早上我冷靜下來，想到自殺。真正的幻滅，可能讓人全然呆掉，或讓人想自殺，真是可怕的魔物。

我確實幻滅了。這是無法否定的事。可是對人生最後一條路幻滅的人，究竟該如何是好？戲劇，對我而言，是唯一的生存價值。

不要敷衍，仔細深入思考吧。我不認為戲劇無聊。怎麼可能無聊，不可能。如果我認為無聊，那裡面會有憤怒在吧，那我就能輕蔑它，斷離捨去，也會有勇氣轉換跑道。但我今晨的心情並非如此，只覺得空虛。一切都無所謂了。戲劇，是了不起的東西吧。演員，也很不錯吧。但我不為所動。確實產生空隙了，冷風吹進來了。第一次去齋藤家拜訪，吃了閉門羹回來時，也體會過類似的心情。然而與其說世間荒謬愚蠢，我更覺得在這世間努力的自己荒謬愚蠢。很想獨自躲在暗處，哈哈大笑。世間根本沒有理想。大家都活得斤斤計較。我不禁覺得，人活著果然只是為了吃。真是無聊乏味的事。

放學後，我晃去橄欖球社的準備室。心想加入橄欖球社吧。什麼都不要想，只要踢球，當個平凡的學生，傻傻愣愣地過日子。但此時橄欖球社沒有半個人，可能都去集訓所了。偏偏我沒有熱情走去集訓所，就直接回家了。

回到家，收到鷗座的限時信。錄取。內容是：「這次審查結果，錄取五名研究生，你也是其中一名。請於明天下午六點，來研究所報到。」我沒有任何喜悅，心情平靜到不可思議。收到R大錄取通知時，還比這個高興。我已經不想上演員課了。昨天，上杉認定我多少有些演員天分，光是這樣，我就彷如立下奇功，欣喜雀躍，但今晨醒來，這份喜悅也變得灰撲撲。因為我認真重新思考，覺得才華什麼的根本靠不住，還是人格比較重要。這種心情的急遽轉變，究竟打從哪裡來的？難道是一種確實得到戀情後的虛無嗎？就如我昨天在鷗座考試時，無意識挑選的那段《浮士德》，「看見成就之門洞開時，我們反而驚愕止步」，正如這段台詞所言，我曾那麼嚮往當演員，看到竟如此就能輕易到手，反而感到厭煩？

「進，你錄取了，可是看起來怎麼不太高興？」哥哥也這麼說。

「我會想想看。」我認真回答。

今晚，我和哥哥議論了很無聊的事。議論我們吃過的食物裡，什麼最好吃。我們假裝美食家，舉出自己吃過的美食，結果達成的共識是，鳳梨罐頭的湯汁最棒。水蜜桃罐頭的湯汁也很好喝，但爽快度終究比不上鳳梨罐頭的湯汁。吃鳳梨罐頭時，主要不是吃裡面的鳳梨，而是喝它的湯汁。

「鳳梨罐頭的湯汁，就算一碗公我也能輕鬆喝掉。」

我如此一說，哥哥也點頭說：

「嗯。要是加刨冰一起吃，一定更好吃吧。」哥哥也在想傻事。

聊起食物的話題，肚子就餓起來了。兩個美食家偷偷溜去廚房，做飯糰吃。非常好吃。

虛無和食慾，似乎有什麼關係。

哥哥此刻在隔壁房間寫小說。好像寫五十幾張稿紙了，他預定寫兩百張。那是以「開始下雪時」起頭的美麗小說。哥哥讓我看了十幾張。寫完之後，哥哥打算去投文學公論獎。哥哥以前明明很看不起投稿文學獎，現在怎麼變了呢？

「去投稿文學獎，不是在糟蹋自己嗎？也太可惜作品了。」我說。

「可是，得獎的話有兩千圓喔。如果拿不到錢，寫小說也太蠢了。」哥哥說這話時的表情非常噁心。他最近也老愛喝酒，我很擔心他是不是墮落了。

不管怎麼看，都是喪失了理想。

今晚，我特別睏。

五月十一日，星期四。

陰天。風勢強勁。今天過得頗為充實。昨天的我是幽靈，今天多少是積極生活的人。學校的《聖經》課很有趣。每週有一次，寺內神父的特別講座，我總是特別期待這堂課。上上個星期，星期四的課也很有趣，神父談《最後的晚餐》，以圖解的方式告訴我們，最後晚餐的十三人，分別坐在餐桌的哪個位置，清楚明瞭。但這十三人都隨意躺在桌邊，我著實嚇了一跳。據說當時的風俗習慣，餐桌旁有床鋪，大家都躺在床鋪吃飯。所以達文西的《最後的晚餐》違背事實。據說俄國有位叫蓋伊的畫家，他畫的《最後的晚餐》，大家都是躺著。雖然這是與基督精神全然無關的事，但我很有興趣。看來我對「吃」特別關心。今天也想了很多關於吃的事，但未必都無厘頭的不了了之，多少也有些收穫。今天，寺內神父的課主要在談舊約的《申命記》。他絕不會站在講台教課，總是坐在有空位的學生坐位，以和學生一起學習的形式，輕鬆上課。這種感覺很棒，像是大家在聊有趣的事。今天上《申命記》時，寺內神父談到摩西的苦心。我對摩西還照顧民眾的食物深感興趣。

「十四章。凡汙穢的東西，你都不可以吃。你們可以吃的走獸是牛、綿羊、山羊、鹿、羚羊、赤鹿、野山羊、麋鹿、野羊、野鹿。凡走獸中，分蹄成兩蹄趾又反芻的走獸，你們都可以吃。但那些反芻或分蹄的走獸中，你們不可以吃的是駱駝、兔子和石獾，因為牠們反芻卻不分蹄，對你們不潔淨。至於豬，因為牠分蹄卻不反芻，對你們不潔淨。這些獸類的肉，你們不可以吃；牠們的屍體，你們不可觸摸。

水中可吃的是，凡有鰭有鱗的都能吃。只要無鰭無鱗的都不可以吃，對你們不潔淨。

潔淨的鳥類，你們都可以吃。你們不可以吃的鳥類是鵰、狗頭鷹、紅頭鷹、鳶、隼、黑隼之類的，各種烏鴉，以及鴕鳥、夜鷹、海鷹、雀鷹之類的，鴞鳥、貓頭鷹、角鴟、小梟、禿鵰、魚鷹、鸛、鷺之類的，還有戴鵟和蝙蝠。有翅膀的昆蟲，對你們都不潔淨，你們都不可以吃。凡有翅膀爬行的動物，對你們不潔淨，都不可以吃。潔淨的鳥類，你們都可以吃。

凡自死的動物，你們都不可以吃。」

摩西實在教得鉅細靡遺，想必很麻煩吧。這些鳥獸，乃至駱駝和鴕鳥之類的，摩西可能都親自試吃過。駱駝應該很難吃吧。想必也苦著臉說，這個不行。先知，不只是用嘴巴宣傳偉大的教諭，而是更直接協助民眾的生活。說不定幾乎都在實際地協助民眾生活，只有在協助的空檔時才傳教。要是從頭到尾都在傳教，無論教義有多偉大，民眾也不會跟隨他吧。在新約裡，耶穌要救治病人，讓死者復活，還要把很多魚和麵包分配給民眾，幾乎都被這種事追著跑，看起來很累的樣子。就連十二門徒，食物沒了立刻不安起來，私下偷偷議論。心地善良的耶穌也終於斥責門徒：「啊，你們這些信仰薄弱的人啊，居然為了沒有麵包在議論？你們還不明白嗎？難道你們不記得，我把五個麵包分給五千人，剩下的還收拾了好幾籮筐嗎？還有把七個麵包分給四千人，剩下的還收拾了好幾籃嗎？我在說的不是麵包，為什麼你們就是不懂呢？」深切地嘆息。耶穌想必很寂寞吧。但這也是無可奈何的事。民眾的格局就是這麼小，只關心自己明天的事。

聽寺內神父講課，我會思考很多事情，忽然如閃電閃現心頭，恍然大悟。啊，沒錯。人，打從一開始是沒有理想的。就算有，也是符合日常生活的理想。至於離開生活的理想——那是通往十字架之路了。然後，這也是神之子的路。我只不過一介民眾，只關心吃的東西。最近，我的生活幾乎都一個人。我變成爬行之鳥。天使之翼，不知何時不見了。慌張焦急也沒用。這就是現實。無法欺騙自己。「不知人的悲慘，只知道神，會引起傲慢。」我記得這句話是帕斯卡說的。過去，我不知道自己的悲慘，只知道神之星。我想要那顆星。難怪有朝一日，必定嘗到幻滅的苦頭。這身為人的悲慘。我滿腦子只想著吃。哥哥之前說過，換不到錢的小說很無聊。這是身而為人的坦率之言，但我卻一心想指責哥哥墮落了。或許我錯了。

人不能老是講冠冕堂皇的話。生活的尾巴，在下垂喔。「甘心忍受物質的枷鎖與束縛吧。我現在就把你從精神的束縛解放出來。」對，就是這個。縱使拖著悲慘生活的尾巴，也應該是有救的。也應該能朝著理想邁進。縱使老是擔心明天的麵包，但依然跟隨耶穌前進的門徒，後來也都成為聖者。今後我的努力，也要全部重新開始。

過去我甚至想否定人的生活。前天去鷗座應試時，看到那裡坐成一排的藝術家，那麼小心翼翼地努力想守住自己微小的地位，我真的厭惡極了。尤其那個上杉，被譽為日本第一進步的演員，面對我這個區區無名小卒學生，竟燃起競爭意識到臉色蒼白的地步，真是悽慘可憐又令人厭惡。即使現在，我也不認為上杉的態度高尚，但是，因此想否定整個人類生活，是我太超過了。今天，我想去鷗座的研究所，再度和那些藝術家好好談一談。光是從二十個報考者被遴選出來，我或許就該感謝。

偏偏放學後，走出校門被烈風一吹，我赫然改變心意了。我實在討厭，討厭鷗座。那是娛樂。那裡不僅沒有理想的崇高氣息，生活的影子也很稀薄。沒有把戲劇當成生活，這種堪稱頑強的精神。有的只是把戲劇當成虛榮，像是一群靠氣氛自嗨的業餘愛好者小圈圈。從今天起，我已不是天真的憧憬者。這麼說或許很奇怪，但我要當專業的！

我決意去找齋藤先生。無論如何，今天我都要齋藤先生好好聽我的決心。當我下定這個決心時，我覺得神的恩寵溫暖地包覆著我的身體。不要對人的悲慘與自己的醜陋絕望，「凡你手所當做之事要盡力去做」。

我非得努力不可。我不是要逃脫十字架。我不想搪塞自己醜陋的尾巴，我要拖著它，儘管每一步都顛簸搖晃也要爬上坡路。這條坡路的盡頭，是十字架？或天堂？我不知道。不明白神的人，才會斷定是十字架。只是「悉聽尊便」，看你怎麼想。

我下定決心後，便出發前往齋藤邸。可是我真的很怕去齋藤邸。進了大門，就有一種奇妙的威壓感，讓我覺得大衛王的城堡大概就是這樣吧。

我按下門鈴。出來應門的是那名女子。果然如哥哥的推定，她可能是祕書兼女傭。

「哎呀，歡迎光臨。」她依然一副跟我很熟的樣子。完全不把我放在眼裡。

「老師在嗎？」我懶得跟這種女人囉嗦，笑也不笑地直接問。

「在啊。」她的口氣沒什麼禮貌。

「我有重要的事，想見……」我還沒說完，她就噴笑，隨即以雙手捂住嘴巴，笑得嗆到滿臉通紅。我看得一肚子火。我已經不是以前那個小孩了。

「有什麼好笑的？」我以平靜的語氣說：「我一定要見老師一面。」

「好好好。」她點點頭，捧腹大笑地走進屋裡。我臉上有沾到墨汁嗎？這女人也太失禮了。

過了片刻，這回她神情有些詭異地出來，說不巧，老師有點感冒，今天無論誰都不見，有事的話要我寫在紙上，隨即遞出信紙與鋼筆給我。我失望透了，覺得年邁大師這種人還真任性。雖然也可以說生活應變能力很強，總之是罪孽深重之人。

我死心坐在玄關的式台上，乖乖地寫信。

「我去鷗座應試，錄取了。但考試非常隨便。可謂見微知著。昨天收到通知，要我今天下午六點去鷗座的研究所報到，但我不想去。我很迷惘。能不能請老師告訴我該怎麼辦？我想受踏實的戲劇訓練。芹川進。」

我寫完，遞給那個女人。我覺得寫得不太好。她拿著信走進屋裡，久久沒出來。我忐忑不安，猶如一個人孤零零，坐在山中的寺院裡。

忽然，那個女人揚著笑聲出來了。

「來，這是老師的回信。」她遞出一張和之前的信紙不同，像是從捲紙撕下的小紙片，上面以毛筆寫著：

「春秋座」

只有這三個字。其他什麼都沒寫。

「這是什麼？」我火氣真的上來了。愚弄人也要有個程度。

「老師的回信。」她抬頭看著我，天真地笑了笑。

「意思是叫我去春秋座？」

「應該是吧。」她答得乾脆。

我也知道春秋座。可是，春秋座是道地的大牌歌舞伎演員組成的劇團。不是我這種學生，厚著臉皮去就會讓我入團的劇團。

「這個不行啦。至少要有老師的介紹信……」我還沒說完，後方就傳來晴天霹靂，大喝一聲：

「自己想辦法！」

我嚇呆了。原來他在啊。他老人家躲在隔間門後面偷聽。嚇死我了。這個老爺爺真過分，我幾乎是倉皇而逃。這個老爺爺真厲害，真的把我嚇死了。回到家後，我把今天的事說給哥哥聽，哥哥捧腹大笑。我迫於無奈也跟著笑，但心裡有點恨。

今天，我徹底被打敗了。不過，被齋藤老師（以後我都要叫他齋藤老師）奇妙地當頭一喝，我覺得這兩三天的灰雲也全被打散了。就自己去吧。去春秋座。可是究竟該怎麼做呢？我完全沒頭緒。哥哥也很困惑的樣子。總之先好好研究春秋座吧，這是我們今晚得出的結論。

淨是些意想不到的事，接二連三地來。人生實在難以預料。最近我似乎真正明白信仰的意義了。每天每天，都是奇蹟。不，整個生活都是奇蹟。

五月十四日，星期天。

陰天，之後轉晴。停了兩三天沒寫日記。一方面是沒有什麼特別的事，再則是最近心情沉重，無法像以前那樣興致勃勃地寫，甚至覺得每天寫日記有點浪費時間，也覺得自己應該自重，老是寫那些無聊的事，簡直像小孩在辦家家酒，實在很可悲。我頻頻提醒自己，一定要自重。這是貝多芬說的話：「你已經不被允許只為自己而活。」我的心態也是如此。

今天一早，家裡就鬧哄哄的。因為媽媽終於要去九十九里的別墅療養了。今天是「大安」吉日，早上天氣有點陰，但媽媽堅持今天一定要去，所以就決定出發。鈴岡姊夫和姊姊都一早就來幫忙。目黑的「一點點姑姑」也來了。我已經和姑姑約好，說話要謹慎，不再用一點點這個形容詞，可是已經說慣了，不留神還是會說溜嘴。附近的大叔，朝日計程車行的小老闆，還有媽媽的主治醫師香川醫生都來了。真的是全體總動員，準備出發。畢竟媽媽是長年臥床的病人，要移動很麻煩。護士杉野小姐和女傭梅彌要跟著媽媽去，家裡只剩哥哥和我，還有書生木島哥，以及鈴岡姊夫的遠房親戚一個五十多歲的阿婆。這個阿婆名叫「旬」，是個風趣的人。因為杉野小姐和梅彌都要跟媽媽去，這樣家裡就沒人煮飯了，所以臨時請阿旬婆來幫忙。這個家，今後會變得很冷清吧。媽媽和香川醫生及護士杉野小姐，坐大型計程車；鈴岡夫妻和女傭梅彌，坐另一台計程車。全部都搭計程車要直奔九十九里的松風園。香川醫師和鈴岡夫妻會待在那裡，直到媽媽的情況穩定，再搭火車回東京。真的是大騷動。連經過家門前的路人都一臉好奇地駐足觀看，居然站了二十個人。朝日計程車行的小老闆揹著媽媽出去搭計程車，媽媽在人家背上泰然自若地大罵梅彌，還一邊撥開圍觀的路人才坐進車裡。那模樣相當驚人，簡直像從杜斯妥也夫斯基的《賭徒》出來的老太婆。總之就是精神奕奕。媽媽去九十九里靜養個一兩年，說不定能真的康復。

大家都出發後，家裡變得空蕩蕩，頓時覺得無依無靠。不過比起這個，今天早上的忙亂騷動中，發生了一件奇妙的事。早上，哥哥和我，不僅沒有幫到忙反而礙到大家，就跑去二樓避難，兩人說著來幫忙的人的壞話。這時杉野小姐繃著一張臉，好像有要事來到我們的房間，一屁股坐下。

「要分開一段時間了呀。」她努力擠出笑容，歪著嘴說，下一秒居然放聲哭倒在地。

這實在太意外了。哥哥和我面面相覷。然後哥哥嘟起嘴巴，看來頗為困惑。杉野小姐哭了兩三分鐘。我們默默不語。不久她終於起身，用圍裙遮著臉走出去了。

「是怎樣？」我低聲一說，哥哥也皺起臉說：

「太難看了。」

但我大概知道怎麼回事。接著我們都避談杉野小姐的事，開始聊一些有的沒的，等到大家都搭計程車出發後，哥哥終於也稍稍陷入沉思。

哥哥仰躺在二樓房間的榻榻米，笑說：

「結婚算了。」

「哥，你以前就發覺了啊？」

「我哪知道啊。是她剛才哭了起來，我才猜想，難道她喜歡我？」

「你也喜歡她嗎？」

「我不喜歡喔。她年紀比我大耶！」

「那你為什麼要結婚？」

「因為她哭了呀。」

兩人放聲大笑。

原來杉野小姐也有她外表看不出來的浪漫之處。可是這個浪漫沒能成立。杉野小姐的求愛方式，只是一味哭給別人看。這其實是極其笨拙的方式。浪漫嚴禁滑稽感。杉野小姐，一定是那時哭了一下，心想「糟糕！」，然後就放棄一切，出發去九十九里了。老小姐的戀情，很遺憾的，成為一場笑話而終。

「煙火啊。」哥哥給出詩人般的結論。

「是仙女棒。」我務實地予以訂正。

總覺得很寂寞。家裡空空蕩蕩的。吃過晚飯後，我和哥哥商量，決定去演舞場看戲，也找木島哥一起去。留阿旬婆看家。

現在演舞場在上演春秋座的戲碼，有《女殺油地獄》，以及新人劇作家川上祐吉改編森鷗外的《雁》，還有《葉櫻》這種新舞蹈，分別都在報上極獲好評。我們到的時候，《女殺油地獄》已經演完了，《葉櫻》好像也跳完了，開始演最後的《雁》，舞台上一片明治氛圍。我是大正出生的，照理說不知明治氛圍是什麼，可是走在上野公園或芝公園，卻忽然感到一種鄉愁，我相信那一定是明治的氛圍吧。只是演員的台詞，幾乎是昭和會話的調調，令人覺得可惜。這或許是劇作家的不慎。但演員很厲害，無論什麼小角色都演得很到位。團隊精神可圈可點。我覺得這是個好劇團。若能進這種劇團，我真的無可挑剔。中場休息時，我走在走廊上，看到走廊轉角放著一個小箱子，上面以白漆寫著「請告訴我們今晚的觀劇感想」，我驀然靈機一動。

我拿起箱子上的便箋，在上面寫下：「我想應徵團員。請告訴我手續。」然後再寫上自己的姓名住址，投入箱子裡。我居然想到這麼棒的點子。這也是奇蹟。看到這個箱子的標示文字前，我完全沒想到這麼好的方法，真的是瞬間靈光一閃。這一定是神的恩寵。但這件事我沒告訴哥哥。我不想被笑，更重要的是，今後我不想再過度依賴哥哥，想一切靠自己的直覺，獨自勇敢前進。

六月四日，星期二。

晴天。就在我忘記之後，春秋座來信了。幸福的信這種東西，在等的時候，絕對不會來。絕對不會來。等朋友的時候，覺得那個腳步聲好像是？滿心雀躍之際，結果絕對不是那個人的腳步聲。然後，那個人忽然來了。根本沒注意到什麼腳步聲的。就在你完全不期待時，他趁那個空白之際，突然來了。真的很奇妙。春秋座的來信，是用打字機打的，大意如下：

今年打算錄取三名新團員。限十六歲到二十歲的健康男子。學歷不拘，但要筆試。入團兩個月後，以準團員的身分，每月付化妝費三十圓，並給付交通費。準團員最長期限兩年，升為正式團員後，與全體團員享同等待遇。但若過了準團員的最長期限，依然無法取得正式團員資格，則以除名。有志報考者，請於六月十五日之前，將親筆履歷表，戶籍謄本，四吋近照一張（上半身正面），及戶主或家長的許可證明，寄至本事務所。關於考試的其他事項，日後通知。若於六月二十日深夜為止，尚未收到考試通知，就是沒通過審核。此外，不接受個別詢問。云云。

原文，當然沒寫得如此死板，不過大致是這種文風。內容交代得鉅細靡遺，寫得相當清楚。完全沒有文采可言，但令人感到非常嚴肅，讀著讀著不禁讓人端坐了起來。之前我報考鷗座時，只是歡欣雀躍，虛驚一場，但這次不是開玩笑了。我的心情甚至陰鬱了起來。不過想到我可能即將進入演員這一行，也不免些許陶醉。

錄取三名。我完全沒把握成為其中一名，總之試試看。哥哥今晚也很緊張，我從學校回來，他就抓著我問。

「進，春秋座寄信來喔！你是不是背著我，偷偷寄了按血印的請求信？」哥哥說完也笑了，打開那封信和我一起看，突然又正經八百地說：「要是爸爸還在，他會怎麼說呢？」接著還說出他擔憂的原委。哥哥很善良，但也有點些脆弱。事到如今，我能去哪裡呢？我是經過長久的煩悶苦惱，才終於走到這裡。

如此一來，我唯一能靠的只有齋藤老師。齋藤老師清清楚楚寫了「春秋座」三個字給我，還大喝怒斥：「自己想辦法！」所以我要試試看，竭盡全力試試看。初夏夜晚，星空燦爛。我悄聲喊了一聲：「媽！」覺得難為情。

六月十八日，星期天。

炎熱的一天。酷熱難耐。星期天，我原本想賴床，可是熱到賴不下去，八點就起床了。收到春秋座的來信。

第一關書面審查過了。雖然我也覺得當然會過，但受到通知還是鬆了一口氣。我原本以為通知明後天才會來，幸福這種東西果然壞心眼，總在出人意料的時候來。

七月五日，上午十點，將於神樂坂的春秋座演技道場，舉行第一次考選。考試內容是，劇本朗讀，筆試，口試，簡單的體操。劇本朗讀分為兩部分，自選朗讀與指定朗讀。自選朗讀的部分，考生可帶自己喜歡的劇本進考場，自由朗讀，但時間限五分鐘內。指定朗讀的劇本，當天於考場公布。筆試盡量以鉛筆作答。體操別忘了帶舒適短褲與襯衫。無須帶便當，會場會提供簡餐。當天，上午十點，十分鐘前在演技道場休息室集合。

依然簡明扼要。信上寫第一次考選，意思是通過這次，還有第二次、第三次囉？相當慎重啊。不過，決定適不適合當演員，或許本該如此慎重。這和去公司或銀行上班不同。若不負責地審查，隨便亂錄取，被錄取的人後來發現不適合當演員，又不能輕易換工作到隔壁銀行上班，此人的一生會被毀得很慘吧，所以審查要相當謹慎嚴格。鷗座的時候，即使合格了，我也忐忑得不敢去報到。但這次的春秋座，我要整個豁出去考，不想馬虎地面對這次考試。

考試科目有劇本朗讀、筆試、口試、體操等四項。其中自選劇本朗讀，實在有點老奸巨猾。我覺得這是很聰明的審查方式。從考生挑選的劇本，就能完全看出這個人的個性、教養與環境。所以這一關很難。離考試還有兩星期。我必須沉著仔細地挑出萬全的劇本。我決定找哥哥好好商量。哥哥四、五天前去九十九里探望媽媽，預定今晚或明晚回東京。昨晚我收到哥哥寄來的明信片。信上說，媽媽在一星期前稍微發燒，現在已經退燒了，精神不錯。也提到杉野小姐曬得很黑，認真工作的模樣令人動容。哥哥出發前曾開玩笑說，這一趟去說不定又會把杉野小姐惹哭，但信中說看起來好像沒事。我覺得哥哥太天真了。

夜晚，木島哥和阿旬婆和我，三人一起做了奇怪的冰淇淋，正在吃的時候，門鈴響了。出去一看，木村他爸爸，呆愣地站在玄關。

「我家的笨蛋有沒有來？」木村爸爸說得氣勢洶洶。

說是前天晚上，木村抱著吉他出去，就沒回來了。

「我最近，幾乎沒跟他見面。」我歪著頭說。

「既然是拿吉他出去，一定是來找你，所以我過來問問看。」他用懷疑且令人討厭的眼神盯著我。實在太瞧不起人了。

「我已經不彈吉他了。」我說。

「這是應該的。都這麼大了，還整天在玩那種樂器，實在難以恭維。哦，打擾了。要是那個笨蛋來了，請你也好好訓他一頓。」

不良木村，沒有母親。我不想說別人家的醜聞，不過反正就是亂七八糟。叫我訓木村一頓，我還比較想訓木村家的人呢！木村爸爸是所謂的高官，可是很沒品。眼神噁心下流。就算是自己的小孩，也不該去別人家開口閉口稱自己的小孩「我家的笨蛋」，實在不堪入耳。雖然木村不像話，我覺得他爸爸也半斤八兩。總之，我對他們家的事沒興趣。但丁，似乎只是「看」著地獄的罪人受苦，連一條繩子都沒扔下去。最近我也認為，這樣就好。

七月五日，星期三。

晴天。傍晚下起小雨。我想把今天一天發生的事，仔細寫下來。此刻我心情穩定，甚至覺得清爽，內心沒有絲毫不安。因為我盡了全力。剩下的就交給天父決定吧。我臉上湧現爽朗的微笑。我今天真的能率直地使出我的全力了。所謂幸福，或許就在說這種心情。無論合格或淘汰，我一點都不在乎。

今天我去春秋座的演技道場，參加第一次考選。早上，七點半起床。雖然六點多就醒了，依然躺在床上靜靜深思，心理準備上是否有何疏漏。可是說到疏漏，根本漏洞百出，但也反而無須倉皇失措。總之，不要敷衍就好。抱著正直的心態前進，凡事都單純地解決，應該不會有困難。反倒想敷衍過去，事情才會變得困難。所以重點就是不要敷衍。剩下的就聽天由命。我認為只要做足這種心理準備，其他就不需要了。我原本想作首詩，但遲遲做不出來。於是我起床，洗臉，照鏡子。鏡中的表情泰然自若。可能昨晚睡得很好吧，眼睛也格外清亮透徹。我笑著對鏡子行了一禮。然後吃早飯，吃了很多。阿旬婆也相當驚訝，說我平常總是賴床，到了要考試，居然這麼早起，飯還吃這麼多，還說男孩子就該如此。真是奇怪的稱讚。她以為我今天學校有考試，兀自在那裡表示理解。要是知道我今天是要去考演員，可能會嚇到腿軟吧。

換好衣服後，我去佛壇前向爸爸的遺照行了一禮，最後去哥哥的房間。

「我要去了。」我大聲說。

哥哥還在睡覺，被我吵醒，倏地撐起上半身笑說：

「怎麼，要去了啊。神之國像什麼呢？」

「像一粒芥菜種子。」我回答。

「把它培育成樹。」哥哥以充滿關懷的語氣說。

以祝福前途而言，這是不可多得的金玉良言。哥哥果然是比我優秀百倍的詩人。剎那間就能挑出完全貼切的話語。

外頭炎熱。我一步步走在神樂坂，九點多抵達春秋座的演技道場。來得有點太早。於是我去紅屋喝汽水，擦乾汗水，再度慢慢走去演技道場，這回時間剛剛好。

這是一棟古老巨大的宅邸。我在玄關脫鞋後，來了一名規規矩矩繫著角帶[12]宛如掌櫃的年輕人，低聲說：「請穿。」看起來很沉穩，像接待客人。休息室是一間二十疊榻榻米的寬敞明亮和室，已經來了七、八位考生。大家都很年輕，簡直像小孩。明明有限制十六歲到二十歲，可是這七、八個人，乍看都像十三、四歲的少年。有人留著妹妹頭，有人繫著紅色領結，有人穿著圖案花俏的和服，淨是一些看起來像藝妓的小孩的少年們。我覺得很害羞。剛才那個像掌櫃的人，端來煎餅和茶招待我，而且非常客氣地說：「請稍待片刻。」我真的惶恐之至。考生陸續來了。看起來二十歲的也有三、四個。不過大家都穿西裝或和服。只有我一個人穿學生服。雖然都是些長相不太聰穎的人，但沒有鷗座那種陰鬱感，也沒有人生輸家的感覺。只是天真地東張西望。人數到了二十人左右時，那位掌櫃出來了，以平靜的語氣說：「讓各位久等了。現在我要叫名字。」他叫了五個名字，然後說：「請跟我來。」帶他們去另一個房間。我沒有被叫到。之後室內又恢復一片寂靜，我起身去走廊，眺望庭院。這裡有種高級料亭或旅館的感覺，庭院相當寬廣，聽得到微微的電車聲。太陽毒辣。等了三十分鐘後，這次叫的名字裡，也有我了。在掌櫃的帶領下，我們五人穿過兩道昏暗走廊，來到一間通風良好的西式房間。

「嗨，歡迎各位。」一位穿著西裝、長相非常俊美的青年，親切地歡迎我們，「現在開始筆試。」

我們坐在中央的大桌旁，這位俊美青年發給我們每人三張稿紙，叫我們書寫。寫什麼都可以。看是要寫感想、日記、詩都可以，可是，內容必須多少與春秋座有關。但若突然想起海涅的情詩，就把情詩寫下來，這樣是不行的。時間三十分鐘。長度在一張稿紙以上，兩張稿紙以內。

我從自我介紹寫起，然後率直地寫下看了春秋座《雁》的感想。整整寫了兩張。別人寫寫擦擦，好像絞盡腦汁的樣子。儘管如此，這些人也是只憑著履歷表和照片，從眾多報名者遴選出來的少數人，心裡沒把握的選手。不過像這種白痴般的人，說不定在演技方面，反而能發揮出天才的才華。絕對有可能。我萬萬大意不得。正當我在思索這些時，掌櫃倏然出現在門口。

「寫好的人，請拿著你的答案卷，跟我來。」不曉得又要帶我們去哪裡。

寫好的，只有我一個人。於是我起身走到走廊，跟著掌櫃來到另一棟的寬廣房

---

12 角帶，男子穿和服用的窄硬腰帶。

間。這是個雅緻氣派的房間，裡面有兩張大餐桌。靠近壁龕的餐桌圍坐六名考官，離此兩公尺處是考生的餐桌。考生，只有我一人。在我們之前被叫進來的五人，大家都離開了嗎？沒有半個在。我站著行了一禮，然後面向餐桌規規矩矩地端坐。在在在！市川菊之助，瀨川國十郎，澤村嘉右衛門，坂東市松，坂田門之助，染川文七，都在！這些最高層幹部，一起笑咪咪地看著我。我也報以微笑。

「你要朗讀什麼？」瀨川國十郎閃著金牙問。

「浮士德！」我自認說得意氣風發。

「請。」國十郎輕輕點頭。

我從口袋取出森鷗外翻譯的《浮士德》，這次真的把那段「花朵綻放的原野」讀得響徹雲霄。選出這段《浮士德》之前，其實是我和哥哥也商量了很久。哥哥說春秋座的古典歌舞伎受歡迎，因此我聽他的意見也試著朗讀了默阿彌、坪內逍遙、岡本綺堂，還有齋藤老師的作品，可是怎麼樣都無法念出左團次或羽左衛門的聲調。這無法展現我的個性。可是武者小路或久保田萬太郎的作品，台詞又斷斷續續，不適合拿來朗讀。至於一人分飾三角的對話朗讀，現在的我力有未逮，而且一個人念長台詞的橋段，一齣戲頂多只有兩三處，甚至有的根本沒有，真的少之又少。就算有，也是名伶的聲色，或宴會的餘興演出。當哥哥跟我說，什麼都好，挑一個吧。我真的很迷惘。就這樣拖拖拉拉之際，考試的日子逼近了。我心想，既然如此，乾脆念《櫻桃園》的羅巴金吧。可是轉念一想，要念《櫻桃園》，不如念《浮士德》。而且那段台詞，是我在情急之際，憑著直覺找到的。那是值得紀念的台詞。那一定和我的宿命有所關聯。於是我敲定《浮士德》！過程就是這樣。若因為這個《浮士德》而失敗，我也無悔。我不畏懼任何人，盡情朗讀。讀的時候，心情非常清爽。甚至覺得有人在我背後說，沒問題，沒問題。

人生就在這彩影上！終於讀完後，我不由得莞爾一笑。我覺得很開心，考試什麼的已經不在乎了。

「辛苦了。」國十郎稍稍點頭致意，「另一段朗讀，由我們出題。」

「是。」

「你剛剛在那邊寫的答案，請在這裡朗讀出來。」

「答案？您是說這個？」我倉皇失措。

「是的。」國十郎在笑。

這時我有點無言以對。不過我覺得春秋座的人，真的很聰明。叫考生朗讀自己寫的答案，可以省去他們事後閱卷的麻煩，時間上也很經濟，要是考生寫了一堆無聊的事，朗讀時也會顯得雜亂無章，文章的缺點也會清楚呈現。這真的是高招，我覺得被將了一軍。但我重新調整情緒，慢條斯理，毫不膽怯地朗讀完了。沒有刻意加上抑揚頓挫，以自然的聲調朗讀。

「很好。把答案卷放在那邊，請到休息室等候。」

我連忙行了一禮便走去走廊。此時我才發現，整個背汗水淋漓。回到休息室，我靠著房間牆壁盤腿而坐，等了約三十分鐘，同組的其他四個人陸續回來了。五個人都到齊後，掌櫃又出現了，這回要帶我們去考體操。我們被帶到像澡堂更衣處的地方，地上鋪著木板的空曠大房間，兩個不曉得叫什麼名字的演員，繫著角帶，年約四十，可能是相當重要的幹部，坐在房間一角的藤椅上。另外還有個像事務員的年輕人，穿著白長褲與白襯衫，對我們發號施令。穿和服的考生必須全部脫掉和服；穿西服的考生只需脫掉上衣。我們這一組全部穿西服，所以準備起來不費事，立即開始做體操。五個人一起，向右轉，向左轉，從右向後轉，向前走，快跑，停止，然後做像收音機體操的動作，最後依序大聲報出自己的姓名，結束。確實如信上所寫，是簡單的體操，但做下來也有點累。回到休息室後，看到裡面排了一列餐桌，考生們陸續開始用餐。是天婦羅丼飯。兩個宛如麵店小夥計的人，在掌櫃的指示下，到處走來走去，又是倒茶又是端丼飯。酷熱難捱。我汗水淋漓吃著天婦羅丼飯，怎麼吃都無法全部吃完。

最後是口試。掌櫃一個個叫名，帶我們過去。口試房間，是剛才的朗讀室。但房裡的氛圍已迥然不同，變得亂糟糟，相當凌亂。兩張大餐桌被併起來，桌旁坐了三個不曉得是文藝部或企劃部的人，每個都留著長髮，臉色很差，脫掉上衣，以放鬆的姿勢將手肘抵在桌上，桌上散亂地擺著很多文件資料。此外還有喝到一半的冰咖啡。

「請坐。放輕鬆，盤腿而坐就好。」裡面看似最年長的人，叫我坐在座墊上。

「你是芹川先生吧。」他說完，從桌上的文件資料挑出我的履歷表與照片，「你打算繼續念完大學嗎？」沒想到一開始就是直搗核心的問題。這也正是我苦惱的事。他也太犀利了。

「我還在思考。」我如實回答。

「想兼顧兩邊是不可能的喔！」他急起逼問。

「這個嘛，」我輕嘆了一口氣，「等錄取之後……」就沒再說了。

「說得也是。」他敏感地察知，笑了出來，「畢竟現在又還沒有決定錄取。我問了個蠢問題是吧？不好意思，你哥哥好像還很年輕？」

這招打得我很痛。從背後攻來，實在難以招架。

「是的，二十六歲。」

「只有你哥哥一人的同意，沒問題嗎？」他語氣真的很擔憂。我覺得這位像口試主任的人，一定吃過很多世間的苦。

「這一點沒問題。因為我哥哥很努力。」

「很努力啊？」他爽朗地笑了起來。其他兩人也面面相覷，莞爾一笑。

「你朗讀了《浮士德》吧？這是你一個人選的嗎？」

「不是，我也有跟我哥哥商量。」

「這麼說，是你哥哥選的囉？」

「不是。我和我哥哥商量，但還是遲遲難以決定，最後是我獨自敲定的。」

「不好意思，請問你對《浮士德》很熟嗎？」

「一點都不熟。但是，《浮士德》有我重要的回憶。」

「這樣啊？」他又笑了，「有回憶啊？」然後眼神柔和地凝視我，「你都做些什麼運動？」

「中學時期踢過橄欖球。不過現在已經不踢了。」

「你曾經是選手啊？」

之後他鉅細靡遺問了一大堆。我說媽媽在生病，他甚至熱心地詢問病情。還問我近親有哪些人，有沒有像哥哥這樣的監護人，總之關於家庭狀況問的最多。不過他問得極其自然且流暢，我也能很輕鬆地回答，沒有不愉快之處。最後他問：

「你欣賞春秋座的哪一點？」

「並沒有。」

「啊？」考官們似乎也倏地緊張起來。主任蹙起眉頭，明顯擺出不悅的表情，

「那你為何想進春秋座？」

「我對春秋座完全不熟，只是模糊地知道是了不起的劇團。」

「只是隨便來考考？」

「不是。我一定要當上演員，因為我已經無處可去。我不知如何是好，就去找某人商量。那個人，在紙上，寫了春秋座給我。」

「寫在紙上？」

「那個人怪怪的。我去找他商量時，他說有點感冒不肯見我。所以我在玄關，在一張信紙寫下請告訴我好劇團，然後把信紙交給一個可能是女傭或祕書的小姐，總之是個很愛笑的女人，請她代為轉交。不久那位小姐從屋裡拿了回信來。那張回信的紙上，只寫了三個字，春秋座。」

「那個人是誰？」主任睜大眼睛問。

「我的老師。不過，這只是我擅自認為他是我的老師，他或許根本不當我一回事。不過我已經認定，他是我畢生的老師。我和他只說過一次話。有一次我去追他，他讓我一起坐輪車。」

「到底是誰啊？看來像是劇壇的人吧？」

「這我不想說。只是坐過一次輪車，和他說過一次話，就把他的名字拿來利用，這太卑鄙了，我討厭這種事。」

「我明白了。」主任認真地點頭，「所以，那個人寫了春秋座給你，你就直奔這裡了？」

「是的。只是那時我向女傭抱怨，叫我進春秋座，我也進不去啊。結果他在隔間門後面大聲怒斥：『自己想辦法！』原來老師站在隔間門後面聽，我真的嚇死了……」

兩位年輕考官縱聲大笑。但主任沒怎麼笑，若無其事地說：

「真是痛快的老師啊。是齋藤老師吧？」

「這我不能說。」我也笑了，「等我日後有成就了，再告訴您。」

「這樣啊。那口試就問到這裡。今天辛苦你了。午餐吃過了嗎？」

「有，吃過了。」

「那麼，兩三天內，或許會再發通知給你。如果，兩三天內，你沒有收到任何通知，你會再去找那位老師商量吧？」

「我是這麼打算。」

就這樣，今天的考試，全部，結束了。我帶著滿足且平穩的心情回家。晚上，我和哥哥做了芹川式牛排，也請阿旬婆一起吃。我是真的無所謂，但哥哥好像暗自擔心，很想問考試情況，於是這次換我反問他神之國像什麼，一點也不想談已經過去的考試之事。

夜裡寫日記。這或許會是最後的日記。不知為何，我有這種感覺。睡吧。

七月六日，星期四。

陰天。早上，我實在睏得受不了，怎樣都起不來，向學校請假一天。

下午兩點，收到春秋座的限時信。信裡寫著：「由於要做健康檢查，請於七月八日正午，持此信至左記的醫院報到。」附上虎門某間醫院的名稱。

這就是所謂的，第二次考選通知。哥哥說，這已經等同合格，他完全放心了，但我不認為。我甚至覺得，明天去了醫院，可能會看到昨天的考生都聚在那裡。我要養足重新再戰的精力。所幸，我的身體狀況應該不錯。

夜晚，我獨自聽唱片度過。瞇起眼睛，微笑地聽莫札特的長笛協奏曲。

七月八日，星期六。

晴天。我去了虎門的竹川醫院，剛剛才回來。太熱了，太熱了。請允許我只穿一件內褲寫日記。今天去了醫院一看，只有兩個人。我，和一個留著妹妹頭、乍看像十四、五歲的小少爺。只有我們兩人。他好像每一項檢查都不合格。真的相當嚴格。我緊張得直打冷顫。

三位醫生輪番上陣，鉅細靡遺地檢查我們的身體。如此嚴峻的檢查，我有點吃不消。不僅照X光，還要採集血液與尿液。小少爺被診斷出沙眼時，簡直快哭了。不過聽到醫生說，症狀輕微，只要治療一星期就會好，他又立刻綻放笑容。小少爺的長相，並不是那麼可愛，但個性似乎有些可怕。他的臉很長。說不定其實擁有天才的才華。我們檢查了將近三小時。

春秋座有個事務員來陪我們。做完檢查後，我們三人一起回家。

「太好了啊。」那位事務員說：「最初的書面審查，連樺太、新京都有人來報名，人數多達將近六百呢！」

「可是，最終結果還不知道吧？」我問。

「我也不知道究竟如何。」他答得相當曖昧。

據說如果合格，一週內，會有正式通知來。我們在市區電車的車站道別。

回家告訴哥哥後，哥哥非常高興。我沒看過哥哥這麼高興。

「太好了呀！真是太好了呀！你果然當上演員了，真是太好了！從六百個人嚴選出來的兩人，很厲害耶！了不起，謝謝你，你不知道我有多高興……」哥哥說到一半，潸然淚下。實在有夠扯的。現在高興明明還太早。

正式通知還沒來之前，絕對不能鬆懈。

七月十四日，星期五。

晴天。合格通知來了。

七月十五日，星期六。

晴天。酷熱難捱。今天，我把合格通知書連同信封放在佛壇上，和哥哥一起向爸爸報告。我覺得，我真的會當上日本第一的演員。儘管，痛苦，今後才要開始吧。貝多芬曾說：「我願證明，凡行為善良且高尚的人，定能因之擔當患難。」多麼壯烈的覺悟。以前的天才，都是如此幹勁十足在奮戰。不屈不撓，勇往直前。昨晚，哥哥和木島哥和我三個人，去猿樂軒舉行小小的慶宴。我們舉杯祝媽媽健康。木島哥喝醉了，唱了靜岡民謠採茶歌。

最近，我幾乎沒去學校，想說第二學期起，休學算了。哥哥也說，除此之外別無他法吧。下週一起，我就得每天去春秋座的道場了。兩個月的研究生時期，可以月領津貼十二圓，幫忙公演時，還會若干發去道場的交通費。兩個月後升為準團員，每個月發三十圓化妝費。然後當兩年準團員的期間，津貼會逐漸增加。兩年過後，升為正式團員，就能與全體團員享有同等待遇。順利的話，我在十九歲的秋天就能成為正式團員。但是，現在不是耽溺於這種天真幻想的時候。目前最重要的是努力。可能會很苦吧。兩年後成為正式團員，接下來才是真正演員的修練。修練十年，二十九歲。期間會發生很多事情吧。比起自己的演技，如何挑選劇本會變成最大的問題吧。總之要努力。我一定要成為偉大的演員。以滑著獨木舟航向大海的形式。不過，從本月起，我每個月都能領到些許薪水，內心還是暗自高興。一點點，高興。拿到第一份薪水，我打算買一支鋼筆給哥哥。哥哥說他明天要去媽媽的沼津娘家避暑，預定待十天左右。以往，我當然也會一起去，可是從下週起，我就是「上班」人士了，所以不能去。今年夏天，我要留在東京奮鬥。哥哥要投稿「文學公論獎」的小說，後來沒趕上截止日期。他寫完一半的時候，有拿給津田先生看，得到相當意外的好評，哥哥也深受激勵，可是後來寫得很不順，最後終究放棄了。真的很可惜。哥哥總愛拿自己和巴爾札克或杜斯妥也夫斯基相比，感嘆自己能力不足。可是打從一開始就想贏過這些人，未免太貪心了吧。哥哥說：「看來，寫小說，還是要年過三十才行啊。」既然如此，三十歲以前，寫小篇幅的散文詩也不錯啊。無論如何，哥哥有驚人的才華，若情況順利，不久一定會寫出世界級的傑作。哥哥的文章之美，是日本獨一無二的。

今晚，洗澡時照鏡子，發現我的臉非常憔悴，大吃一驚。僅僅兩三天，臉就會有如此驚人的變化嗎？看來這兩三天，我相當勞心啊。顴骨突出，完全是大人的臉了。醜得要命。我得想想辦法才行。畢竟我已經是演員了。演員必須好好寶貝自己的臉。我實在看這張臉很不爽。簡直像乾癟癟的瘦皮猴。今後，我必須每天早上，用乳霜或絲瓜化妝水，來保養我的臉。雖然沒必要當上演員就突然開始化妝打扮，但這張了無生氣的臉實在很難看。

夜裡，我在蚊帳裡看書。《約翰．克利斯朵夫》第三集。

八月二十四日，星期四。

陰天。地獄之夏。我說不定會發瘋。討厭，真討厭。我不曉得想過幾次自殺了。三味線，我已經會彈了喔。也會跳舞了。每天，每天，從上午十點到下午四點。演技道場，是地獄谷！學校休學了。我已無處可去。這是懲罰！果然我太小看演員這一行了。

被詛咒的人啊，你的名字是，少年演員。我的身體居然能撐下去，我自己都覺得不可思議。雖說我早有心理準備，但萬萬沒想到會嘗到如此的屈辱。

今天也是，三十分鐘的午休時間，我去躺在道場庭院的草地上，淚水奪眶而出。

「芹川，你總是很憂鬱的樣子啊。」那個小少爺，走到我旁邊說。

「走開！」我說。口氣凶到我自己都嚇一跳。我的煩惱，哪是你們這種白痴能懂的！

小少爺名叫，瀧田輝夫，據說是以前相當知名的帝劇女演員瀧田節子的私生子。父親，據說是前幾年過世的財界巨頭，M氏。他今年十八歲，大我一歲，但看起來還是個小男生，近乎白痴。但是，他的演技相當精湛。而且在茶道、花道、樂曲、舞蹈等各種遊藝方面，我根本望塵莫及。他是我的敵手，說不定是我一生的勁敵。我總是被拿來跟這個白痴比較，然後被訓誡一番。但我無法斷然否定白痴的天才。總想著，你給我看著吧！明明自己沒有用，自尊心卻特別強。在春秋座裡，對瀧田抱持懷疑，而支持芹川的，只有團長市川菊之助一人。其他都很受不了我的庸俗土氣。我甚至還被取了一個屋號[13]，詭辯屋。今天，我從道場回家時，和大幹部

---

13 屋號，為歌舞伎的演員家系流派，指一家或一門。

澤村嘉右衛門一起走到市區電車的車站。

「聽說你每天來道場，口袋裡都放著不同的書。你真的有在看嗎？」他皮笑肉不笑地說。

我沒有回答。但我在心裡這麼說：「紀伊國屋先生，今後的演員，像你這種只會演戲的是不行的喔。」

大約十天前，市川菊之助，帶我去彩虹餐廳，請我吃飯。那時他用叉子盡情地吃著鹽煮馬鈴薯，忽然對我說了這句話：

「我到三十歲以前，一直被叫蘿蔔。然後到現在，我還認為自己是蘿蔔。」

我差點哭出來。要是沒有團長這句話，我今天可能就上吊自殺了。

樹立新的藝道，困難至極。即使頭部沒有中箭，但四肢全部中箭。這是最難擺脫的痛苦。一粒芥菜種子，能長成樹嗎？能長成樹嗎？

我要再寫一次貝多芬那句話，寫得大大的。「我願證明，凡行為善良且高尚的人，定能因之擔當患難。」

九月十七日，星期天。

陰天。時雨。今天放假，不用去道場排練。昨天，我在道場排練到深夜十一點半，頭暈目眩，差點倒在舞台上。歌舞伎座，十月一日首日演出，劇目有《助六》，夏目漱石的《少爺》，以及《色彩間苅豆》。

這是我初次登台。我演的角色，只是《助六》裡提燈籠的，還有扮演《少爺》裡的中學生，可是那個排練非常猛烈，而且不斷反覆反覆地練。回到家後，就算睡著了也惡夢連連，翻來覆去。有時候太累，反而睡不著。

今早八點多，下谷的姊姊打電話給我，說有重大事情，要我和哥哥立刻去下谷，還邊說邊強調，重大事情，重大事情。我問她什麼事？可是不管怎麼問她都不肯說，只叫我們趕快過去。迫於無奈，我和哥哥迅速吃完早餐就去下谷。

「會是什麼事呢？」我如此一說，哥哥略顯不安地說：

「如果要當夫妻吵架的仲裁，我可不幹。」

到了下谷一看，根本沒什麼事，他們一家三口笑得很開心。

「小進，你有沒有今天的《都新聞》？」姊姊問。我根本不曉得她在講什麼，我們家又沒訂《都新聞》。

「沒有。」

「重大事情喔！你看這裡！」

《都新聞》週日特輯的演藝欄，出現我的照片和瀧田輝夫的照片，小小地並排在一起。可是，名字不對。我的照片寫著，市川菊松；瀧田的照片，寫著澤村扇之介。旁邊附上春秋座兩位新人的說明，然後「請多指教」這樣。真是夠了。有夠瞧不起人的。我們早就知道，這回初次登台後，我們應該能成為準團員，可是我們不知道，居然被取了這種藝名。根本沒人通知我們。反正一定是隨便亂取的，至少要和當事人談一談再確定才對吧。我心情黯淡。可是，我能感受到，市川菊松，這個奇妙粗糙的藝名背後，有著團長市川菊之助無言的庇護。這一點，讓我備感溫暖欣喜。市川菊松，這個名字不錯嘛。像個徒弟似的。

「你要上台了啊。」鈴岡姊夫滿臉笑容地說：「終於成為真正的演員了。我要給你慶祝一下，我們等一下去吃中華料理吧。」鈴岡姊夫碰到高興的事，立刻就是中華料理。

「不過，事情變得這麼張揚，我反倒有些擔心。」姊姊和姊夫，從之前就知道我想當演員，儘管有些擔心，但也以默許的形式支持我。「暫時先不要跟媽媽說比較好吧？」這件事打從一開始，就是對媽媽絕對保密。

「當然！」哥哥語氣堅定地回答，「雖然她遲早會知道，不過，我是打算等她身體好一點再全部告訴她。總之，這件事是我的責任。」

「說什麼責任，別把事情想得這麼嚴重。」姊夫很有膽識，「不管當演員還是什麼，只要肯認真做都很了不起。才十七歲，就能領月薪五十圓，這可是很罕見喔。」

「是三十圓啦。」我訂正。

「不，月薪是三十圓的話，加上津貼有的沒的，就六十圓了喔。」他似乎把演員和銀行員，當作同一種行業在想。

然後鈴岡夫妻、俊雄、哥哥，還有我，我們五人去日比谷吃中華料理。大家都吃得興高采烈又說又笑。只有我因昨晚睡眠不足，完全無法樂在其中。還有就是排練的地獄，片刻都無法離開我腦海，使我心情黯淡無光。我不是因為好玩才去受演員訓練。我的悲淒沒人懂。「請多指教」是嗎？啊，想要伸展的人，為何非得彎曲不可！

市川菊松。很寂寞啊。

十月一日，星期天。

秋高氣爽的晴天。初次登台。我在舞台上，提燈籠蹲著。觀眾席，是又暗又深的駭人沼澤。我完全看不見觀眾的臉。只覺得一片深深的黑藍，矇朧地動著。無論再怎麼睜眼看，依然是一片深深的黑藍，矇朧地動著。聽不到任何聲音。又深又大的沼澤，令人毛骨悚然。我覺得我都快被沼澤吸進去了。整個人覺得快失去意識，甚至覺得想吐。

演完我的角色後，我茫然地回到後台休息室，看到哥哥和木島哥來了，真的很高興。哥哥威風凜凜的樣子。

「我一眼就看出來了。我一眼就看出那是小進。不管怎麼裝扮，我還是看得出來。」木島哥說得很興奮，「我是第一個看到你的，一眼就看出來了。」他一直在說同樣的事。

據說鈴岡一家人也來坐在一等席。還有「一點點姑姑」也帶著五名弟子，坐在鶉席[14]為我加油。聽到哥哥這麼說，我差點哭出來。我深深覺得，有親人真好啊。據說木島哥還兩度大喊，市川菊松！市川菊松！可是向提燈籠的喝采也沒用，只會讓我難為情。

「你有聽到我的喝采聲嗎？」他引以為傲地說。我哪聽得到啊，提燈籠的在舞台上差點失去意識，現在也快昏倒了。

哥哥湊到我耳畔說：

「要叫壽司或什麼來後台慰勞吧？」他一臉正經，悄聲說著像行家的話，我不禁失笑。

「不用啦，春秋座不做這種事。」

我如此一說，他一臉不滿地應了一句：

「這樣啊。」

上台演第二齣《少爺》時，相對輕鬆了些。我已經能聽到些許觀眾的笑聲，但還是完全看不見觀眾的臉。據說慢慢習慣後，不僅觀眾的笑聲，甚至連低語聲、嬰兒哭聲，都能聽得很清楚，反而還會覺得吵。甚至連觀眾的臉，誰坐在哪裡，都能馬上看出來。我還差得遠呢。總之要專心投入。不，這是生死交界。

全部演完後，我去後台的浴室洗澡，想到明天起，每天要過這種日子，我真的

14 鶉席，在歌舞伎劇場內，設於花道後方的觀眾席，狀似鶉籠。

快發瘋了，討厭死了。我不要當演員！雖然只是短短一瞬間，但痛苦到想滿地打滾。但在我想乾脆發瘋之際，這份痛苦赫然消失了，只留下落寞。你禁食的時候——那段我十六歲的春天，大大寫在日記開頭的耶穌金言，此時鮮明地在我腦海復甦：「你禁食的時候，要梳頭洗臉。」至少再努力十年吧，到時候再真正地發怒。我現在連一個東西都還沒創造出來不是嗎？不，我甚至還沒學會創造的技術。

雖然落寞，但體內感受到喝下一口牛奶的香甜，我就走出浴室了。

我去團長市川菊之助的房間致意。

「嗨，恭喜你。」團長這麼一說，我好高興。我真是太孩子氣了。剛才在浴室的灰暗懊惱，只因團長這開朗的一句話，就被拋到九霄雲外了。身為演員，能在木挽町登上初次舞台，說不定是最得天獨厚的出發。我對自己說，你是幸福的。

以上，是我光榮的初次登台記。

回到家，我和哥哥熱衷地聊天體的事，聊到深夜一點。至於為什麼聊起天體，我自己也不明白。

十一月四日，星期六。

晴天。現在我在大阪。中座。劇目是，《勸進帳》《歌行燈》《紅葉狩》。

我們下榻的旅館，位於道頓堀的正中央，是一家濕氣很重叫「布袋屋」的旅館。主要的經營客層是男女幽會那種，也就是賓館。我們七個人，住在兩間六疊的房間。但是，我絕不會墮落！

據說市川菊松是聖人。

十一月十二日，星期天。

雨天。抱歉。今晚我喝醉了。大阪真是討厭的地方。非常寂寞的道頓堀。我在那家昏暗的酒吧「彌生」喝酒，難得喝醉了。即使醉了，我依然裝模作樣。「我要守住年少以來的名譽！」

扇之助，相當愚劣，喝醉酒醜怪至極，回程還向我低喃無恥之事。我笑了笑拒絕，扇之助竟說：

「我很孤獨。」

我傻眼到無言以對。

十二月八日，星期五。

是在出太陽，還是在下雨，我不知道。我只覺得想哭，一直很想哭。我在名古屋。

我想趕快回東京。我已經受夠了巡迴公演。我什麼都不想說，什麼都不想寫。我只是被硬拖著活下去。

我對性慾的本質意義一無所悉，只知道具體的事，實在很丟臉。像狗一樣。

十二月二十七日，星期三。

晴天。名古屋的公演也結束了，今晚七點半抵達東京車站。大阪，名古屋，睽違兩個月回到東京，已經十二月底了。我也變了。哥哥到東京車站來接我。我看到哥哥的臉，只覺得慌張。哥哥和顏悅色地笑著。

我自覺到，我和哥哥，已是住在截然不同世界的人了。我是曬得黝黑的社會人士，已無絲毫浪漫情懷，是個生硬死板，壞心眼的現實主義者。我變了。

戴著黑色軟呢帽，穿著西裝的少年，拎著散發白粉味的包包，走在東京車站前的廣場。這是那個，從十六歲的春天起，克服了無數困難，結果突然落出的一顆結晶真珠的姿態嗎？那漫長苦惱的總決算，最後是這顆小小的冷冽姿態。擦肩而過的人，沒人知道我這兩年是如何咬緊牙關努力奮鬥。我覺得我居然沒死也沒發瘋，一路撐下來了。但外人只會皺著眉說，那個敗家子，終於淪落到當演員了。藝術家的命運，總是如此。

希望有人會在我的墓碑，刻上這句話：

「他最喜歡的是取悅他人！」

這是我打從出生時的宿命。我選擇演員這個職業，完全是因為這個宿命。啊，日本第一，不，我要成為世界第一的演員！然後為每個人，尤其是貧窮的人，帶來令他激動陶醉的喜悅。

十二月二十九日，星期五。

晴天。今天春秋座召開歲末總會。我當選企劃部的委員，直屬負責選定劇本、擬定劇團方針的審議幹部的委員。我感到責任重大。

此外，正月二日的廣播節目，要朗讀志賀直哉的《小僧之神》，也敲定由我市川菊松一個人去。這是我在兩個月巡迴公演的奮鬥，受到肯定的結果。但我現在絕不會因此自大。

期待唯有自己聰慧明智是最大的愚行。（拉羅什福柯）

我要繼續認真努力下去。今後為人處事要單純且正直。不知道的事，就說不知道。辦不到的事，就說辦不到。只要能捨棄故弄玄虛，人生說不定意外平坦。然後我要在磐石上，建立一個小小的家。

新年一到，我最先要去齋藤老師家拜年。我覺得這次他應該會願意見我。

明年，我就十八歲了。

我前往的道路　花朵綻放芬芳

我不會請求您　賜我恬靜悠閒

——《讚美歌》第三百十三

解說

厭世廢柴的（偽）勵志告白——讀《潘朵拉的盒子》

黃文鉅

本書收錄兩篇書信／日記體小說〈潘朵拉的盒子〉、〈正義與微笑〉，兩位主人翁分別是罹患肺結核的男病患和陰鬱的男大生。他們有一共通點，皆自覺不中用，拘泥於敏感的自尊，動輒玻璃心破碎，徘徊在厭世的絕望和朦朧的希望之間，而且內心戲無敵多，碎碎念個不停（想必是太宰治狂刷存在感鎮透紙背）。

兩人彷若平行世界的孿生兄弟，試圖在難以自拔的體制囚籠（校園、家庭、療養院、二戰後日本）掙扎。故事梗概，且讓我超譯太宰：〈正義與微笑〉或可稱為「青春討拍物語之我不愛上學、只想當男優（不是AV）」。〈潘朵拉的盒子〉請恕我歪解成「太宰把妹教戰守則」或「療養院輕鬆把妹之萌處男也能上手」（不准笑）。

太宰治假借兩個中二病的角色，冷眼睥睨世界，發出屁孩般的囈語——渴望長大卻害怕世故。想墮落又不甘心。想受人尊敬又懶得懸命競爭。同時也有一顆純真的心，渴望超克現實，越級打怪。他們不待見大人世界的混沌，用顯微鏡檢視體制之惡，不留餘地，但凡有桎梏的可能，二話不說抬起頭去撞：醜就是醜。超討厭的。噁心快滾。不想多聽廢話。

我簡單回顧兩篇作品的歷史脈絡。一九三九年一月，太宰治和妻子石原美知子結婚；九月，二次世界大戰開打。一九四二年六月，發表〈正義與微笑〉。一九四五年八月十五日，日本戰敗，天皇玉音放送，宣佈無條件終戰詔書；九月，發表《惜別》和《御伽草紙》；十月，在《河北新報》連載〈潘朵拉的盒子〉。

〈潘朵拉的盒子〉的靈感，最早發想於一九四〇年。太宰治與創作素材的日記提供者木村庄助通信交流，至一九四五年才正式發表，題材雖溯及他人，或多或少也影射自身在一九三六年入住療養院的經歷。故事主人翁小柴利助（綽號雲雀）罹患肺結核，無法上戰場效命，遂住進了名為「健康道場」的古怪療養院。裡面從病患到醫生、護士全被取綽號，男病友們唇槍舌劍，互別苗頭，也跟女護理師打情罵俏在苦中作樂。

故事主線是雲雀的「悟道」。他跟疾病戰鬥，也跟日常生活戰鬥，從自暴自棄的絕望中，仰見一線希望，自詡成為像日本帝國一樣在戰火中重生的「新男人」。支線則是，雲雀周旋在兩位女護士之間的情感潮騷，最後體驗了愛戀的早夭——不能上戰場的男子漢，哪怕入了療養院，也可以「斜槓」人生，培養嘴炮的第二專長。

太宰治告訴你，戀愛，尤其是暗戀，第一堂課該學什麼？正正經經對一名（以上）女子嘴砲之必要。一點點醋和妒火之必要。君非太宰治（小白臉情聖）此一起碼認識之必要（生而魯蛇，我很抱歉）。欲擒之必要，故縱之必要。而既被目為廢柴總得繼續廢下去（誰叫脫單太難）。

有天，活潑開朗的小正（護理師之一）故意拿來一封已轉院的男病友寄來、疑似情書的信函給雲雀看，想激發他醋意。他立馬中了招，出言鄙薄。她順水推舟反問：「你當我是那種女人吧？你不覺得丟臉嗎？」他坦然回答，我丟臉，「因為我嫉妒。」嘖，這情節、這對白，只差一個勁兒自掌嘴，否則活脫脫就是在瓊瑤八點檔裡深情（ㄕㄣ ㄑㄧㄥˊ）入戲的馬景濤了嘛！

正所謂，一山還有一山高，一人還有一人賤。小正捕蟬，雲雀在後。他趁勢數落她是不檢點的太妹、花癡，隨便勾引男人，又刺一記回馬槍：「妳太不正經了。我從來沒有想過妳會喜歡我喔。」小正聽完無語淚奔。太宰治在本篇小說裡別有寄託說道，令人討厭的女人像貓，裝老實假正經（他看待女人的視野相當大男人主義，鐵定讓諸位女性讀者恨得牙癢癢）。

數日後，雲雀為了贏取（暗戀的）優雅的竹小姐（護理師之二）的芳心，居然說：「小正那個人很假掰啊。」小正一旁聽聞，裝著傻甜笑，反問何出此言？雲雀也不避諱：「我說妳是個假掰的女生。」她佯嗔薄怒：「壞心眼！」又拿話反掐雲雀說，我之前送你的菸盒（所有戀愛故事裡一定要有這類『唯你知我知』的小信物）還在嗎？雲雀明知其意卻冷回：「我可以還妳喔。」小正只好亮出底牌：「哎呀，真討厭。那個你要一生帶著。雖然有點累贅就是。」這已不是暗戀，是光明正大告白了。

無奈落花流水，雲雀鍾情竹小姐，表面上不動聲色，跟小正耍曖昧（也可能騎驢找馬留備胎）。有天，竹小姐從鎮上歸來，送給雲雀一枚竹編人偶當伴手禮，他暗爽在心，卻「裝模作樣」嫌人偶俗氣難看，轉過身又去勾搭小正，以壓抑澎湃欲望。讀到這裡，忍不住讓人想問，這人到底小清新抑或真渣男？

好了，太宰把妹教戰告一段落，言歸正傳。話說，打開潘朵拉的盒子，除了散播不幸，角落尚且殘留一顆閃閃發亮名為「希望」的小石子。即便主人翁字裡行間三番二次與病魔拔河，也陷入厭世（光第一章就提及了十幾次想死、去死），前途或已失效，日子總要過下去，此路通向何方？「我什麼都不知道。但是，伸展而去的方向會有陽光。」可說是太宰治文學裡罕見振奮人心的豁達。但我感受不到所謂的前途無量，反而是「前途無亮」。

故作撥雲見日的開朗，也出現在另一篇小說〈正義與微笑〉。主旨簡言之，是理想主義者的自我幻滅與成全。考上普通大學卻厭煩學術的少年芹川進，一心休學進入劇團，渴望出人頭地，成為全日本第一的演員。他一路上遭逢家庭、生活、情感上的挫敗，日漸喪失理想，仍不放棄前行，想獻身藝術（這隱喻何其太宰）。

嫁作人婦的姐姐苦於夫妻之道的磨合；帝大中輟寫小說的哥哥陷足在卑屈的現實。芹川眼睜睜看著兄姐的境遇，一面摩拳擦掌，涉足演藝界，挑戰外人看來無足輕重的「關卡」：拜見德高望重的劇團前輩卻吃閉門羹。學著看人臉色交涉。學著在眾人面前展現優勢。學著化自卑為自信，在舞台上取悅他人。

開端第一篇日記，芹川進寫道：「搞笑，是卑屈的男生才會做的事。扮演小丑搞笑，討人疼愛，我受不了那種內心的落寞。那真的很空虛。人必須活得更正經才行。既然是男生，就不能一心想討人疼愛。男生應該努力贏得別人『尊敬』。」廢話。無賴哪裡懂什麼叫尊敬。真正的尊敬是放在心底，不是打嘴炮。

小說近尾聲的段落，芹川前去劇團面試當天的清晨，哥哥問他：「神之國像什麼呢？」他回答：「像一粒芥菜種子。」哥哥帶著祝福對他說：「把它培育成樹。」如此看來，搞笑是種子，取悅他人則是樹，後者是前者的進階版。正如〈潘朵拉的盒子〉裡的雲雀自詡新男人，芹川進也經歷了「小屁孩登大人」的洗禮，以實力搏取尊嚴，而非搞笑取寵的小丑。

確立志向前，芹川調皮、暴躁又易怒，開篇有言：「我每天心情都很差」、「人生有太多艱難的問題，我今後要跟它們作戰。」戰場從學校無聊的考試、家人的磨難、自我的搖擺不定，終而躊躇滿志，殉身藝術。

我記得太宰治另一篇小說〈散華〉裡，曾描寫友人寄來一張明信片，上面寫著：「我平安抵達任務地點。請為偉大的文學而死。我也即將赴死，為了這場戰爭。」芹川進的角色，正好實踐了太宰治在文學修辭中的赴死（其後更在現實中履行）。

許多人批判太宰治私生活放浪形骸，不顧家室，再三沉溺女體、酗酒和自殘。然而，愈是在現實裡目無禮法、逾越倫常，愈得在文學裡克己復禮、無欲則剛。兩篇故事的主人翁，在無數個愁苦的深夜裡精神喊話，要努力、要振作、要忍耐、要堅強，這何嘗不是欲死欲活的太宰治不可告人的潛台詞aka（偽）勵志告白。

太宰治曾說，希望自己在戰爭階段寫的作品，能傳遞給讀者溫暖和鼓勵。很多人驚詫，厭世廢柴為何突然堅強起來了。但我覺得，這壓根是他為了折衝內在矛盾的短暫妥協。同時是他對世人的一種撒嬌。有多麼裝模作樣故作堅強，便有多麼厭世絕望。有多麼厭世絕望，或許便有多麼渴望討人憐愛。誰叫他無時無刻不在渴望著「戀廢柴癖」的誰，來寵護他。

作家・黃文鉅——政治大學文學碩士，文學博士候選人（肄業）。曾任教於東吳大學中文系，也曾任職於平面媒體。作品曾獲林榮三文學獎散文首獎、教育部文藝創作獎散文特優、入選九歌年度散文選等。著有散文集《感情用事》。

潘朵拉的盒子

太宰治寫給青春的永恆戀歌

作　　者　太宰治
譯　　者　陳系美
主　　編　林玟萱

總 編 輯　李映慧
執 行 長　陳旭華（steve@bookrep.com.tw）

社　　長　郭重興
發 行 人　曾大福
出　　版　大牌出版 / 遠足文化事業股份有限公司
發　　行　遠足文化事業股份有限公司
地　　址　23141 新北市新店區民權路108-2號9樓
電　　話　+886- 2- 2218- 1417
傳　　真　+886- 2- 8667- 1851

封面設計　Dyin Li
排　　版　新鑫電腦排版工作室
印　　製　成陽印刷股份有限公司
法律顧問　華洋法律事務所　蘇文生律師

定　　價　380 元
一　　版　2020年10月
二　　版　2023年06月

電子書 E-ISBN
9786267305454 (EPUB)
9786267305447 (PDF)

國家圖書館出版品預行編目資料

潘朵拉的盒子 : 太宰治寫給青春的永恆戀歌 / 太宰治 著 ; 陳系美 譯. -- 二版.
-- 新北市 : 大牌出版 : 遠足文化發行, 2023.06
360面 ; 14.8×21公分
ISBN 978-626-7305-32-4 (平裝)

861.57　　112007075